대한
독도
민국

일러두기
- 이 책은 2012년에 출간된 《독도대전》 개정판이다.
- 책 제목은 겹화살괄호(《 》)로, 영화 제목이나 작품 이름 등은 홑화살괄호(< >)로 표기
  했다.

한일 독도전쟁 소설

대한독도민국

유성일

행성B

차 례

01.
청송 제3교도소

괭이갈매기들이 후드득 날아올라 독도 상공을 하얗게 뒤덮었다. 그 사이 보트 1척이 유유히 접근해 들어왔다. 일장기가 점점 선명해졌다.

접안시설의 해경초소에 잠복 중이던 정경호 상경이 방아쇠의 안전핀을 밀고 목표물을 향해 총구를 조준했다. 동도초소 위에서는 경고 방송과 함께 공포탄이 연신 불을 뿜고 있었다.

"뭐야, 쪽발이 새끼들이 기어이 올라오잖아."

"쏴버릴까?"

"야! 미쳤어?"

안경수 상경이 정경호 상경의 총구를 잡아챘다.

"민간인이야. 그리고 저 뒤에 있는 일본 경비정 안 보여?"

"씨발! 그럼 어쩌란 말이야."

정 상경이 총구를 내리며 내뱉었다.

'일본인들이 독도에 발을 디디면 즉시 사살해도 좋다!'

소대장인 김필호 경위는 분명히 그렇게 지시했다. 그런데 지금 일본인들이 독도에 상륙하고 있는 것이다.

"저 새끼들 지금 뭐 하는 짓이야?"

독도 접안시설로 올라선 일본인들이 플랜카드를 펼치기 시작했다.

다케시마는 일본 땅! 한국인들은 물러가라!

일본인들은 만세를 부르기 시작했다.

그때였다. 고막을 찢을 듯한 총성이 울렸다. 동도초소에서 발사한 총소리였다.

'타타타타탕!'

총소리가 예사롭지 않았다. 공포탄이 아닌 실탄이었다. 만세를 부르던 일본인 몇 명이 그 자리에서 꼬꾸라졌다. 일본인들은 플랜카드를 내던지고 뿔뿔이 흩어지기 시작했다.

정 상경은 동도초소를 올려다보며 소스라치게 놀랐다.

"뭐야? 실탄 사격이잖아."

얼굴이 하얗게 질린 안 상경이 넋 나간 듯이 중얼거렸다.

"씨발! 김필호 새끼 땜에 우리 다 죽게 생겼네."

"나라를 지키는 일이잖아. 우리도 쏘자고."

정 상경과 안 상경의 총구도 기어이 불을 뿜었다.

투투투투투!

잠시 후 둔중한 폭음이 울렸고 동도초소의 유리창이 깨지며 사방으로 파편이 튀었다. 수경들은 몸을 움츠리며 벽으로 기어들기 바빴다. 상황실 벽면에 몸을 기댄 김필호 경위가 다급하게 악을 썼다.

"함포잖아. 이 새끼들 정말 전쟁을 하겠다는 거야?"

창문 맞은편에 몸을 숨긴 장철수 수경이 소리쳤다.

"어제부터 일본 구축함이 근접해 있던 게 수상했습니다."

"우리 해군들은 대체 뭐 하고 있는 거야?"

그때 서쪽 하늘에서 벼락 치듯 굉음이 들려왔다. 모두의 시선이 서쪽 하늘을 좇았다.

"우리 전투기입니다."

전투기의 등장으로 함포 사격이 잠잠해진 틈을 타 김 경위와 안 수경이 레이더 곁을 파고들었다.

"일본 구축함 움직임 살펴."

"대공미사일 레이더를 때리고 있습니다."

"미사일까지? 이 새끼들 진짜 붙어보겠다는 거야? 어서 상황 보고 하고 기관총 응사해."

비봉산 자락에 첫눈이 내리고 있었다. 민우가 이곳 청송 제3교도소로 수감되어온 지도 어언 3년이 지났다. 과거 청송보호감호소로 불리던 이곳은 일반교도소와는 달리 만기복역이 없었다. 사회에서 철저히 소외된 곳 아니, 더 정확히 표현한다면 세상과 영원히 격리시켜야 할 사람들을 가두는 곳이었다.

여기서는 서로의 이름조차 알지 못했다. 좌측 가슴에 달린 수인번호가 그들의 이름이었을 뿐 굳이 본명을 물어오는 이도 없었다. 이곳에 오기 전 5년 동안 복역했던 교도소는 차라리 천국이나 다름없었다. 노역이나 구타 등 육체적인 고역이 오히려 생에 대한 오기를 다지게 했으니 말이다. 하지만 여기서는 힘든 노역마저도 선택받은 자만이 누릴 수 있는 특권이었다.

무엇보다 견딜 수 없는 건 고립과 고독 그리고 숨 막힐 듯한 고요였다. 끼니 때 배식구로 들어오는 소반 소리 외에는 아무런 소리도 들을 수 없었다. 세상에 무슨 일이 일어났는지, 오늘이 며칠인지조차 모르고 지나갈 때가 많았다. 그렇게 하루, 또 하루를 보내면서 살아 있음이 얼마나 저주스러웠는지 모른다. 차라리 매일같이 불려나가 죽도록 매를 맞는 편이 좋겠다는 생각이 들 만큼 이곳은 철저하게 세상의 모든 것과 차단된 세계였다.

간혹 무슨 위원회라고 하면서 한 번씩 불러다 질문을 던질 때가 있었다. 그때마다 석방될지도 모른다는 희망에 반성의 뜻을 담아 진심으로 답변했다. 하지만 감방으로 돌아오는 길에 교도관이 던진 말들은 실낱같던 그 희망마저 무너뜨렸을 뿐이다.

"여기서 똑똑한 척하면 형량이 더 늘어나는 거 몰라?"

언젠가 영화에서 본 〈쇼생크 탈출〉이 현실이 된 것이다. 쇼생크 감호소에서도 사회보호위원회란 곳에서 주기적으로 죄수들을 불러 심문을 했다. 그때마다 죄수들은 분명하고 절실하게 반성의 뜻을 밝히지만 오히려 형량은 늘어만 갔다. 결국 나이가 들어 "나는 사회에 나가서 살 자신이 없습니다. 부디 여기서 생을 마치게 해주시오."라는 말이 나올 때가 되어서야 비로소 그들은 자유의 몸이 된다. 그렇게 석방된 늙은 죄수들이 최후로 택하는 건 바로 자살이었다. 오직 죽음만이 그들에게 주어진 유일한 탈출구였던 것이다.

간혹 누가 찾아와도 민우는 초점 잃은 웃음밖에 보여줄 게 없었다. 한번은 어머니가 오셔서 "병기가 그러던데 네가 미친 것 같다더라." 하며 하염없이 눈물을 쏟았지만 민우는 그저 재미없는 드라마의 한 장면을 보는 듯 무덤덤한 심정이었다.

창살을 뚫고 들어온 차가운 바람이 흐릿한 의식을 두드리며 어머님의 모습을 떠올리게 했다. 그제야 설움의 눈물이 흘러내렸다. 어머니에 대한 그리움과 죄책감에 가슴이 터질 것만 같았다.

"어머니, 어머니!"

창살을 흔들며 꺼이꺼이 울부짖었지만 누구 하나 거들떠보는 이 없었다.

민우도 처음 이곳에 왔을 땐 다른 죄수들과 함께 수감되었다. 하지만 무엇 때문인지 잘난 체한다는 이유로 첫날부터 이불에 싸여 몰매를 맞았으며 밤에는 오랄 섹스를 강요받았고 거부하는 날엔 살벌한 구타가 어김없이 이어졌다. 참다못한 민우는 한 놈만 붙잡고 같이 죽자는 모진 마음에 기어이 싸움을 벌였고 교도위원회에 불려 나가 심문을 받던 중 인권을 들먹이다 이렇게 독방에 갇힌 것이다.

얼마나 오랫동안 울부짖었던지 가슴에 심한 통증이 밀려왔다. 온 힘을 다해 가슴을 감쌌지만 전신이 냉기로 얼어붙는 듯했다.

민우는 또다시 자살 충동을 느꼈다. 다시 정신이 혼미해지기 전에 어떻게 죽을 것인지 방법을 정해야 했다. 우선 급한 대로 상의를 벗어 옷소매를 창살에 묶고 목을 매달려고 했다. 하지만 몸을 움직일 수가 없었다. 하반신부터 서서히 마비되는 느낌이 온몸으로 전해지는 순간 죽고 싶은 마음은 더욱 간절해졌다.

"사노라면 언젠가는 밝은 날도 오겠지. 흐린 날도 날이 새면 해가 뜨지 않더냐……."

민우의 입에서 희미한 노랫소리가 신음처럼 흘러나왔다. 지난 기억들이 주마등처럼 스치고 지나갔다. 천진난만하던 어린 시절의 모습이 얼핏 떠오르는가 싶더니 곧 PC방에서 게임에 몰두하는 모습이 보였다. 세상의 온갖 집착과 공포와 환멸, 탄식, 절망으로 뭉뚱그려진 듯한 흉측한 얼굴, 민우는 환영 속에 나타난 자신의 모습에 진저리를 쳤다. 그러다 어느 순간 세상이 온통 이상한 불빛으로 빛나기 시작했다. 따스하고 감미로운 이 느낌은 뭔가.

"이제야 정신이 드나 보군. 유민우!"

오랜만에 들어보는 사람 목소리에 놀라 눈을 떴을 때 민우는 병상에 누워 있었다.

"얼마나 통곡을 했으면 폐가 손상되나. 조금만 늦었어도 여기에 묘지 하나 늘 뻔했어."

그제야 민우는 자신이 독방에서 울다 지쳐 실신했다는 사실을 알 수 있었다.

"그냥 죽게 놔두시죠."

"죽기는 왜 죽어. 젊은 놈이."

검은 바바리 차림의 중년 사내가 곁에 있던 간호사에게 나가 있으라는 고갯짓을 했다. 간호사가 문을 나서자 그가 다시 말을 이었다.

"전쟁이 시작됐다, 유민우!"

"전쟁요?"

"그래! 전쟁."

사내는 창 쪽으로 몸을 돌리며 팔짱을 꼈다.

"그놈의 인터넷, 네놈 사건 때부터 인터넷이라면 이제 치가 떨린다."

도대체 이 사내는 누구이며 무슨 말을 하고 있는 것인가?

"전쟁은 무슨 소리고 인터넷은 또 뭡니까?"

"도라도라도라!"

사내가 병상 옆의 사물함을 힘껏 내리치며 소리쳤다.

"가자, 유민우! 아니 유민우 사령관!"

02.
전쟁

민우가 중년 신사와 함께 도착한 곳은 놀랍게도 국가정보원이었다. 이름만으로도 오금이 저리는 국가정보원. 민우는 자신이 왜 이곳까지 불려오게 되었는지 더럭 겁부터 났다.

사내는 민우를 데리고 1차장실로 갔다. 1차장실은 국정원 내 해외 정보 수집 관할 부서로 국정원 내 최고 상급기구였다.

"차장님! 유민우 데려왔습니다."

지칠 대로 지쳐 보이는 한 남자가 자리에 앉아 있다 다소 과장된 몸짓으로 민우를 반겼다.

"햐! 이분이 그 유명한 유민우 사령관이신가?"

각진 얼굴에 백발이 성성한 1차장은 작은 키에 웃음소리가 쩌렁쩌렁했고 고집스런 인상이었다.

"그간 고생 많았지. 그래 견딜 만하던가?"

민우는 애써 담담한 표정을 지었다.

"왜 저를 여기로 데려온 겁니까?"

실미도 사건이 연상되었다. 청송보다야 그 편이 나은 건가. 갈등과 두려움으로 뒤범벅된 민우의 상상을 멈추게 한 건 1차장이었다.

"자네 도라도라도라가 무슨 말인지 아나?"

"글쎄요. 잘……."

1차장의 얼굴에 웃음기가 가셨다. 한동안 무거운 침묵이 흘렀다. 민우는 마른침을 삼켰다. 긴장감과 함께 식은땀이 흘렀다.

"전쟁이다. 국방부 및 주요 군사 시설들이 침공당했다."

1차장은 중년 사내가 했던 말을 되풀이했다. 밑도 끝도 없이 전쟁이라니.

"안 그래도 청송에서 완전 멍청이가 됐습니다. 알아듣게 얘기해주십시오."

삐딱했다. 그런 말투가 불쾌했는지 1차장은 대답 대신 민우를 쏘아보았다. 뭔가? 심장이라도 도려낼 듯 날카롭고 차가운 이 남자의 눈빛은.

하지만 죽기로 마음먹었던 마당에 두려울 게 무언가. 청송에서의 한과 울분이 민우의 동공에 힘을 실어주었다. 먼저 침묵을 깬 건 1차장이었다. 1차장은 민우와 동행했던 중년 사내를 향해 고개를 끄떡였다. 사내는 목례하며 가방에서 무엇인가를 찾기 시작했다.

"도라도라도라! 2차 대전 때 일본이 하와이만을 기습 공격했을 때 그 성공을 알리는 암호였다."

들어본 적이 있긴 하다. 민우는 콧방귀를 뀌었다.

"참 나! 그럼 일본이 또 하와이를 공격했다는 겁니까, 뭡니까?"

"국정원 1차장님이시다. 예를 갖춰."

가방을 뒤적이던 중년 사내가 버럭 소리쳤다. 1차장은 중년 사내를 향해 손사래를 쳤다.

"누군가 우리 국정원과 합참사령부에 해킹을 감행해 모든 군사 정보를 빼갔다. 그리고 현장에 남긴 메시지가 바로 도라도라도라다."

"일본 소행이라는 겁니까?"

1차장이 고개를 끄덕였다.

"어떻게 단정합니까? 제3국의 위장일 수도 있을 텐데."

"일본이 맞아."

그때 1차장 자리에 있던 전화벨이 울렸다.

"대통령이십니다."

1차장은 비서의 말에 긴 한숨을 내뱉으며 자신의 자리로 걸어가 전화를 받았다.

1차장이 자리를 뜨자 중년 사내가 민우에게 다가와 자신을 국정원 외사과장이라고 소개했다.

"차장님이 일본이라고 단정하시는 건 근래 현황 때문이야."

"무슨 현황 말입니까?"

"자넨 청송에 있어서 잘 모르겠지만 며칠 전 '일본 회의' 소속의 일본 극우파들이 기어이 일을 저질렀어. 보트를 타고 불시에 독도 상륙을 감행했지."

일본의 대표적인 극우 단체 '일본 회의'. 국수주의(國粹主義)와 천황제를 숭배하고, 태평양전쟁을 성스러운 전쟁으로 규정하는 일본 최대, 최고의 극우 단체였다. 그 명단 가장 상단에 총리 아베가 있고 현재 일본 내각 19명의 각료 중 15명이 '일본 회의' 소속이다.

또한 일본 의원의 40퍼센트가 이 단체 소속으로 현재의 일본은 극우 단체인 일본 회의가 장악하고 있다 해도 과언이 아니었다. 주변국들의 반대에도 신사참배를 강행하는 것도 이들이었다.

극우파 일본 회의가 주장하는 것, 그건 일본 헌법 9조를 개헌해 전쟁을 할 수 있는 나라로 만드는 것이었다. 이 단체의 마루야마 호다카 중의원은 전쟁으로 독도를 찾아오자는 주장까지 펼치고 있었다.

한국 정부가 이들과 협상을 거부하는 것 그리고 현재의 충돌이 일본 국민의 뜻이 아니라 정권을 장악한 일부 극우 정치인들의 탓이라고 해석하는 건 이런 배경 때문이다.

한국 정부가 줄기차게 전쟁 피해에 대한 보상을 요구하는 것도 일본이 자신들의 과거를 반성함으로써 군사대국의 야욕을 버리게 하려는 데 있었다.

이런 상황에서 감행된 일본 회의의 독도 상륙.

일본 극우파 단체가 독도에 상륙하려다 불발된 사건이 몇 번 있었다. 독도가 일본 영토임을 주장하기 위한 것이었다.

"그동안 극우파들의 독도 상륙을 막아온 건 일본 정부 아닙니까?"

"그래! 그래서 문제라는 거야. 이번에는 왜 일본 정부와 경비정이 막지 않았느냐 그거지."

"그럼 의도적이라는 겁니까?"

"독도에서 긴장을 유발시켜 독도 영유권 문제를 국제사법재판소로 가져가겠다는 것이 일본 정부의 속셈이라고 국정원은 판단하고 있네."

일본 정부의 돌연한 태도 변화. 뭔가 석연치 않았다. 민우의 표정을 살피던 외사과장이 말을 이었다.

"최근 한일 관계가 여간 심각하지 않아. 과거사 문제로 촉발된 감정이 경제와 군사 문제로 비약되고 있어. 일본이 한국을 백색국가에서 제외하자 한국은 지소미아 파기 카드로 맞섰지. 양국에서 불매운동이 벌어지고 서로 끊임없는 보복 조치가 이어지자 여기저기서 전쟁이란 단어가 심심치 않게 나돌고 있어."

섬뜩했다. 한국과 일본의 전쟁. 그 중심에는 독도라는 뜨거운 감자가 있다. 작은 섬이라 전면전이 아닌 국지전이 벌어질 수 있는데, 그 뒤에는 일본의 강력한 해군이 있다. 외사과장은 사견임을 전제했지만 그 자리가 어디 터무니없는 낭설이나 내뱉을 만한 자리인가. 민우는 마른침을 삼켰다.

"그래서 독도에 상륙한 일본 극우파는 어떻게 됐습니까?"

"경고 방송을 하고 공포탄을 쏴도 기어이 상륙을 감행해서 조준 사격을 가했지. 두 명이 죽고 세 명이 부상, 나머지 다섯 명은 체포됐어."

외사과장의 판단이 맞는다면 전쟁은 시나리오대로 진행되고 있는 것이었다.

"일본 측의 대응은 없었습니까?"

"심각했지. 일본 경비정이 우리 초소에 기관포 사격을 가했어. 양쪽 군함과 전투기들이 대거 출동하고 난리가 났었지."

"그래서 직접적인 충돌은요?"

"천만다행으로 더 이상의 충돌은 없었어. 하지만 이건 절대로 묵과할 수 없는 문제야."

1차장이 다시 들어와 손수건으로 땀을 닦았다.

"대통령께서는 뭐라 하시던가요?"

"단단히 화가 나셨어. 군대 배치와 군사 전략을 수립해서 오늘밤 국가비상안보회의 때 제출하라고 하시는군."

"그런 일은 저희 1차장실 소관이 아니잖습니까?"

"이 사람이! 유사시 우리의 적이 꼭 북한만 되라는 법 있나?"

1차장의 호통에 외사과장이 움찔했다. 1차장은 긴박하게 민우에게 말했다.

"시간이 없군. 유민우, 단도직입적으로 말하겠다."

민우는 손에 땀을 쥐었다. 도대체 이 사람들이 나에게 원하는 것이 무엇인가.

"일본의 사이버 침공을 막아라. 아니 아예 역공을 펼쳐서

이 기회에 IT에 관한 한 우리가 저들보다 한 수 위임을 보여
줘라."

민우는 어이가 없었다. 국정원이라는 국가기관이 테러를
지시하다니. 하지만 그보다 더한 궁금증이 있었다.

"그런데 왜 저를 선택하신 겁니까?"

"자네를 추천한 건 김건우 법무장관이다. 기억하겠지?"

김건우 법무장관은 민우의 재판 당시 사건 담당검사였다.
외사과장의 대답에 덧붙이듯 1차장이 말했다.

"처음에 우리 국정원은 이 일을 자체 해결하려 했다. 공공
연한 비밀이지만 우리 국정원 내에는 고도로 훈련된 사이버
부대가 있다."

소문으로만 듣던 국가 차원의 사이버부대 실체를 확인하
는 순간이었다.

"그런데 이놈들이 그동안 뭘 하고 있었는지 일이 터졌는데
도 속수무책이야. 변명만 늘어놓을 줄 알지 뭘 어떻게 해야
할지를 몰라. 한심한 놈들."

"최정예 요원들도 못하는 일을 전들 어찌하겠습니까?"

이번에는 외사과장이 나섰다.

"아니야, 자네라면 할 수 있을 거야. 인파모라고 했던가?
자네가 만들었던 그 사이버부대 이름이."

"그렇습니다만 이름이라도 기억하는 사람이 있을까요?"

"있어. 그때 자네 주장은 국가정책으로 받아들여졌고 인파모는 부활돼서 인원이 몇 배나 늘어났지."

자신의 주장이 국가정책으로 받아들여졌다는 말에 민우는 할 말을 잊었다. 인터넷을 파괴하기 위해 만들었던 모임 인파모. 그 사건으로 자신은 교도소에 수감 중인데 범죄자의 아이디어는 국가정책으로 써먹고 있다니. 그렇다면 벌이 아니라 상을 줘야 하는 것 아닌가. 외사과장은 그런 민우의 마음을 정확히 꿰뚫어보았다.

"자네는 죄인이 되어 수감 중인데 자네의 주장은 받아들여졌다니 이상하겠지. 제왕적 통치제도라는 게 그런 거야. 행여 제왕의 권위에 위협이 될까 봐 영웅은 죽이고 정책은 수렴하여 자신의 공으로 돌리는 거지. 그게 정치야."

그때 1차장이 버럭 소리를 질렀다.

"지금 그런 정치 공부 할 땐가?"

외사과장은 움찔하곤 다시 본론으로 말머리를 돌렸다.

"이번 일이 터지자 우린 자네의 사이버부대를 이용하려 했었네."

"……"

"이미 전투 경력이 있는 사람들 아닌가. 우린 의도적으로 인파모를 장악해 새로운 사령관까지 추대했어."

그동안 인파모에 많은 일이 있었던 모양이다.

"적지 않은 자금을 쏟아부어 가며 예전의 자네처럼 일사분란하게 일들을 주도해나가려 했는데 회원들이 도무지 따르질 않는 거야."

"왜죠?"

"다시 자네를 데려오라는 거지."

민우는 코끝이 찡했다. 인파모 회원들은 자신을 잊지 않고 있는 거였다. 문득 그들 한 사람 한 사람이 사무치게 그리웠다.

민우는 지금까지의 대화 내용을 하나하나 되짚어보았다. 일본 극우파가 독도에 상륙해 한일 간에 충돌이 벌어졌다. 그로 인해 긴장이 고조되자 사이버전쟁이 터졌고 우리가 일방적으로 패했다. 국정원이 고민 끝에 내놓은 해결책은 자신의 사이버부대, 즉 인파모이다. 그 인파모를 장악하려다 실패한 국정원이 지금 자신을 불러 그 사이버부대를 이용해 반격을 하라는 것이다.

"그래서 저더러 다시 인파모 사령관이 되어 일본과 싸우라는 겁니까?"

1차장이 답했다.

"그렇다! 이젠 인파모가 아닌 일파모 사령관으로서 말이다.”

“일파모요?”

“그래! 일본을 파괴하기 위한 모임, 일파모!”

민우는 순간 헛웃음이 나왔다. 북파공작원 차출이 아닌 걸 다행이라고 해야 하나.

여태껏 그렇게 고생을 시켜놓곤 이제 와서 사이버부대 일파모 사령관? 당장 자리를 박차고 일어나고 싶었지만 그래 봤자 청송으로 되돌아가는 것 말고는 달리 선택의 여지가 없었다.

민우는 냉소적인 표정으로 1차장을 바라보았다.

“뭔가 잘못 알고 계신 것 같은데 지금 전 교도소에서 복역 중인 죄수입니다. 그런 제가 어떻게 그런 일을 할 수 있겠습니까?”

외사과장이 대신 답했다.

“예스냐 노냐만 선택하게. 나머지는 우리가 다 생각해뒀으니.”

“그뿐입니까?”

“그뿐이냐니?”

민우는 얼굴을 붉히며 목청을 높였다. 지금껏 참아온 울분이 한꺼번에 터진 것이다.

"내 청춘, 내 인생 이렇게 갈가리 찢어놓고 이제 와서 나라를 위해 일할래, 말래? 예스냐 노냐만 선택하라고요?"

"유민우! 말이 지나치다."

외사과장이 말을 가로막고 나섰지만 민우는 흥분해서 이성을 잃었다.

"지나치다고요? 난 지금 총이라도 있으면 마구 갈겨버리고 싶은 심정입니다."

1차장이 자리를 박차고 일어섰다. 순간 그의 눈이 매의 눈처럼 날카롭게 번득였다. 살기마저 풍겼다.

"건방진 새끼! 여기가 어디라고 감히……."

그러나 민우도 물러서지 않았다. 금방이라도 달려들 듯이 악을 썼다.

"내가 뭘 잘못했는데? 최소한 미안하다는 말 한마디쯤은 하면서 부탁해야 하는 거 아냐?"

"어허!"

외사과장이 몸으로 민우를 가로막으며 나무랐다. 얼굴이 벌겋게 상기된 1차장은 민우에게 삿대질하며 소리쳤다.

"저 새끼 당장 청송으로 돌려보내!"

청송이란 말을 듣자 현기증이 날 만큼 아찔했지만 민우는 굽히지 않았다.

"씨발! 죽으려고 자살까지 시도한 놈이야. 뭐가 두렵겠어!"

찰싹! 외사과장이 민우의 뺨을 후려쳤다. 민우는 반사적으로 외사과장을 노려보았다. 그런데 외사과장의 눈빛이 의외로 처연했다. 손찌검을 한 자의 눈빛 같지가 않았다. 상대를 제압하려는 의지보다 상대를 포용하는 부드럽고 포근한 기운이 느껴지는 눈빛. 믿기 어려웠지만 외사과장의 눈빛에는 아버지와 같은 따뜻함이 서려 있었다.

"왜 때리는 겁니까?"

"미안하다는 말이 듣고 싶다면. 내가 해주지."

"……."

"미안하다, 유민우."

"……."

"그리고 이제 네가 가진 실력으로 진정한 영웅임을 입증해다오."

기가 차다는 표정으로 1차장이 소리쳤다.

"야! 외사과장."

외사과장은 숨을 크게 들이쉬며 1차장에게 말했다.

"이놈 제게 맡겨주십시오."

"뭐라고?"

"이놈 제가 책임지겠습니다."

"자네가 무슨 책임을 진단 말인가?"

"이번 일 잘못되면 옷 벗겠습니다."

"미쳤어?"

"실제로 만난 건 처음이지만 과거 이놈 사건 제가 담당했습니다. 이놈이라면 충분히 일본을 깨부술 수 있습니다."

또다시 전화벨이 울렸다. 비서가 이번에는 국방부 장관이라고 했다. 잠시 멈칫대던 1차장이 방을 나서며 말했다.

"그럼 자네가 알아서 해. 잘못되면 진짜 옷 벗는 줄 알아!"

방문이 쾅 하고 닫혔다. 민우는 거친 숨을 몰아쉬며 바닥에 주저앉았다.

"왜 대답이 없는 거지? 내 사과가 부족했나?"

"겨우 그까짓 말 한마디로……."

"그럼 무릎이라도 꿇을까?"

외사과장은 정말로 바닥에 무릎을 꿇었다. 그 모습이 절박하다 못해 슬퍼 보였다. 민우는 입술을 깨물었다. 입술은 이미 마를 대로 말라 핏물마저 굳어 있었다. 왈칵 눈물이 났다. 민우는 외사과장 앞에 함께 무릎을 꿇고 앉았다. 외사과장이 민우의 어깨를 토닥였다. 그의 손길이 따뜻했다.

"다시 청송으로 보내겠다는 협박 따위로 이 일을 강요하고 싶지 않네. 하지만 과거 대한민국 최고의 사이버 민병대 사령관으로서 일본에 이렇게 당하고 있다는 게 분하지도 않나?"

한동안 침묵이 흘렀다. 민우는 애써 감정을 추스르고는 담담하게 물었다.

"도라도라도라의 결말은 어떻게 됐죠?"

외사과장의 얼굴에 희미한 미소가 번졌다.

"일본의 무조건 항복이었지. 미주리호였던가, 장소가?"

"그럼 우린 어디서 항복 문서를 받을까요?"

"독도가 좋겠지."

민우의 얼굴에 어느덧 상심과 울분이 사라졌다. 그 대신 뜨거운 전의가 불타오르고 있었다.

03.
게임중독

외사과장은 어딘가로 급히 차를 몰았다. 민우는 목적지가 어딘지 굳이 묻지 않았다. 영화에서처럼 호송자의 눈을 가리지 않는 것만으로도 다행이었다.

오랜만에 바라보는 세상은 온통 흰 눈으로 덮여 있어 이국적인 풍취마저 자아냈다. 민우는 모든 과거를 묻어버리고 백지장처럼 하얀 그 위에 인생을 다시 그려보고 싶었다. 조용히 눈을 감자 과거 자신의 모습이 파노라마처럼 펼쳐졌다.

그의 기억은 10여 년 전으로 거슬러 올라갔다. 고교 시절 민우는 촉망받는 프로그래머였다. 컴퓨터 시대가 도래할 것이라고 예상한 아버지는 일찍부터 민우에게 컴퓨터 프로그래밍을 배우게 했다. 컴퓨터 프로그래밍은 민우의 적성과 능력에 맞았고 나이에 비해 놀라운 성장 속도를 보였다. 고등학생 신분으로 세계 최대 해킹 대회인 데프콘 CTF(매년 미국 라스베이거스에서 개최되는 세계 최대의 해킹 대회. 각국 예선을 거친 230여 개 팀이 참석해 해킹 실력을 겨룬다.) 국내 예선전에 참가해 대학생들과 일반인들을 모두 물리치고 톱 프로그래머로 선출된 적도 있었다. 당시 모 신문사에서는 민우를 천재 프로그래머라고 소개했다.

그러나 인생사 새옹지마라 했던가. 프로그램 공부에 열중하던 민우는 자연스럽게 컴퓨터 게임을 접하게 되었고 이후 민우의 삶은 까마득한 나락으로 추락하기 시작했다.

그 시절 전염병처럼 번지던 스타크래프트와 리니지에 있어 민우는 가히 달인의 경지에 이르러 있었다. 친구들은 승리를 위해 늘 민우를 앞장세웠다. 민우는 언제나 그들에게 승리를 안겨주었고 승리 뒤엔 렙업(등업)과 아덴(게임머니)의 수확이 뒤따랐다. 일부 동료들은 아덴을 팔아 돈을 챙겼다.

민우를 프로그래머로 키우려던 부모님은 컴퓨터 앞에 앉아 있는 민우를 다른 집 부모처럼 나무라는 법이 없었다. 그러나 컴퓨터 게임에 손을 댄 이후 민우의 생활은 차츰 변해갔다. 민우는 게임 속에서 군대, 즉 혈맹이라는 조직을 만들어 계급과 임무를 부여하며 군주로 군림했다. 급기야 현실과 게임을 구분하지 못하는 게임 착란 증세가 시작되었다. 민우는 자신이 통치자로 군림할 수 있는 게임 세계가 싫지 않았다. 오히려 게임을 잘하는 누군가가 나타나 자신의 자리를 위협하지나 않을까 하는 두려움에 더욱더 기술을 연마했다.

그러던 어느 날 예상치 못한 일이 벌어졌다. 다른 학교에서 도전장이 날아든 것이다. 게임에 관한 한 민우만큼이나 유명한 상대 학생은 학교 간의 계급 통합을 조건으로 한판 게임을 하자고 도전해왔다. 주먹 세계처럼 컴퓨터 게임을 두고 학교 간 서열 매기기가 시작된 것이다. 소문은 순식간에 퍼져나갔다. 게임을 하지 않는 아이들에게도 이 대결은 초미의 관심사가 되었다. 민우로서는 결코 물러설 수 없는 한판 승부였다.

게임 날짜와 장소가 정해졌다. 그날부터 민우를 비롯한 혈맹 팀은 밤새 게임을 연습했다. 한숨도 자지 못해 수업조차 들을 수 없는 지경이었다. 그러나 다음 날도, 그 다음 날도 그들은 혹독한 훈련을 계속했다.

드디어 결전의 날. 시합장인 PC방은 두 학교 학생들로 장사진을 이루었다. 선택 게임은 리니지 공성전으로 중세 전쟁 때처럼 성을 나누어 방어하고 빼앗는 롤플레잉 게임(유저가 게임 프로그램에 등장하는 한 인물의 역할을 맡아 직접 수행하는 컴퓨터 게임. 유저는 게임 관리자가 정해 놓은 규칙에 따라 모험과 상상의 세계를 여행하며 다양한 전투를 수행하므로 게임 속의 주인공이 된 듯한 흥미를 느낄 수 있다. 독자적으로 게임에 동참할 수 있고 여러 사람이 무리 지어 동시에 할 수도 있다.)이었다. 게임 참가자들은 하나하나 각기 다른 캐릭터로 모여 군대를 결성했다. 이른바 혈맹이라는 군대 조직이 결성된 것이다.

혈맹에는 군주, 기사, 요정, 마법사 등의 캐릭터가 있어 각자 차별화된 무기와 아템(아이템)으로 상대를 공격하거나 방어한다. 상대 성(城)을 함락하는 팀이 승자가 되는 것이다.

유저 각자는 소유한 아템에 따라 전투력에 차이를 보이는데, 문제는 게임의 승자와 패자가 현실과 가상세계를 구분하지 못할 정도로 환희와 분노에 빠진다는 것이다. 이것이 이 게임의 중독성이었다.

더욱 강한 전투력을 보유해 상대를 물리치려면 지속적인 렙업이 필요했다. 패했을 때는 아템을 잃을 수도 있었기에 잠시도 방심하거나 컴퓨터 앞을 떠날 수도 없었다.

승부욕이 강한 사람은 렙업 대신 아덴이라고 불리는 사이버머니로 다른 사람의 아템을 구입했다. 이를 '현질'이라 했다. 아덴은 일반적으로 100아덴에 12,000~16,000원에 거래되었는데, 많은 경우 월 500만 원 이상 구입하는 사람들도 있었다.

그런 까닭에 환율차가 큰 중국에서는 한국 게이머들을 상대로 아덴을 팔기 위해 직업 삼아 게임을 하는 사람들이 생겨났고, 실제 그들의 수입은 일반 샐러리맨보다 훨씬 많았다.

아덴이 충분히 쌓여 있는 등급이 높은 학생들은 용돈을 넘어 엄청난 금전이 생기기도 했다. 그렇기에 학생들은 자신에게 승리를 안겨줄 절대 고수가 필요했고, 그 중심에 민우가 있었다.

PC방은 구경 온 학생들로 소란스러웠다. 워낙 실감 나고 치열한 전투가 벌어지는 게임이라 평소에도 늘 많은 관람자가 동반되는데, 학교 대 학교의 대결이었으니 붐비는 것은 당연했다.

드디어 게임이 시작되었다. 게임은 단판에 승부를 결정짓는 서바이벌 방식. 두 팀의 혈맹은 능수능란한 손놀림으로 불꽃 튀는 접전을 벌이기 시작했다. 고비마다 탄성과 함성이 오갔다. 민우는 채팅 창을 통해 자기 팀 혈맹에게 수시로 작전 지시를 내렸다.

치열하던 승부가 가려진 건 30분쯤 후였다. 민우 팀의 손이 일순간 하늘로 치솟았다. 승리였다. 민우 팀은 환호하며 하이 파이브를 나누었고 상대편 학생들은 복종을 맹세하며 소유하고 있던 아덴과 ID를 모두 상납했다. 게임 속에서처럼 성 하나를 점령하자 노획물이 생긴 것이다. 그것은 지금껏 느껴보지 못한 짜릿한 쾌감이었다. 다른 성을 점령해 그들에게 복종을 다짐받는 상황이 현실이 된 것이다. 형언할 수 없는 전율이 일었다.

하지만 그로 인한 피해 또한 적지 않았다. 얼마 후 치러진 시험에서 상위권이던 민우의 성적은 바닥권으로 추락했다.

다른 학교 학생들의 도전은 계속되었다. 그들은 포털사이트에 고교 연합 카페를 만들고 게임에서처럼 군주를 정해 권역을 분할했다. 군주는 자기 권역을 이끌며 게임에 관한 한 절대 권력을 행사했다. 그리고 다른 군주들과 대결을 벌여 세력을 통합해나갔다. 이 대결에서 승승장구한 민우의 위상은 가히 제왕적이었다. 문자나 메신저 명령 하나면 엄청난 부대가 게임 속으로 동원되었고 그런 과정에서 민우의 등급은 끝없이 렙업되어갔다.

기쁨은 단지 게임 속 세상에만 있는 것이 아니었다. 루저로부터 상납받은 아덴은 현금이 되어 돌아왔다. 그것은 용돈이라 부르기에는 너무나 큰돈이었다. 민우는 그 돈으로 풍족한 생활을 즐겼다. 자신을 따르는 친구들에게도 마음껏 베풀었다.

하지만 그와 반비례로 성적은 곤두박질치기 시작했다. 부모님은 물론 선생님도 더 이상 민우를 가만두지 않았다. 집에

서는 부모님의 간섭과 감시에 시달려야 했고 학교에서는 야
단맞는 횟수가 늘어났다. 그럼에도 민우는 게임의 세계에서
벗어날 수 없었다. 어른들의 간섭과 훈계가 잦을수록 게임 속
으로 도망쳤다. 급기야 도서관에 간다는 핑계로 PC방을 드나
들었고 나중에는 그곳에서 살다시피 했다.

수능 몇 달 전, 결국 민우에게 끔찍한 사건이 터지고 말았
다. 도전을 신청해온 다른 학교 팀에게 민우 팀이 지고 만 것
이다. 이제껏 쌓아온 화려한 전적은 하루아침에 무너졌다. 게
임 규칙은 잔인했다. 패자는 모든 권한을 상실하고 백의종군
해야 했다. 제왕의 권위는 사라졌고 수년 동안 렙업시켜온 ID
와 아덴도 상납해야 했다. 자신을 따르던 아이들도 하루아침
에 등을 돌렸다.

허무했다. 분하고 원통했다. 그것은 당해보지 않은 사람은
상상조차 할 수 없는 끔찍한 절망이었다. 민우는 이를 악물고
재기를 결심했다. 새로 발급받은 ID로 다시 혼신의 힘을 쏟
았다. 어서 등급을 올려 재도전하려는 생각밖에 없었다.

하지만 시간이 촉박했다. 수능이 얼마 남지 않았다. 하지만
그건 중요하지 않았다. 고등학교를 졸업하기 전까지 그들에게
재도전할 수 있어야 했다. 민우는 결국 어머니의 지갑에 손을
대고 말았다. 돈으로 아템을 구입해야 할 만큼 민우의 마음은

조급했다.

온통 게임 생각뿐이었다. 어떤 날에는 아프다는 핑계로 조퇴를 하고 PC방을 찾았다. 눈을 떼면 아템이 증발해버릴까봐 화장실 가는 것조차 참았다.

렙업은 예전같이 쉽지가 않았다. 게임 고수가 워낙 많아진데다 경제적으로 여유 있는 직장인들이 돈으로 무기를 구입해 맞섰기 때문이다.

민우는 결국 고등학교를 졸업할 때까지 재도전의 기회를 잡지 못했다. 그것은 크나큰 좌절이었다. 좌절은 그것만이 아니었다. 상위권을 유지하던 성적이 곤두박질쳐 4년제 대학에 겨우 턱걸이로 입학했다.

새로운 제왕으로 군림하려던 꿈은 깨졌다. 그러나 민우는 계속해서 심한 게임중독에 시달렸다. 매일 밤 게임을 하느라 잠을 설쳤고 수업 일수를 채우지 못해 학사경고까지 받았다. 새로운 친구도 없었고 게임을 하지 않는 그들을 친구로 사귈 마음도 들지 않았다. 부모님과의 마찰도 심해졌다. 부모님은 민우의 게임중독 증세가 날로 심해지자 집 안의 컴퓨터를 치워버렸다.

민우는 기어이 가출을 하고 말았다. 밤이면 PC방이나 강의실 모퉁이에서 잠을 잤고 PC방 요금과 끼니를 해결하기 위해 눈물을 머금고 아덴을 팔았다. 그래서 떨어진 등급을 올리려면 더욱더 게임에 매달려야 했다.

후회를 하지 않았다면 인간이 아니었으리라. 노숙인같이 피폐해져가는 자신의 몰골을 바라보며 회한의 눈물을 흘리기도 했다. 하지만 그 우울함을 달래기 위해 찾은 곳은 또 PC방이었다. 학과에서 유일하게 민우를 챙겨주던 한 친구의 권유로 여행을 떠나보기도 했지만 하루라도 컴퓨터 없이 지내면 정신이 몽롱해져 다시 발길을 돌려야 했다. 게임을 해도, 게임을 하지 않아도 미칠 것 같은 증세에 우울증마저 찾아왔다.

그러던 어느 날, 민우가 학과 교수실 청소 당번이던 날이었다. 청소를 하던 민우는 우연히 교수의 지갑을 보게 되었다. 지갑에는 수표와 지폐가 수북했다. 그 정도 돈이면 피 같은 아덴을 팔지 않고도 한동안 생활할 수 있을 것 같았다. 민우는 떨리는 손으로 지갑을 슬쩍했다. 현금은 당장의 생활비로 쓰고 수표는 고가의 아템을 구입하는 데 썼다.

그날 민우는 참으로 행복했다. 맛난 야식을 먹으며 고가의 아템으로 무장해 적들을 물리치니 한없는 포만감이 밀려왔다.

그러나 행복은 오래가지 않았다. 다음 날 학과 사무실로 들이닥친 경찰에게 민우는 체포되었다. 아템 구입을 위해 입금한 수표가 추적된 것이다. 체포된 민우가 감옥 신세를 지는 동안 학교에서는 제적 처분이 내려졌다. 면회 온 어머님은 실신을 하셨고 아버지는 부자지간을 끊겠다는 말을 남긴 채 등을 돌리셨다. 대학생이란 신분과 교수의 선처 덕분에 얼마 지나지 않아 출감은 했지만, 민우는 갈 곳이 없었다. 민우가 향한 곳은 또 PC방이었다.

PC방에 들어온 민우는 게임에 접속하지 않았다. 그날만큼은 게임을 하고 싶지 않았다. 다른 게임중독자들은 어떻게 살고 있는지 알아보고 싶었다. 게임과 관련된 카페 몇 곳을 뒤적이던 민우는 깜짝 놀랐다. 게임중독 증세를 호소하는 글이 너무나 많기 때문이었다. 자신처럼 학업을 포기한 경우는 허다했고 어떤 이는 다니던 직장을 때려치우고 낭인으로 전락할 때까지 게임에 몰두했다. 어느 기혼 여성은 아템 구입을 위해 가산을 탕진하고 이혼당했으며, 또 어떤 중소기업 사장은 회사까지 파산시켰다.

그들의 호소는 한결같았다. 자신의 의지로는 게임중독증을 고칠 수가 없으니 게임 사이트를 폐쇄하든가 아니면 금연학교처럼 전문적인 치료 기관을 설립해달라는 것이었다. 민우도 충분히 공감이 가는 말들이었다.

글을 읽어가던 민우는 끔찍한 이야기 하나를 발견했다. 자살에 관한 고백이었다. 온갖 방법을 다 써봐도 게임중독증을 고칠 수가 없었다며 자살을 하겠다는 내용이었다. 놀랍게도 그는 함께 자살할 동지까지 모았다. 게임중독 탓에 철저하게 폐인이 된 그의 심정이 이해가 되지 않는 건 아니었지만 그렇다고 자살까지 한다는 건 너무하는 것 아닐까. 그는 자신이 가입한 자살 사이트 URL까지 적어두었다. 떨리는 손으로 URL을 클릭해보았다. 그곳에는 엄청난 사건이 진행되고 있었다. 모일 모시에 자살을 하자며 자살 희망자는 지정한 장소로 모이라고 했다. 글을 읽는 것만으로도 소름이 돋았다.

민우는 호주머니를 뒤졌다. 막 출소한 후라 호주머니 안에는 동전 몇 개만이 짤랑거렸다. 당장 PC방 갈 돈도 없었다. 막막했다. 뱃속에서는 꼬르륵하는 소리가 멈추질 않았다. 밤이라 아템을 팔아 돈을 마련할 수도 없었던 민우는 어쩔 수 없이 부모님이 계신 집으로 향했다.

어쩐 일인지 집 안은 텅 비어 있었다. 이웃에게 물으니 그 사연이 참담했다. 실신한 어머니는 그 길로 병원에 입원하셨고 아버지마저 화병으로 쓰러져 입원 중이라고 했다. 아들 하나 때문에 집안 하나가 몰락한 것과 다름없었다.

민우는 병원으로 달려갔다.

"너 같은 아들 둔 적 없으니 다시는 얼굴 볼 생각 말아라!"

돌아누운 아버지는 끝내 입을 열지 않았다.

민우는 쫓기듯 병원 문을 나섰다. 절망감에 술벗이라도 찾고 싶었다. 고등학교 때 단짝이었던 친구네 집으로 갔다. 예전에는 상냥하게 맞아주시던 친구 어머니의 표정이 곱지 않았다. 친구가 집을 나서려는데 그의 어머니가 기어히 한마디 하셨다.

"부모 잡아먹을 놈하고 어울리지 마라."

민우가 차마 감당할 수 없는 말이었다. 친구가 엄마 눈치를 보더니 주춤거리며 나왔다.

"미안해! 엄마가 네 소식 어디서 들었나 봐. 감옥 다녀온 것까지 아셔."

친구는 지폐 몇 장을 쥐여주며 민우의 등을 떠밀었다.

길을 걷자니 눈앞이 아찔했다. 자신을 받아주는 곳이 아무데도 없었다. 최후의 보루인 부모님과 친구들도 자신을 피했다. 문득 자살 사이트가 떠올랐다. 다시 PC방으로 향했다.

당신이 없어져야 행복해질 세상

자살 사이트답게 로고 문구도 섬뜩했다. 하지만 민우에게 그 표현은 마치 자신을 위한 말처럼 느껴졌다. 사이트에는 자살을 예찬하는 글이 가득했다.

자살. 그것은 신이 인간에게 내린 형벌 중 가장 위대한 은
혜다.   - T. 리비우스

자살은 신조차도 부러워하는 인간의 특권이다. 왜냐하면
신은 자살할 수 없기 때문이다.   - 플리니우스 1세

소외된 인간에게 자살은 가장 위대한 저항이자 고백이다.
                                                  - 웹스터

가장 위대한 철학은 자살이다. 그것은 괴로운 인생을 살 가
치가 있느냐는 질문에 대한 명쾌한 철학이기 때문이다.
                                                  - 카뮈

　사이트에는 염세주의자 쇼펜하우어의 철학도 소개되어 있
었다. 그것은 자살 예찬론의 완벽한 종결 편처럼 보였다. 형
이상학설을 주장했던 쇼펜하우어는 인생을 '생에 대한 의지'
로 표현했다. 인간의 존재 가치 문제는 그 의지에 대한 연쇄
반응인데 인간의 욕구와 절망은 끝이 없으므로 인간은 결코
행복해질 수 없다는 논리였다.
　쇼펜하우어는 그 해법으로 자신이 심취했던 인도 철학의

'열반'을 제시했다. 무심, 무욕의 해탈, 즉 죽음이 답이라는 것이다. 자살 사이트답게 모든 결론은 자살의 미학 쪽으로 모아졌다. 어느덧 민우도 자살의 유혹에 빠져들고 말았다.

민우는 홀로 술을 마셨다. 이런 절망의 순간에 함께 대작해 줄 친구조차 없다는 게 허무했다. 20여 년을 살아오는 동안 도대체 무엇을 하고 있었단 말인가? 취기가 오를수록 정신은 몽롱해졌다. 하지만 자살 충동은 뚜렷하고 강렬해졌다.

04.
사이버부대 인파모

다음 날 오후.

막상 길을 나서긴 했지만 몇 번이나 걸음을 멈추었다. 죽기로 마음먹은 마당에 무슨 소용이 있으련만 자꾸만 어머니 얼굴이 눈앞에 어른거렸다. 민우는 질끈 눈을 감았다.

약속 장소인 모 여관에 모인 사람은 여섯이었다. 젊은 여성도 한 명 있었다. 이제 곧 죽을 사람들인데 인사는 나눠 뭐 할 거냐며 그들은 통성명조차 하지 않았다.

"두려운 사람은 지금이라도 돌아가십시오."

자살을 주모한 사내가 말했다. 그러나 자리를 뜨는 이는 없었다.

사내는 서른 초반쯤의 나이로 보였다. 그는 지체 없이 몇 개의 약통을 바닥에 내려놓았다.

모두의 시선이 약병으로 향했다.

"함께할 길벗들이 있어 외롭지는 않을 겁니다. 이제 이 약으로 우리의 목적을 이룹시다."

사내는 약통을 개봉해 수십 개의 알약을 손에 담았다. 죽음에 대한 갈등이 스며들 시간을 허락하지 않으려는 듯 사내는 음독을 재촉했다.

흑흑!

사내가 알약을 입에 털어넣으려는 순간, 방 한편에서 울음소리가 들려왔다. 여자였다. 사내는 약을 삼키려다 말고 화를 냈다.

"싫으면 돌아가라 하지 않았습니까?"

여자는 흐느끼며 말했다.

"죽는 게 두려워서 그러는 게 아니에요. 다만 내가 죽고 나면 엄마가 얼마나 서럽게 우실지 생각이 나서……."

엄마란 말에 모두의 눈시울이 붉어졌다. 하지만 약을 든 사내의 목소리는 차갑고 단호했다.

"그만한 미련도 버리지 못할 사람이 이 자리에는 왜 온 겁니까? 할 거요, 말 거요?"

사내의 추궁에 여자는 망설였다. 그녀가 선뜻 결정을 내리지 못하자 서른 중반쯤으로 보이는 사내가 입을 열었다.

"우리같이 무능한 남자들이야 그렇다 칩시다만 당신같이 젊고 예쁜 여자가 뭣 때문에 죽으려는 거요?"

사내의 질문에 약을 든 사내가 버럭 화를 냈다.

"여기서 그런 질문은 금집니다. 우리가 죽자고 모인 거지, 인생 토론하자고 모인 겁니까?"

여자에게 질문을 던졌던 사내가 연장자답게 다소 느긋한 자세로 답했다.

"어차피 죽기로 작정한 사람들인데 그 시간이 빠르면 어떻고 조금 늦으면 어떻습니까? 사연이나 한번 들어봅시다."

순간 약을 든 사내가 자리에서 벌떡 일어서며 화를 냈다.

"참 나! 죽는 순간까지 기분 더럽게 만드는군. 당신들끼리나 토론 잘하고 오시오."

사내는 자기 몫의 약병을 챙겨 방을 나섰다. 쾅 하는 문소리가 나자 나이 든 사내가 쯧쯧 혀를 찼다.

"저 양반 굳이 자살 안 해도 누구에게 맞아 죽을 성깔이군."

주모자가 뛰쳐나간 방 안에는 허탈감만이 맴돌았다. 그것을 의식했는지 나이 든 사내가 분위기를 추슬렀다.

"괜히 주눅 들 것 없습니다. 저 양반이 아니라도 이 약이 우리를 죽음으로 이끌어줄 테니까요."

아무도 사내의 말에 대꾸하지 않았다. 사내는 무안했는지 머쓱한 표정으로 느닷없이 자신의 이름을 밝혔다.

"나 이철주라고 합니다. 사업하다 게임에 빠져 회사 다 말아먹고 사채까지 손댔다가 빚쟁이들 협박이 무서워 죽으려고 여기까지 왔습니다."

어차피 게임 카페에서 만난 사람들이니 자살 동기는 모두 게임중독일 것이다. 하지만 이철주란 사내는 굳이 '게임중독'이란 말을 끄집어냈다. 민우는 분명했던 자살 의지가 느슨해지고 있음을 느꼈다. 삶에 대한 의지가 서서히 싹을 피워내고 있었다.

자신의 사연을 소개해도 아무런 반응이 없자 이철주는 다시 젊은 여인에게 조금 전 물었던 질문을 다시 했다.

여자가 사연을 털어놓기 시작했다. 사랑과 배신, 그로 인한 상처를 잊기 위해 게임에 미쳐 가진 돈을 모두 탕진하고 윤락 행위도 서슴지 않았다는 파란만장한 이야기의 중심에는 어김없이 게임이 자리하고 있었다. 그런데 얘기를 듣고 난 이철주는 어이없다는 표정으로 그녀를 나무랐다.

"겨우 그만한 일 가지고 당신처럼 젊은 여자가 죽겠다고 여기 온 겁니까? 안 할 말로 지금이라도 시치미 뚝 떼고 시집만 잘 가면 되는 거 아닙니까?"

여자가 불쾌하다는 듯 외면했다. 잠자코 듣고만 있던 민우가 끼어들었다.

"그렇게 말씀하시면 여기 죽을 사람 몇이나 되겠습니까?"

일격을 당한 이철주가 씁쓸한 웃음 끝에 한마디 흘렸다.

"아무튼 다른 사람들은 어떤지 모르겠지만 나는 꼭 죽어야 할 사람입니다."

"겨우 컴퓨터 게임 때문에요?"

순간 모든 이가 민우를 쏘아보았다. 어이없지만 그게 모두의 현실이었다. 민우 자신도 다른 사람들과 마찬가지로 그까짓 게임 때문에 자살하려던 게 아닌가.

"까짓것! 게임이 문제라면 게임 사이트 다 없애버리면 되잖습니까?"

민우는 자리를 박차고 일어서며 소리쳤다. 그것은 죽음의 반대쪽을 향하고 있었다. 그러자 이철주가 비아냥거리듯 민우를 쳐다보았다.

"참 나, 무슨 재주로 게임 사이트를 다 없앤다는 겁니까?"

"전 프로그래머입니다. 데프콘 CTF에 국내 대표로 선출된 경력까지 있는 톱 프로그래머라고요."

참석자들은 잠시 놀라는 표정을 지으며 민우를 주시했다. 이철주가 다시 비아냥거렸다.

"그럼 진작 박살을 내버릴 것이지 왜 죽으려고 예까지 온 겁니까? 그 사이트가 당신 목숨보다 소중했던 거요?"

민우는 할 말이 없었다. 하지만 자신이 무심코 내뱉은 말, 그러니까 게임 사이트들을 없애버리면 된다는 표현에 묘한 쾌감이 느껴졌다. 그렇다! 이왕 죽을 거 그 게임 사이트들과 같이 사라지는 거다. 민우의 목소리에 힘이 실렸다.

"좋습니다. 우리 모두 죽읍시다. 하지만 죽기 전에 이것 하나만 생각해봅시다."

모두가 호기심 어린 표정으로 민우를 바라보았다. 민우는 그들을 둘러보며 소리쳤다.

"어차피 죽을 거, 우리 힘을 모아 그 게임 사이트들을 박살 내고 죽는 겁니다. 게임으로 피해 입고 자살할 사람들이 어디 우리뿐이겠습니까? 훗날을 위해서라도 그 게임 사이트들 박살 내고 죽자 이겁니다."

줄곧 비웃기만 했던 이철주의 표정이 진지하게 변했다. 그는 뭔가 곱씹는 듯한 표정을 짓더니 무겁게 입을 열었다.

"그 말 진심으로 하는 겁니까?"

"그렇습니다. 동의하신다면 제가 앞장서겠습니다."

어디서 이런 호기가 샘솟았는지 민우도 스스로가 신통하게 여겨졌다. 일개 게임 사이트를 파괴하는 일쯤은 정말 자신 있었다. 한 사내가 물었다.

"정말 자신 있습니까?"

"물론입니다! 하지만 저 혼자 힘으로는 어렵습니다. 여기 모인 분들은 기본적으로 컴퓨터를 다룰 줄 아는 분들이니 여러분이 도와주신다면 해볼 만한 싸움이 될 겁니다."

침묵하던 또 다른 사내가 불쑥 한마디했다.

"그럼 사이버부대 하나 만듭시다."

"사이버부대요?"

"그래요. 사실 나도 프로그래머인데 게임 사이트를 해킹해서 파괴해버리는 생각을 해본 적이 있습니다. 주변에 동조하는 사람들도 있었고요."

이번에는 여자가 합세했다.

"게임 사이트 깨부수는 일이라면 제 주위에도 발 벗고 나설 사람 많아요."

모두들 인력 동원에 자신감을 표했다. 민우는 힘이 났다.

"좋습니다. 그럼 정말 게임 사이트들과 맞서 싸울 사이버부대 하나 만듭시다."

민우의 제안에 모두들 박수를 쳤다. 그 박수 소리가 끝나기도 전에 이철주가 손을 높이 들었다.

"사이버부대 이름은 인파모로 합시다."

"인파모요?"

"그래요! 인터넷 파괴를 위한 모임의 약자요."

그것은 좀더 광범위한 제안이었다. 지금까지의 토론 주제는 게임 사이트를 파괴하자는 것이었다. 그런데 이철주는 한 술 더 떠 아예 인터넷 자체를 파괴하자는 엄청난 제안을 하고 있는 것이었다.

"게임 사이트를 파괴하는 건 나도 생각해본 적 있습니다. 하지만 그것만으로는 안 됩니다. 게임 사이트 하나 박살 내면 뭐 합니까? 또 만들면 그만인 것을. 그러니 아예 그 전파 수단인 인터넷 자체를 깨부숴야 한다는 겁니다."

"무슨 수로 인터넷을 파괴한단 말입니까?"

"어차피 사람이 만든 건데 파괴할 방법이 없겠습니까? 태평양 바닥에 깔린 해저 케이블을 잘라버려도 될 테고요."

이철주의 황당한 주장에 사람들이 피식 웃었다. 그러나 민우는 진지하게 물었다.

"그것도 방법이야 되겠지만 우리가 무슨 수로 해저 케이블을 끊을 수 있단 말입니까?"

이철주도 정색을 하며 답했다.

"해저 케이블을 절단하는 것이 불가능하다면 국내 전화국을 마비시키는 건 어떻습니까?"

"그야 가능하기는 하지만······."

"그렇습니다. 가능할 겁니다. 서울의 서초전화국과 혜화전
화국 2곳만 마비시키면 국내 인터넷은 다 죽습니다."

모두가 이철주를 진지한 눈빛으로 바라보았다.

"그곳에 국내 인터넷망을 관장하는 DNS 센터가 있습니
다."

모두의 얼굴에 비장함이 흘렀다. 한동안 침묵이 흐른 후 한
사내가 입을 뗐다.

"그럼 우리가 파괴하려는 것이 게임 사이트인 겁니까, 인
터넷인 겁니까?"

이철주가 답변에 나섰다.

"그 두 개는 별개가 아닙니다. 인터넷을 파괴하지 않고는
게임 사이트의 운영을 막을 수 없습니다. 그래서 한때 저는
정부 측에 그 대책을 호소하는 글을 수없이 올렸지요."

"어떤 글들 말입니까?"

"게임 사이트의 운영 시간을 제한해라, 사이버머니를 단속
해라, 연령을 규제하라. 그렇지 않으면 국내 인터넷망을 공격
하겠다. 뭐 그런 내용이죠."

"정부 측의 답신은요?"

"수백 번 글을 올렸지만 한번도 답신을 받질 못했습니다.

정부는 게임 문제에 대해 아직 개념조차 없는 것 같아요."

"그럼 정말로 인터넷망을 공격하신 적은 없나요?"

"실력이 돼야 말이죠. 하지만 유민우 씨 당신이라면 가능할 겁니다."

민우는 이철주가 자신의 이름을 알고 있다는 사실에 깜짝 놀랐다.

"어떻게 제 이름을……."

"사실 그 데프콘 CTF 대회 저도 참가했습니다. 당시 얼굴을 보지 못해 알아보지 못했지만 이야기하는 걸 들어보니 당신이 유민우 씨라는 확신이 드는군요."

"……."

이철주가 당시 상황을 설명했다.

"민우 씨는 나이가 어려 몰랐겠지만 그때 그 예제 프로그램은 국정원에서 만든 실전 프로그램이었습니다. 아무도 뚫을 수 없을 것이란 얘기가 떠돌았죠. 국정원에서도 그 성능을 입증하기 위해 예제로 던졌던 건데 나이도 어린 당신이 뚫어버린 겁니다. 당시 국정원에서는 난리가 났었다고 합니다."

모두의 눈빛이 다시 민우에게로 쏠렸다. 어느덧 그들의 눈빛에는 자살의 그림자 대신 생생한 패기가 넘쳐흘렀다. 민우는 이쯤에서 화제를 돌리려고 했다.

"좋습니다. 사이버부대 창설에는 모두가 찬성하는 것 같으니 대표자를 선출하는 것은 어떨까요."

민우는 대표자로 이철주를 추천했다.

"선생님은 가장 연장자일 뿐만 아니라 정부에 글도 올리는 등 이 일에 관심이 많은 분이니 대표자로 적격일 듯싶습니다."

모두들 민우의 의견에 찬성하며 박수를 보냈다. 하지만 당사자인 이철주는 손사래를 치며 사양했다.

"다른 모임이라면 몰라도 IT에 관한 한 나이나 경력은 무의미합니다. 실력이 우선이죠. 내용이나 방법을 알아야 제대로 기획을 하고 지시를 내릴 것 아닙니까."

여자가 이철주에게 물었다.

"그럼 유민우 씨를 추천하시는 겁니까?"

"그렇습니다. 물론 조직 관리나 통제를 하려면 저 같은 사람도 필요할 것이니 부대표, 아니 호칭이 어울리지 않는군요. 사이버부대라 명했으니 부사령관직을 맡으라면 수용하겠습니다."

부사령관이라는 표현에 따라 대표자의 호칭은 자연스럽게 사령관이 되었다. 여자는 한결 밝아진 얼굴로 말했다.

"사이버부대 사령관! 멋있는데요."

이철주가 벌떡 일어서며 민우를 보고 외쳤다.

"사이버부대 인파모 사령관 유민우 씨! 이제부터 당신이 지휘를 맡으십시오."

모든 이가 박수로 동의를 표했다. 이철주는 연설하듯 힘주어 덧붙였다.

"여러분! 비록 여기 모인 사람 수는 적지만 오늘 우리는 큰 모임 하나를 만들었습니다. 모임에는 반드시 체계가 있어야 합니다. 이제부터 나이에 관계없이 자기 직책에 책임을 져야 합니다. 유민우 씨가 제겐 조카뻘밖에 되지 않지만 저 역시 유민우 씨를 사령관으로 모시고 명령에 따르겠습니다. 모두들 약속할 수 있죠?"

또다시 박수 소리가 터졌다. 그러나 민우는 어리둥절할 따름이었다. 고작 다섯 명의 사람이, 그것도 방금 전 자살을 하러 모인 사람들이 사이버부대를 만들고 자신을 사령관으로 지목한 것이다. 분위기에 찬물을 뿌리는 것 같았지만 현실을 직시하지 않을 수 없었다.

"게임 사이트를 파괴하자는 제안은 제가 먼저 했습니다만 솔직히 지금 분위기는 너무 거창합니다. 운영 사이트도, 회원도 없는 상태에서 사이버부대 사령관이라니요?"

이철주는 진지한 표정으로 민우를 나무랐다.

"이제부터는 그런 생각을 하면 안 됩니다. 제가 오늘 큰 모임을 만들었다고 선언한 건 바로 이 자리에 유민우 사령관 당신이 있기 때문입니다."

"저 때문이라고요?"

이철주는 민우와 일행들을 번갈아 보면서 덧붙였다.

"그렇습니다. 여기 유민우 사령관님이 뚫었던 국정원 데프콘 CTF 예제 프로그램은 해킹의 모든 기술이 총망라되어야만 가능했던 최고 수준의 프로그램이었습니다. 바꿔 말하면 당시 유일하게 그 예제 프로그램을 뚫었던 유민우 사령관은 이미 모든 해킹 기술을 습득하고 있는 국내 최고의 해커라는 겁니다."

자신이 한 일이 이철주에게 이토록 격찬받을 일인지는 알 수 없었지만, 그의 말대로 민우는 해킹에 관한 한 누구에게도 뒤지지 않으리라 자신하고 있었다.

세계 최고의 프로그래머, 그것이 아버지가 꿈꾸었던 민우의 미래였다. 대기업에 근무하시던 아버지는 캐빈 미트닉이란 세계 최고의 프로그래머를 민우의 개인교수로 초빙하기 위해 미국 출장을 자원해서 떠났다. 레슨비를 충당하려고 조그만 단독주택으로 이주한 것도 그때쯤의 일이었다.

하지만 그것은 아버지의 커다란 착오였다. 당시 많은 사람이 세계 최고의 프로그래머로 캐빈 미트닉을 꼽았지만 사실 그는 세상을 발칵 뒤집어놓은 해킹 사건으로 유명해진 해커였을 뿐이다. 해킹이란 프로그래밍 분야의 한 파트에 불과한 것으로 프로그래밍과는 엄연히 구분되는 개념이다. 그러므로 그는 최고의 해커였는지는 몰라도 최고의 프로그래머라고 할 수는 없었다.

당시 각종 대형 해킹 사건들에 대한 전과 때문에 미국 내에서 취업이 어려웠던 캐빈 미트닉은 한시적으로 민우의 개인교습을 수락했다. 소문대로 그의 해킹 실력은 상상을 초월했다. 급기야 그의 기술을 고스란히 전수받은 민우는 고등학생 신분으로 데프콘 CTF 국내 예선에 참가해서 우승을 차지해 버렸다.

"우리에게는 100만 명의 회원보다 유민우 사령관 같은 실력자가 더 절실합니다. 그렇기에 전 오늘 모임을 큰 모임이라고 규정하는 겁니다."

민우가 다시 말을 이었다.

"하지만 아직 모임 사이트도 없고 사람도 고작 다섯 명 아닙니까?"

민우의 거듭되는 반문에도 이철주는 자신감을 보였다.

"모임 사이트는 제가 즉시 만들 것이고 장담컨대 회원은

1달 이내에 10만 명은 확보될 겁니다."

"10만 명이요?"

"그렇습니다. 현재 게임중독자가 150만 명입니다. 앞으로도 그 수는 기하급수적으로 늘어날 테죠. 조금 전 여러분께서도 인원 동원에 자신 있다고 말씀하셨잖습니까? 게임중독으로 고통받는 사람 수는 엄청납니다. 자식의 게임중독으로 게임에 원한이 맺힌 부모 또한 부지기수입니다. 그들이 우리 회원이 될 겁니다."

여자가 물었다.

"사이트를 만든다고 그들이 회원으로 가입할까요?"

"물론 아닙니다. 그래서 조직적인 관리가 필요하다는 겁니다."

이철주가 구체적인 방법을 제시했다. 우선 사이버부대라는 명칭에 걸맞게 조직 구조도 군대 체계를 갖추자고 했다. 사이버전투가 발생하면 전투 방식이나 시간이 분할되어야 하므로 목적에 따른 산하 전투부대와 지휘자를 정해두어야 하고 새로 가입하는 회원들이 자신의 능력에 맞는 부대를 선택할 수 있도록 조직 체계를 미리 갖추자는 것이다.

민우는 순간 고등학교 시절의 혈맹이 연상되었다. 명칭과 목적은 달랐지만 조직과 구성은 그와 흡사했다. 10만 명의 회원을 모을 수 있다는 이철주의 말은 제법 그럴듯했다.

부사령관을 자청한 이철주가 곁에 있던 사내의 이름을 물었다.

"민경식입니다."

"프로그래머라 하셨죠. 그럼 당신은 조직참모직을 맡아주십시오. 임무는 사이버부대의 전투조직을 구성하고 부대장직 적임자를 섭외해 배치하는 일입니다."

이철주의 보직 부여는 신속하게 이루어졌다.

"당신은 홍보참모직을 맡아주십시오. 카페나 게임 관련 사이트에 접속해 우리 모임을 홍보하고 그들을 회원으로 끌어들이는 일을 하는 겁니다."

홍보참모직은 여자가 맡았다. 그녀의 이름은 강나영이었다.

이철주는 나머지 사내에게도 업무를 맡겼다.

"당신은 재무 관련 일을 맡아주십시오. 자금 마련을 위해 회비를 갹출하고 스폰서를 구하는 일입니다."

하지만 사내는 난색을 표했다.

"회사에서 회계 업무를 담당하긴 했지만 회사 공금에 손을 대는 바람에 현재 수배 중입니다. 저 같은 사람이 재무 관련 일을 맡다니 당치 않습니다."

그러나 이철주의 말은 단호했다.

"그렇다면 더더욱 당신이 적임자입니다. 불순한 의도로 사이버부대를 만든 이 순간부터 우리는 모두 범죄자가 되는 겁니다. 하지만 자살까지 각오했던 우리에게 범죄자의 오명 따위가 무슨 대수입니까. 중요한 건 이제부터의 의지입니다."

이철주는 모두를 향해 말했다.

"이 순간부터 우리는 전투 모드에 돌입하게 됩니다. 죽느냐 사느냐의 문제이니만큼 최선을 다해주시기 바랍니다. 제 임무는 여기까지로 하겠습니다. 앞으로는 유민우 사령관님의 지시를 받도록 하겠습니다."

이제부턴 죽기 위한 전쟁이다.

여관방에 모여 있던 사람들은 모두 자살을 유보하고 각자 뿔뿔이 흩어졌다. 집으로 향하는 길에 민우는 게임에서 승리했을 때보다도 강렬한 희열을 느꼈다.

05.
첫 전투

일주일 후, 드디어 활동 중심에 설 사이버부대 사이트가 완성되었다. 홍보를 담당한 강나영은 밤을 지새우면서 카페나 블로그에 글을 남기고 다녔다.

그로부터 사흘 후, 컴퓨터 앞으로 달려간 민우는 자신의 눈을 의심했다. 그 짧은 기간에 무려 1만 명이 넘는 회원이 가입했고 수천 건의 글이 올라와 있었다.

민우는 글들을 읽어나가기 시작했다. 민간인 주제에 무슨 부대를 만드냐고 비아냥대는 사람도 있었지만 대부분은 민간 사이버부대의 창설을 환영하는 분위기였다. 민우는 자신감이 솟았다.

"좋아! 이 정도면 싸워볼 만하겠는데. 정말 한번 싸워보는 거야."

민우는 공지란에 첫 명령을 내렸다.

게임중독에 시달리는 여러분!

우리는 게임중독과 싸우기 위해 오늘 여기 모였습니다.

모두 경험하셨겠지만 의지만으로는 게임중독에서 벗어날 수 없습니다.

의지로 이룰 수 없는 일이라면 원흉을 제거합시다.

게임 사이트들을 파괴하는 겁니다.

정부가 할 수 없다면 우리가 촛불을 듭시다.

저는 정부와 게임 사이트 운영회사에 최후통첩을 할 것이니 여러분께서는 그 회사 게시판에 경고의 글들을 올려주시기 바랍니다.

민우가 첫 번째 타깃으로 정한 회사는 게임뱅크라는 국내 2위의 게임업체였다. 스타크래프트나 리니지에는 다소 뒤졌지만 이 업체에서 만든 '드레곤의 전설'이란 게임은 다른 게임들보다 중독성이 강했고 고액의 현금이 오가고 있어 피해가 급격히 확산되고 있었다.

게임뱅크 게시판에 엄청난 협박성 글들이 올라오기 시작

했다. 협박의 정도가 심해지자 게임뱅크는 아예 게시판의 글쓰기 기능을 폐쇄해버렸다. 하지만 사이트 폐쇄에 대한 언급은 끝내 없었다.

다음 날 이철주의 사무실에서 확대 간부회의가 소집되었다. 실제 전투에 앞장설 신예 간부들이 모두 참석해 사무실이 비좁을 정도였다. 조직의 눈부신 발전에 민우는 기운이 솟았다.

회의에 앞서 통성명하는 시간을 가졌다. 민우는 간단히 인사를 마친 후 본격적으로 회의를 주재했다.

"게임뱅크에 최후통첩을 했지만 그에 대한 회신은 받질 못했습니다. 저들이 경찰에 신고조차 하지 않은 걸로 봐서는 우리 사이버부대를 아예 무시하고 있는 것 같습니다."

"그럼 본때를 보여줍시다."

새로 참석한 간부 하나가 급하게 나섰다. 민우는 고개를 저었다.

"아직 경고한 데드타임이 남았습니다. 우리에게도 공격을 준비할 시간이 필요하고요."

이철주 부사령관이 질문했다.

"정부 관련 부서에 호소문은 보냈습니까?"

"예! 우리 홍보참모 강나영 씨가 1만여 명의 서명을 모아 정보통신부에 호소문을 제출했습니다."

"회신은요?"

"역시 없었습니다."

"보세요. 그렇다니까요. 사람들은 폐인이 돼서 자빠지는데 정부에선 관심조차 없어요."

민경식 조직참모가 물었다.

"공격 계획은 세우셨습니까?"

민우가 대답했다.

"양동작전을 쓸 겁니다. 회원들이 핑(Ping)이나 에러 패킷을 쏘아 저들을 교란시키면 그 틈을 이용해 프로그래머 부대가 해킹을 감행하는 겁니다. 서버 전체를 지워버려서 재기가 불가능하도록 만들 생각입니다."

그때 굵직한 목소리가 들려왔다. 모임에 늦은 탓에 통성명조차 하지 못한 사람이었다.

"그 사이트를 없애버릴 생각이라면 그것만 가지고는 안 됩니다."

모두의 시선이 그에게 집중되었다. 그는 민우의 동의도 구하지 않고 사령관석으로 걸어나왔다. 느닷없는 그의 행동에 여기저기서 수군거리는 소리가 들렸다.

"전 여러분에게 조금이나마 도움을 주려고 온 사람입니다.

그 회사를 박살 내주십시오. 아주 악덕 기업입니다."

민우가 남자에게 물었다.

"누구신지요?"

"진철식이라고 합니다. 드레곤의 전설을 만든 장본인입니다."

웅성거리는 소리로 회의장이 소란스러워졌다. 드레곤의 전설을 만든 사람이라면 바로 게임뱅크 사람이란 뜻이 아닌가. 그런 자가 이 자리에 나타나다니. 그가 좌중을 의식한 듯 또렷하게 말을 이었다.

"저는 10여 명의 직원을 두고 게임 개발 사업을 하던 기업가입니다. 지난 3년간 혼신의 노력을 기울여 드레곤의 전설을 만들었지요."

민우가 다시 질문했다.

"그럼 게임뱅크에서 만든 게 아니라는 겁니까?"

"제가 만들었다 하지 않습니까."

흥분한 사내는 잠시 호흡을 가다듬었다. 그리고 천천히 사연을 이야기하기 시작했다.

"3년 동안 피땀 흘려 게임을 개발했습니다. 하지만 마케팅할 돈이 없었어요. 그래서 스폰서를 찾아 나섰습니다. 그러던 중 지금의 게임뱅크 사장을 만나게 된 거죠. 게임을 보여줬더니 아주 환장하더군요."

이야기는 장황했지만 그가 겪었던 생생한 느낌은 모두에게 전해졌다. 사내는 울컥해서 말하는 중간중간 숨을 고르곤 했다. 그간의 분노를 삭이느라 애쓰는 모습이 역력했다. 사내의 사연은 이러했다.

드레곤의 전설의 상품성을 알아본 게임뱅크 사장이 공동 사업을 제안했다. 자본금 5억 원짜리 법인을 만드는 조건으로 3억 원을 투자하고 지분의 절반을 가져갔다. 진철식 사장에게는 게임을 담보로 하여 2억 원을 빌려주었다. 이렇게 해서 게임뱅크 사장과 진철식 사장은 공동주주가 되었다.

자금이 필요했던 진철식 사장에게 5억 원은 오아시스 같은 돈이었다. 그러나 그동안 누적된 부채를 감당하기에는 턱없이 부족했다. 결국 투입된 자본금은 1달도 못되어 바닥이 나버렸다. 회계를 잘 몰랐던 게 치명적인 실수였다.

투입된 자본금이 소진된 어느 날, 게임뱅크 사장이 재무보고를 해달라고 했다. 자본금이 바닥난 것을 알자 진철식 사장을 고소하겠다고 으름장을 놓았다. 자신이 투자한 돈은 신규 법인의 돈이어서 진철식 사장의 과거 부채와는 무관하다고 했다. 부채는 진 사장 몫이고 신규 법인의 돈에 손을 댄 것이니 공금횡령이라는 논리였다. 진철식 사장은 졸지에 회사 공금 유용죄로 고소될 처지에 이르렀다. 억울함을 하소연했지만 법은 진 사장 편이 아니었다.

이 과정에서 진철식 사장은 보상 한 푼 못 받고 투자금액만 탕감받는 조건으로 지분 모두를 게임뱅크에 넘겼다. 이른바 기업 사냥에 걸려든 것이다.

"제가 그 게임 만드는 데 10억 원이 넘는 돈을 썼습니다. 그런데 그렇게 애써 만든 게임을 통째로 빼앗기고 대박은커녕 빚쟁이가 되고 만 겁니다. 소문을 듣자 하니 그 회사 1달 순이익이 100억 원이 넘는답니다. 개인 빚이라도 청산해달라고 사정했더니 한 번만 더 그런 소릴 하면 정말로 고소하겠다고 협박을 합디다."

여기저기서 욕설이 들려왔다. 민우가 진 사장에게 물었다.

"그래서 저희에게 그 보복을 해달라고 부탁하시는 겁니까?"

"그렇습니다. 그러기 위해서는 제가 필요할 겁니다. 그 회사 정보는 제가 모두 알고 있으니까요."

"구체적으로 어떤 정보 말입니까?"

"프로그램, IP, 서버 정보, 직원 등 모두 다요."

좌중이 다시 한 번 웅성거렸다. 게임뱅크의 모든 정보를 알고 있다면 공격쯤이야 손쉬운 일이었다.

민우가 다시 질문했다.

"그런데 조금 전에 제가 제안한 방법으론 안 된다고 하셨는데 그건 무슨 의미죠?"

"억울하고 분통 터지는 일이지만 이제 게임뱅크는 엄청난 대기업이 되었습니다. 보안, 방어체계, 백업시스템 등 모든 게 완벽하게 갖춰져 있다는 말입니다. 물론 현재의 온라인 시스템이야 해킹을 감행해 파괴해버릴 수 있다지만 문제는 백업시스템입니다."

"백업시스템이 어떻게 돼 있는데요?"

"지금 그 회사 사이버머니를 돈으로 환산하면 5000억 원이 넘습니다. 그런 만큼 백업체계도 완벽하죠."

"좀더 구체적으로 말씀해주십시오."

"2중 백업체계를 갖추고 있습니다. 프로그램은 물론이고 하루하루의 거래 내역을 백업서버에 저장시켜두는 게 첫 번째이고 다른 하나는 타르테이프에 저장해둡니다."

"그럼 서버를 모두 파괴해도 타르테이프로 재생이 가능하다는 말이군요?"

"바로 그겁니다. 그래서 온라인 공격만으로는 그 회사를 와해시킬 수 없습니다."

좌중은 찬물을 끼얹은 듯 조용해졌다. 온라인 공격으로 사이트를 붕괴시킬 수 없다면 이번 계획은 불 보듯 뻔했다. 그것은 인파모의 존속 여부를 좌우하는 것이기도 했다. 민우는 고민 끝에 진 사장에게 자문을 구했다.

"그럼 방법이 없는 겁니까?"

"그래서 제가 온 거 아닙니까."

진철식 사장의 말에 회의장은 다시 생기를 띠었다.

"게임뱅크에 제가 데리고 있던 직원들이 남아 있습니다. 목구멍이 포도청이라 남아 있는 것일 뿐 저의 재기를 기다리고 있는 사람들이죠."

"그럼 그들이 어떤 도움이라도?"

진 사장은 자신 있게 소리쳤다.

"여러분은 계획대로 온라인 공격을 감행해주십시오. 타르테이프는 제가 알아서 처리하겠습니다."

데드타임이 임박했지만 게임뱅크 측은 여전히 반응이 없었다. 그동안 사이버부대 인파모 회원은 이철주의 공언대로 10만 명으로 늘어나 있었다.

공격 개시를 하루 앞두고 민우는 불안감을 떨칠 수 없었다.

'진철식 사장. 과연 그를 믿을 수 있을까?'

그의 공언이 낭설이라면 모든 일이 물거품이 된다. 인파모 자체도 해체될 것이 뻔했다. 한편 민우는 자신의 내면에 큰 변화가 생겼음을 느낄 수 있었다. 며칠째 게임을 하지 않았는데도 불안감이나 허전함을 느낄 수 없었던 것이다. 신기할 정도였다. 오히려 머릿속이 맑아졌다.

그 시각 진철식 사장은 옛 부하 직원을 만나고 있었다. 부하 직원은 게임뱅크에 대한 불평을 끝없이 쏟아냈다. 진 사장은 그에게 인파모의 공격 계획을 알리고는 협조해달라고 부탁했다. 잠시 망설이긴 했지만 부하 직원은 진 사장의 예상대로 한배를 타기로 했다. 진 사장은 그에게 손톱 크기만 한 물건 몇 개를 주었다.

"타르테이프 재생 헤드일세. 교체하기 수월하니 내일 아침 출근하는 대로 아무도 모르게 이걸 타르테이프 재생기에 교체해두게나."

드디어 데드타임.

민우는 인파모 사이트에 공격 개시 명령을 내렸다. 시스템에 과부하를 거는 핑과 고의적인 에러 파일로 시스템 속도를 떨어뜨리는 패킷 공격이 시작되었다. 치명적인 타격을 주지는 못했지만 워낙 많은 사람이 한꺼번에 공격해 트래픽이 증가되자 게임뱅크의 시스템 속도는 현저하게 떨어졌다. 공격을 받은 게임뱅크 프로그래머들은 트래픽 방어에 주력하느라 해킹 방어에는 손도 못 대고 있는 실정이었다. 민우는 그

틈을 노려 프로그래머들로 구성된 해킹 부대에게 문자메시지를 보냈다.

해킹 부대 공격 개시!

드레곤의 전설은 이내 중단되고 말았다. 일시에 해킹을 감행한 프로그래머들은 게임뱅크의 시스템들을 깨끗하게 포맷시켜나갔다. 마지막 서버까지 포맷되는 것을 확인한 민우는 자판에서 손을 떼며 긴 한숨을 토해냈다. 이만하면 1차 공격은 대성공이었다. 이제부터는 진철식 사장, 그의 몫이었다.

모든 시스템이 파괴된 게임뱅크는 그야말로 난장판이었다.

"서버가 모두 포맷되었습니다."

"백업 서버도 백지장입니다."

"그럼 어서 타르테이프를 가지고 와!"

전무의 고함 소리에 직원 몇 명이 허겁지겁 뛰어나갔다. 타르테이프는 화재 등의 사고에 대비해 다른 건물에 보관되어 있었다. 잠시 후 헐떡이며 달려온 직원들은 서둘러 타르테이프를 재생기에 넣었다. 프로그래머들은 타르테이프에서 전송되어오는 자료들을 백업받으려 했다. 하지만 자료는 전송되지 않았다.

"왜 이래? 어떻게 된 거냐고?"

전무가 고함을 질러댔지만 직원들은 어리둥절할 뿐이었다. 타르테이프가 제대로 돌아가는지 살펴봤지만 별다른 이상이 없었다. 모두들 넋을 놓고 주저앉아 있는데 게임뱅크 사장이 들어섰다. 사장이 전무를 향해 소리쳤다.

"어떻게 된 일이야?"

"모르겠습니다. 사이버공격이 있었던 것 같은데 타르테이프조차 먹히질 않습니다."

"그걸 말이라고 하는 거야. 새끼야!"

게임뱅크 사장은 자기보다 나이 많은 전무의 뺨을 후려쳤다. 직원들은 어쩔 줄을 몰라 발만 동동 굴렀고 사장은 미친 사람처럼 날뛰기 시작했다. 모니터를 집어 던지다가 그것도 성에 안 찼는지 직원들의 머리통을 돌아가며 쥐어박았다.

그러다가 무슨 생각이 들었는지 갑자기 타르테이프 쪽으로 달려갔다. 타르테이프는 이미 절반 이상이나 돌아가 있었다. 그는 서둘러 재생기를 멈추곤 타르테이프를 꺼내들었다.

"헉!"

짧고 무기력한 외마디 비명과 함께 사장은 그 자리에 털썩 주저앉고 말았다. 타르테이프는 갈기갈기 찢겨 있었다. 사장은 너덜너덜한 테이프를 허공에 치켜든 채 넋 나간 얼굴로 허허 웃었다. 테이프는 정확히 네 가닥으로 찢겨 있었다.

06.
대한민국 인터넷을 파괴하라

성공 소식은 다음 날 언론에서 확인할 수 있었다. 배후를 추적하는 보도에 사이버부대 인파모 이름이 등장하기 시작했다. 보도는 역설적인 결과를 가져왔다. 회원이 기하급수적으로 늘어난 것이다. 30만 명을 육박했다.

민우는 부사령관 이철주를 찾았다. 어마어마한 일을 저지른 후였지만 그들의 표정은 당당했다.

"사령관님! 수고 많으셨습니다."

"수고는요. 부사령관님께서 더 고생이 많으셨지요."

이철주가 한숨을 내쉬며 말했다.

"그나저나 큰일입니다. 이제 경찰에서 수사에 착수할 텐데요."

"그렇겠죠. 일단 우리 지도부는 피신해야겠습니다."

"경찰에서 사이트를 폐쇄하지 않을까요?"

"그럴 겁니다. 그러니 우리도 대책을 마련해야지요."

"어떤 대책 말입니까?"

"홍보참모 강나영 씨에게 회원들의 휴대폰 번호를 모아두라고 지시했습니다. 제게 한꺼번에 대량 문자메시지를 보낼 수 있는 프로그램이 있으니 그걸로 커뮤니케이션 시스템을 갖추려고요."

이철주는 커피 한 잔을 타서 민우에게 건넸다.

"그건 그렇고…… 이제부터 우리가 해야 할 일이 뭘까요?"

민우의 표정이 굳어졌다. 두 눈에선 비장감마저 감돌았다.

"최후의 결전을 치러야겠지요. 인터넷 파괴 말입니다."

이철주 부사령관은 결의에 찬 표정으로 말했다.

"이게 잘하는 일인지 모르겠지만 사령관님 일 처리하시는 거 보니 참으로 든든합니다."

"부끄럽게 무슨 말씀을……."

"이건 제 생각만이 아닙니다. 조금 전 진철식 사장에게 전화가 왔는데 극찬을 하더군요. 한데 타르테이프 계획은 사령관님께서 지시하신 거라던데 도대체 어떻게 한 겁니까?"

민우는 싱긋 웃어 보였다.

"타르테이프는 카세트테이프와 비슷한 원리입니다. 테이프가 돌아가면서 헤드에서 정보를 읽어내죠. 그 헤드 뭉치에 면도날 조각을 삽입한 겁니다. 그러니 타르테이프가 갈기갈기 찢길 수밖에요."

"허허! 그것참. 전 그저 내부 직원을 시켜 훔쳐낼 구상만 했는데."

"당초 진 사장님 계획이 그거더군요. 하지만 보안이 철저해서 어려웠을 겁니다."

"그런데 국내 DNS망을 공격할 방법이 있긴 할까요? 그거야말로 철통보안일 텐데."

민우는 자신의 생각을 정리했다. DNS망 공격, 그것은 분명 게임뱅크처럼 만만한 일이 아닐 터였다. 사실 그동안 민우는 독자적으로 혜화전화국 DNS시스템에 해킹을 시도했었다. 시스템의 구조와 방어 능력을 시험하기 위한 것이었지만 결과는 역부족이었다. 민우는 해킹만으로는 DNS망을 뚫을 수 없다는 결론을 내렸다.

"혜화전화국과 서초전화국의 DNS 방어체계는 완벽합니다. 지정된 특정 IP로만 서버에 접속할 수 있고 3중, 4중으로 방어막이 쳐져 있어서 직공으로 뚫는다는 건 불가능합니다."

이철주는 난감해했다.

"허! 그것참. 국내 최고 해커라는 사령관님께서 그런 말씀을 하시다니, 그럼 그건 결국 안 된다는 말이군요."

"안 된다고는 하지 않았습니다."

"그럼……."

"직공을 할 수 없다고 했을 뿐입니다."

"무슨 말씀이신지?"

"저는 이번 해킹으로 몇 가지 정보를 확보했습니다. 두 전화국에서 사용하고 있는 직원들의 IP 주소도 그중 하나입니다."

"그럼 그 IP를 타고 들어가 해킹을 시도하시겠다는 겁니까?"

"그 역시 방어막이 튼튼해 어렵습니다."

"그렇다면?"

민우는 컴퓨터 쪽으로 다가섰다. 그러고는 인파모 관리 페이지에 접속했다. 저장된 파일들이 화면에 뜨는 모습을 바라보며 민우가 말했다.

"저희 사이트가 무기 창고가 됐더군요. 전국 각지에서 회원들이 독자적으로 개발한 사이버 무기들을 보내오고 있어요."

"저도 봤습니다."

민우는 그중 하나를 찾아 클릭했다.

"이건 광주에 있는 회원이 보내온 바이러스인데 아주 특별하더군요."

이철주는 파일을 살펴보며 그게 어떻게 특이한 것이냐고 물었다. 민우가 답했다.

"확장자를 바꿔버리는 바이러스입니다. 용량도 작고 성능도 우수해요."

이철주는 의구심을 표했다.

"확장자를 바꾸는 바이러스쯤이야 흔한 거 아닙니까?"

"그렇습니다만 이건 순항미사일처럼 특정 타깃을 지정할 수가 있어요. 이와 비슷한 대부분의 바이러스는 방어막이 강하면 튕겨나가기 마련인데 이건 지속적으로 달려들어 공격하도록 설계되어 있어요."

이철주는 머리를 흔들었다.

"무슨 뜻인지 잘 모르겠습니다."

민우는 엉뚱한 것으로 화제를 돌렸다.

"요즘 컴퓨터에서 가장 인기 있는 게 뭡니까?"

"게임을 제외한다면 유튜브나 패러디 정도겠죠."

"그래요. 그래서 전 강나영 씨에게 디자이너로 구성된 패러디 부대를 만들게 했습니다."

"패러디라면 그저 오락물인데 그걸 어디에 쓰시게요?"

"해킹을 감행해 바이러스를 심을 수 없다면, 역으로 저들이 바이러스를 찾아오도록 해야지요."

"저들이라 하시면?"

"DNS 센터의 프로그래머들 말입니다. 그들 컴퓨터만이 DNS 서버에 접속할 수 있으니까요."

"그 뜻은 알겠습니다만 그게 패러디와 무슨 관계가 있다는 말입니까?"

"우리의 아이디어를 모아 근사하고 재미있는 패러디를 만드는 겁니다. 회원 중에 언론사에 근무하는 분도 있으니 그분들이 언론 플레이도 좀 하고요."

이철주는 답답한 듯 재차 되물었다.

"글쎄, 왜 그렇게 해야 하느냐고요."

"DNS 서버에 바이러스를 심기 위해서요."

이철주는 미간을 찌푸리며 민우의 말뜻을 헤아리려 했지만 이내 고개를 저었다.

"무슨 말씀을 하시는 건지…… 패러디로 바이러스를 심다니요?"

"요즘 웬만한 사이트에 접속하면 상단에 액티브X를 설치하라는 노란 줄이 뜨지요?"

"예! 대개 그렇지요."

"그건 사이트 운영사에서 자신들의 프로그램을 사용하기 위해 별도의 프로그램을 설치하게 하는 겁니다. 설치하지 않으면 필요한 내용을 볼 수 없으니 이용자는 어쩔 수 없이 설치하게 됩니다. 간혹 쓸데없는 프로그램이 들어 있어 문제가 되기도 하죠."

"그건 압니다만……."

"저희가 만드는 패러디 사이트도 그런 식이에요. 액티브X에 이 바이러스를 탑재시키려고요."

이철주는 난색을 표했다.

"무슨 말씀을. 방어벽이 막강한 그들 컴퓨터라면 아예 접근을 차단시킬 겁니다."

"그렇습니다. 그래서 이 바이러스가 우수하다는 겁니다."

"……."

"이 바이러스를 약간 개조했습니다. 특정 IP만을 인식하게 했고 방어벽이 바이러스라는 것을 인식할 수 없도록 초기에 확장자를 변조시켜버리도록 했지요. 그리고 마지막으로 백신 프로그램을 바이러스로 바꿔버리게 했습니다."

선뜻 이해가 되지 않는지 이철주는 잠시 그 원리를 이해하느라 골몰하는 눈치였다.

"저도 프로그램은 좀 다룰 줄 압니다만 무슨 말인지 잘 모르겠습니다."

"원리를 모르면 결과만 생각하시면 됩니다. 우리가 만든 패러디의 인기가 높아지면 저쪽 DNS 관리자 중 누군가가 접속을 해올 겁니다. 특정 IP를 인식하게 했다는 건 그들 IP를 말하는 겁니다. DNS 관리자들의 컴퓨터에 침투한 바이러스는 그들 컴퓨터망을 타고 들어가 DNS 서버에 침투하게 되고 백신프로그램인 V3.EXE의 실행파일 확장자를 바꾸어버립니다. 실행파일이 없어진 V3는 오히려 프로그램을 혼동시키는 바이러스 역할을 하게 되는 겁니다."

이철주는 마우스 오른쪽을 클릭해 그 바이러스 파일의 용량을 살폈다. 겨우 3.5메가바이트였다.

"그럼 이 조그만 용량의 바이러스로 국내 DNS망 파괴가 가능하다는 겁니까?"

"그건 무리죠. 하지만 DNS 서버에 V3 방어체계가 무너지면 방어벽인 파이어월은 무용지물이 되지요. 방어벽이 없는 서버에 침투하기는 식은 죽 먹기입니다. 그때 전 제가 직접 만든 로직봄 바이러스를 탑재할 겁니다. DNS 서버에 우리가 심어둔 바이러스가 감염됐다는 것이 인식되면 곧바로 작동해 모든 서버를 파괴할 겁니다."

로직붐(logic bomb)이란 일정한 환경이 조성되면 작동하는 바이러스 프로그램을 말한다. 특정기관의 컴퓨터 프로그램에 중대한 과오를 발생시키는 루틴이나 부호를 삽입해 데이터를 파괴하거나 큰 장애를 발생시키는 것이다.

이철주는 존경스러운 눈빛으로 민우를 바라보았다. 하지만 이내 깊은 한숨을 토해냈다. 민우가 그 이유를 물었다.

"인터넷망 파괴에 성공했을 때 그다음 결과가 염려돼서요."

민우의 표정도 심각하게 굳어졌다.

"하지만 그걸 주장하신 분이 부사령관님 아니십니까?"

"온라인 게임을 없애려면 그렇게 해야겠죠. 그 생각에는 변함이 없습니다. 하지만……"

이철주는 말끝을 흐렸다. 그러나 민우는 재촉하지 않았다.

"사령관님! 혹시 아직도 게임 때문에 죽고 싶다는 생각이 든 적 있습니까?"

이철주의 입에서 흘러나온 말은 민우가 예상하던 내용이 아니었다. 상쾌한 바람이 민우의 가슴을 훑고 지나갔다. 생각해보니 최근에는 거의 게임에 손을 대지 않았다. 그런데도 하고 싶은 생각이 전혀 들지 않았다. 아니 이제는 누군가가 게임을 하자고 신청해와도 응할 마음이 나질 않았다. 그것은 환

희였다. 민우는 이철주에게 단호하게 아니라고 대답했다. 이
철주 역시 그럴 줄 알았다는 듯 고개를 끄덕이며 말했다.

"저 역시 마찬가집니다. 마음먹은 대로 조직이 운영되고
뜻한 목적을 이루고 나니 인생에 대한 자신감이 생겼어요. 이
런 마당에 다시 범죄자가 돼야 한다는 게……."

민우는 이철주의 마음을 이해할 수 있었다. 자신의 마음도
그와 다르지 않았기 때문이다. 그러나 이미 엎질러진 물이었다.

"게임뱅크를 파괴한 것만으로도 이미 범죄자가 된 겁니
다."

"그렇겠죠."

"그런데 오늘 게임뱅크에 접속해보니 일주일 후 시스템을
복구하겠다고 공지했더군요. 외국에 수출했던 시스템을 역
수입해오겠답니다."

"그렇겠지요."

"그리고 우리들의 자살을 주모했던 그 사람의 시신이 오늘
발견됐답니다. 결국 그날 자살하고 말았나 봅니다."

"허! 결국……."

이철주는 괴로운 표정을 지으며 길게 한숨지었다. 민우는
이철주를 바라보며 나지막이 읊조렸다.

"변한 건 우리지 세상이 아닙니다. 지금도 누군가는 게임

중독으로 자살을 결심하고 있을 겁니다."

이철주는 천천히 고개를 끄덕였다.

"예! 무슨 말씀인지 압니다. 그래서 공격을 해야겠죠. 30만 우리 회원의 바람도 그럴 테고요."

"그렇습니다. 그들은 게임중독에서 벗어나겠다는 희망을 우리에게 건 사람들입니다. 우리가 그 악몽에서 벗어났다고 해서 발을 뗀다면 게임중독보다 더 심한 양심의 가책에 괴로울 겁니다."

"그 말도 맞습니다."

이철주는 창문 쪽으로 걸어갔다. 창틀에 기대며 그가 말했다.

"하지만, 하지만 말입니다. 온라인 게임이 아닌 그냥 인터넷을 하는 사람들은 어떻게 합니까? 주식하는 사람, 인터넷 뱅킹하는 사람, 쇼핑몰을 운영하는 사람, 직장을 구하려고 구인 사이트를 들여다보고 있는 사람들, 그들이 무슨 죄가 있다고 피해를 입어야 한단 말입니까?"

민우는 할 말이 없었다. 이철주 말이 맞다. 선배 부부도 영세한 쇼핑몰을 운영하고 있다. 그들은 한밤중에도 자다가 일어나 주문 들어온 게 있는지 확인하곤 했다. 가난한 부부가 함께 바라보는 모니터는 그들의 유일한 생계수단이자 행복의 문이었다. 인터넷이 단절되면 그들의 생계는 막막해질 것이다. 갓 백일 지난 아기의 분유도 함께 사라질 것이다. 하긴 그런 피해자가 어디 한둘이랴? 필요악인 인터넷이 생겨나면서부터 이미 세상에는 피해자와 수혜자의 싸움이 시작되었다. 지금 그 열쇠를 민우가 쥐고 있다. 어찌해야 한단 말인가, 진정 어찌해야 한단 말인가.

그때 이철주가 허공을 향해 푸념하듯 말했다.

"한심스러운 인간들! 이 문제를 합법적으로 규제할 수 있는 건 정부나 정치인들일진대 저렇게 뒷짐만 지고 있으니 결국 우리만 범죄자가 되고 마는군."

어느덧 일주일이 지났다. 경찰의 수사가 진행되었고 인파모 사이트는 폐쇄되었다. 도메인 등록 정보를 추적당한 이철주의 집에 경찰이 급습했다. 하지만 경찰이 파악하고 있는 정보는 거기까지인 듯했다. 사령관직을 맡은 민우의 정보는 확보되지 않았는지 이렇다 할 움직임이 보이지 않았다. 그 사이 홍보참모 강나영이 주도하는 패러디 사이트가 완성되었다. 수많은 웹디자이너가 함께 만든 사이트라서 수준도, 반응도 가히 폭발적이었다.

지방으로 피신해 있던 이철주에게 전화를 부탁한다는 민우의 문자메시지가 도착했다. 휴대폰 추적을 피하기 위해 이철주는 공중전화로 전화를 걸었다. 그간의 안부를 묻는 말도 없이 민우는 다급한 목소리로 말을 했다.

"부사령관님! 드디어 서초전화국의 프로그래머 하나가 걸려들었습니다."

"그럼 드디어 공격이 시작됐겠군요."

"아닙니다. 아직은……."

"왜요? 그쪽 프로그래머 IP가 감지되면 자동으로 작동되도록 프로그래밍을 했다고 하지 않았습니까?"

"그랬습니다만 그때 부사령관님과 이야기를 나눈 후 마음을 조금 바꿨습니다."

"바꾸다니요? 그럼 공격하지 않겠다는 겁니까?"

민우의 기침 소리가 몇 번 들려왔다. 건조한 기침 소리가 그동안의 마음고생을 고스란히 드러내고 있었다. 한동안 목을 가다듬던 민우가 다시 말했다.

"그 전에 다시 한번 묻고 싶습니다. DNS 센터 공격에 대한 부사령관님 마음은 어떻습니까?"

이철주의 긴 한숨 소리가 귓전을 때렸다.

"휴! 솔직히 생각할수록 죄의식만 깊어지는군요. 그럼 사령관님도 공격 결정을 못 내린 겁니까?"

"아닙니다. 다만 완전 파괴가 아니라 시한을 정해두는 게 좋겠다는 생각을 했습니다. 우리도 며칠 게임을 안 하니까 증세가 호전되지 않았습니까?"

"좋은 생각입니다. 저도 한 일주일 정도 지나니 게임에 대한 생각이 사그라들더군요."

그러나 이철주는 인터넷 단절 후의 피해 상황에 대해 한시도 고민의 끈을 놓을 수 없었다.

"그래도 피해가 만만치 않을 겁니다. 사령관님."

"그럴 겁니다. 하지만 미래를 위해 누군가는 꼭 해야 할 일입니다."

"저 없는 동안 마음을 정한 계기라도 있었습니까?"

"정부와 정치인들을 탓하시던 부사령관님 말씀을 듣고 호랑이 굴에 다녀왔습니다."

"호랑이 굴이요?"

"그렇습니다. 정보통신부와 금융감독원에 찾아가 고위 간부를 만나 항의를 했습니다."

"그러다 신분이라도 발각되면 어쩌시려고…… 그래서요?"

"복지부동이더군요. 민주주의 국가에서 게임을 하는 건 개인의 자유랍니다. 단속하는 것 자체가 위법이랍니다."

이철주는 신경질적으로 혀를 찼다.

"미친놈들! 지가 한번 당해보라지요."

"마침 그런 분이 한 분 계셨어요. 그분과 식사까지 하며 깊은 이야길 나누었는데 제가 인파모 회원이라고 소개하자…… 놀라지 마세요. 그분이 말씀하시길 게임뱅크 때보다 더 무차별 공격을 해달라는 겁니다."

"공무원이 그런 말을 해요?"

"예! 그렇게 사고가 터져야 정부에서 관심을 갖는다는 겁니다. 자살이야 아무리 많아도 개인 탓으로 돌리고 말지만 기업이 피해를 입으면 이슈가 된다는 거지요."

"아예 국민을 총알받이로 만들려는 거군요."

"그래서 전 행동 방침을 정했습니다. 일단 이 전화를 끊는 대로 DNS 센터를 공격할 겁니다."

이철주가 마른침을 삼켰다.

"그리고 공격이 성공하면 곧장 기자회견을 가질 생각입니다."

이철주는 소스라치게 놀랐다. 기자회견이라니.

"기자회견이라니요? 그건 안 됩니다."

"어차피 손바닥만 한 나라에서 피할 곳도 없습니다. 참! 그 전에 부사령관님께 드릴 말씀이 있습니다."

"뭡니까?"

"이번 DNS 센터 공격은 부사령관님과는 무관한 겁니다.

아시겠지요?"

"무, 무슨 말씀을. 어차피 우리는 한배를 탄 동지입니다."

"말씀은 고맙지만 훗날도 생각해야지요."

"훗날이라니요?"

"제가 구속되고 나면 사이버부대를 맡아주십시오."

"그건 이미 경찰에서……."

"맞습니다. 하지만 이번 사건이 터지고 나면 찬반 논쟁이 뜨거워질 겁니다. 도메인을 바꿔 사이버부대를 다시 부활시킨다면 그것마저 경찰이 막진 못할 겁니다."

"하지만 저도 수배가 내려진 몸입니다."

"맞습니다. 하지만 게임뱅크 공격 사건 정도의 형량은 미미할 겁니다. 국내 DNS 센터는 국가시설물 파괴죄가 적용되겠지만 게임뱅크 서버 공격 정도야 해킹죄 정도로 가볍게 처벌될 겁니다. 아직 제대로 된 처벌 규정도 없고요."

"그런데 사령관님도 없는 사이버부대를 부활시켜서 어쩌라고요?"

"그 사이트 존재 자체가 게임 업체들에게 경고가 될 겁니다."

"무슨 말인지 알겠습니다. 그런데 자수도 아니고 기자회견은 왜?"

"대형 사건이 터졌을 때 그 공무원의 말처럼 신문고 좀 두드리려고요."

"무슨 내용으로 말입니까?"

"첫째, 게임 사이트 운영 시간을 줄여라. 둘째, 게임자 연령을 제한하라. 셋째, 사이버머니를 단속하라. 넷째, 게임중독자를 위한 치료 기관을 건립하라. 다섯째, 게임중독의 위험성에 대한 학교 교육을 강화하라."

"옳은 말씀입니다."

"그리고 전 좀 뻔뻔해지기로 작심했습니다."

"무슨 말씀입니까?"

"이제부터 양심의 가책을 느낀다, 미안하다 이런 말 안 할 겁니다. 제가 이중적 태도를 보이면 사람들이 혼란스러워할 것 같아 법정에서도 끝까지 정당성을 주장하려고요."

이철주는 민우 혼자 모든 죄를 뒤집어쓰는 것은 안 된다며 거듭 만류했다. 그러나 민우는 완강했다.

"부사령관님! 그럼 뒷일을 부탁합니다. 이만."

이철주는 서둘러 인근 PC방을 찾았다. 민우는 DNS 센터 공격 시점을 전화를 끊는 순간이라고 했다.

이철주가 PC방에 들어섰을 때는 벌써 사람들이 웅성거리고 있었다.

"아저씨! 인터넷이 안 돼요."

여기저기서 아우성이었다. 이철주는 민우의 DNS 센터 공격이 성공했음을 직감할 수 있었다.

나라 전체가 발칵 뒤집혔다. 증권사 객장과 은행 앞은 인파로 북새통을 이루었고, 피해 보상을 요구하며 소동을 벌이는 사람도 적지 않았다. PC방들은 서둘러 셔터를 내렸고 IT 기업들은 일손을 놓았다. 해외에서 전송되는 오퍼나 메일이 차단된 기업들은 서둘러 팩스를 구입했고 사이버 특강을 듣던 학생들은 강의실을 빠져나갔다. 인터넷 대란이 시작된 것이다.

민우는 예정대로 기자회견을 자청했다. 기자들이 엄청나게 몰려들었다. 자신이 다니던 대학 강의실에 기자들을 모이게 한 민우는 준비한 성명서를 낭독했다. 수많은 질문이 쏟아졌다. 그때마다 민우는 또박또박 자신의 소견을 밝혔다. 그러나 질문 공세는 끝없이 이어졌다. 결국 민우는 마이크를 끄고 자리에서 일어섰다.

"전 이제 경찰서로 갈 겁니다. 자세한 내용은 그곳에서 밝히겠습니다."

3개월 후, 민우는 법정에 섰다. 모든 죄를 자신의 소행으로 자백한 덕분에 부사령관 이철주를 비롯해 인파모 간부들은 모두 집행유예로 풀려났다.

예상대로 사회의 반응은 극명하게 대립했다. 민우의 부탁대로 이철주는 사이버부대를 재건했고 인파모에 대한 호의적인 여론이 지속되자 경찰도 더 이상은 단속하지 않았다. 이철주는 인파모를 부활시킨 후 민우의 선처를 당부하는 서명서 작성에 착수했다. 30만 명의 서명서가 법원에 제출되었다.

검사의 논고에 이어 판사의 심문이 시작되었다.

"피고는 자신의 범죄 행위에 대해 어떻게 생각합니까?"

수의 차림의 민우가 자리에서 일어났다.

"전 저의 행동이 범죄라고 생각하지 않습니다. 오히려 훈장을 받아야 한다고 생각합니다."

방청석에서 웃음소리와 함께 웅성거리는 소리가 들려오자 판사가 정숙하라며 탕탕탕 의사봉을 내리쳤다.

"뭘 잘했다는 겁니까?"

"그 사건 이후로 게임 사이트 접속자가 반으로 줄었다고 하더군요. 훈장 받을 일 아닙니까?"

민우의 말을 듣고 있던 김건우 담당검사가 자리에서 일어나 민우의 답변 태도가 불성실하다며 판사에게 시정을 명해 줄 것을 요구했다. 판사는 검사의 요구를 기각했다. 그 덕분에 민우는 짧게나마 자신의 의견을 밝힐 수 있었다. 판사 심문이 끝나자 이번에는 검사가 직접 심문에 나섰다.

"정부는 현재 막대한 예산을 투입해 게임 콘텐츠 산업을 키우고 있습니다. 이로 인해 고용이 창출되고 게임의 해외 수출도 증가하는 등 경제적 효과가 큽니다. 그런데 왜 피고는 게임이 나쁘다고만 생각하는 겁니까?"

민우는 차가운 미소를 머금으며 답했다.

"고용 창출이요? 물론 그렇겠지요. 하지만 100명의 고용 창출을 위해 100만 명의 게임중독자를 만들어내는 이 현실은 어떻게 하시렵니까? 수출이요? 물론 좋은 일이죠. 하지만 중국인들이 우리나라 사람들한테 사이버머니 팔아 더 많은 외화를 유출해가고 있다는 건 왜 모르십니까?"

민우의 날카로운 답변에 김건우 검사가 주춤한 듯했다.

"게임의 부정적 측면을 모르진 않습니다. 그러나 부정적 측면이 있다고 해서 긍정적 측면을 무시하고 더구나 부정적 측면만 과장 내지 확대 해석하는 것은 억지입니다."

민우가 답했다.

"검사님 말씀이 옳습니다. 그러나 문제는 긍정적인 효과보다 부정적인 부작용과 손해가 더욱 크다는 사실입니다. 요즘 온라인 게임은 한마디로 사람을 미치게 합니다. 폭력성, 중독성, 도박성이 심각한 수준입니다. 더군다나 어린아이들은 그게 게임인지 현실인지 분별조차 못하는 게임 착란 증세까지 보이고 있습니다. 초등학생이 학교에서 게임에서처럼 칼을 들고 친구를 찔러 죽였습니다. 며칠 동안 밤을 새워 게임을 하던 사람이 돌연사했습니다. 게임 아이템을 모두 잃게 했다며 상대방을 찾아가 돈을 요구하다 살인도 저질렀습니다. 모두 폭력성, 중독성, 도박성으로 인한 결과 아닙니까?"

"조사한 바에 따르면 그 게임들은 관할 기관인 정보통신부의 엄격한 심사를 거쳐 승인된 겁니다."

"그랬겠죠. 그런 심사라도 안 했으면 그 게임 북한에 수출해야겠죠."

김건우 검사는 잠시 어리둥절한 표정을 지었다.

"게임을 북한에 수출하다니요?"

"북한에 그 게임 수출해 그곳 사람들 게임중독시켜서 일 못하게 하고 살인 저지르게 하고 그래서 무법천지로 만들어 놓으면 우리나라 통일되는 거 아닌가요?"

김건우 검사는 불쾌한 표정으로 심문을 일단락 지었다. 이어진 심문에서도 민우는 줄곧 자신의 정당함을 주장하며 비난조로 일관했다. 재판 말미에는 흥분한 방청객이 일어나 고함을 질러댔다. 말투로 보아 인터넷 대란의 피해자인 듯싶었다.

"게임중독자를 위해 인터넷을 파괴했다고? 야! 인마, 그러면 알코올중독자 위해 술 공장 때려 부수고 담배중독자 위해 담배인삼공사도 불 질러버리지그래?"

경찰이 달려들어 흥분한 사내를 법정 밖으로 끌어냈다. 민우는 뜻 모를 미소를 지으며 재판정의 천장을 올려다보았다.

판사는 김건우 검사에게 구형을 요청했다. 검사는 미리 준비해둔 장문의 구형서를 읽기 시작했다.

"피고 유민우는 대한민국 인터넷을 파괴한다는 불온한 발상으로 사이버부대 인파모라는 반국가단체를 조직해 30만 명이라는 거대 집단을 회유, ㈜게임뱅크를 해킹, 파괴하여 막대한 피해를 입혔고 급기야 국가 기간망인 혜화, 서초전화국의 DNS 서버를 공격해 국내 인터넷을 차단시켜 엄청난 국가적 피해를 초래한 장본인입니다.

또한 피고는 오늘 이 자리에 이르기까지 어떠한 반성의 기미조차 없습니다. 피고는 동기유발에 대한 정당성을 주장하고 있으나 금번 범죄 행위는 사회와 불특정 다수에 대한 엄연한 테러이며, 이는 차후 재발돼서는 안 될 중대한 범죄이므로 본 사건을 통해 법의 엄중함을 보여야 한다는 게 본 검사의 소신입니다.

이에 본 검사는 국가보안법 제3조 반국가단체 구성죄, 형법 제141조 제1항 공용물의 파괴죄, 동법 제227조의 제2항 공전자기록 변작죄, 동법 제314조 제2항 전자기록 손괴 및 정보처리장애 업무방해죄, 동법 제366조 재물손괴죄, 정보통신기반보호법 제28조 제1항 정보통신 기반 시설 교란, 마비, 파괴죄 등을 적용, 피고 유민우에게 징역 10년을 구형합니다.

또한 피고는 반성의 기미가 없고 자신의 범죄 행위에 대한 정당성을 주장하고 있는바 출감 후에도 동일 범죄 재발의 소지가 명백하다고 판단되므로 보호감호 형을 함께 신청합니다."

항소심까지 간 재판 끝에 민우는 결국 징역 5년 형에 처해졌으며 동일 범죄 재발 가능성이 크다는 사유로 보호감호 형까지 함께 선고받았다.

교도소에 수감된 후에도 민우는 끝까지 자신의 행동이 옳았음을 주장했다. 복역 만기 무렵 민우를 상담한 석방 심사단은 민우가 출소 후 재범 우려가 매우 크다는 평가를 내렸고 민우는 결국 청송감호소에 재수감되었다.

07.
보은 밀실

　폭설이 쏟아지고 있었다. 자동차는 거의 기어가다시피 했다. 민우는 차창 밖으로 망연한 시선을 두었다. 그의 눈빛에는 무언가 야릇한 감회의 빛이 담겨 있었다. 오랜 수감 생활 탓인지 무시무시한 폭설이 불안하기는커녕 자유인으로 세상을 돌아다니던 지난날 속으로 빠져들게 했다. 그러나 그런 감상도 잠시뿐, 외사과장의 목소리가 차 속의 정적을 깨뜨렸다.

　"12시군. 뉴스 좀 틀어보겠나?"

　기사가 라디오를 틀었다. 헤드라인부터 온통 독도 사태에 관한 뉴스들뿐이었다. 한국 정부는 유감 표명과 함께 일본인 시신과 부상자들을 돌려보내기로 했고 유가족에게도 보상하겠다는 성명을 발표했다. 야당과 시민단체들은 정부의 처사를 치욕적인 매국외교라고 비판했고 여당은 이성을 찾자고 호소했다. 시민단체들은 일본의 불법적인 독도 상륙과 경비정의 발포를 침략 행위로 규정하고 상륙자 전원을 국내법에 따라 처벌할 것을 요구하며 일본 정부의 사과를 촉구하는 촛불집회를 열기로 했다. 일본에서도 대규모 규탄대회가 열렸고 제2, 제3의 독도 상륙대가 독도 재상륙을 준비하고 있었다. 이제는 극우파뿐만 아니라 일본 국민 전체가 동요하는 듯했다.

한편 독도 인근에는 양국의 함대와 전투기들이 일촉즉발의 대치 상황으로 치닫고 있었다. 미국은 두 나라를 중재하기에 바쁜 모습이었다.

"정말 전쟁이군요."

"쯧! 언젠가 이런 일이 터질 줄 알았다니까."

외사과장은 혀를 찼다. 민우는 그런 외사과장에게 조심스럽게 물었다.

"이런 와중에 사이버전쟁이 무슨 의미가 있는 겁니까?"

다소 뜻밖의 질문에 외사과장이 놀라는 표정을 지으며 신중하게 되물었다.

"자네, 우리나라와 일본의 군사력 차이가 어느 정도나 되는지 아나?"

"글쎄요, 일본은 자국 방어를 위한 자위대 규모라 군사력을 평가하기가 쉽지 않을 것 같습니다만……"

"그건 육군의 경우고, 해군의 경우 우린 일본 해군 전력의 30퍼센트 정도에 불과하다네. 질적으로 따진다면 격차가 더 크겠지."

한국 해군의 전력이 일본의 30퍼센트 정도라는 것은 민우도 군사 전문 사이트에서 본 적이 있다. 한중일 3국의 해군력을 비교 분석한 그 사이트에서 한국 해군의 전력은 중국의 25퍼센트 정도라고 함께 소개하고 있었다. 그러니까 외형적 규모로 본다면 중국이 일본 해군보다 약간 우세한 셈이었다.

외사과장은 구체적인 수치를 들어 설명했다.

"함선 수는 우리가 일본보다 3배 정도 많지만 만재 배수량으로 따지면 3분에 1에 불과하지."

만재 배수량이란 무기를 탑재할 수 있는 능률과 비례한다. 즉 한국 함정들은 소형이고 낙후된 반면 일본 함선들은 첨단 장비들로 무장된 대형 함선이란 뜻이었다.

외사과장은 그 핵심 전력인 이지스함에 대해 언급했다.

"일본 해군의 전력을 이해하기 위해선 우선 일본 이지스함의 전력을 알아야 해."

일본엔 현재 8척의 이지스함이 존재한다고 했다. 일본은 처음 4척의 이지스함을 건조해 4개의 호위함대를 구성했는데 요코스카를 기항으로 하는 제1호위함대엔 기리시마, 사세보를 기항으로 하는 제2호위함대엔 공고, 마이즈루를 모항으로 하는 제3호위함대엔 묘코, 쿠레를 모항으로 하는 제4호위함대엔 초카이 이지스함을 배치했다.

사면이 바다인 일본이 동서남북으로 4개의 함대를 갖춘 것이었다.

일본은 이후 4척의 이지스함을 추가해 각 호위함대에 배치시키고 여기에 2만 톤급 경항공모함 4척을 건조해 4개의 호위 전대를 완성한다는 계획을 추진하고 있다.

헬기 항모인 경항공모함엔 차후 스텔스 기능을 갖춘 F-35 수직 이착륙 전투기까지 탑재한다고 한다.

외사과장은 5번째 이지스함 하타고에 대한 이야길 들려주었다.

"5번째 이지스함 하타고가 진수되자 주변국들은 하타고를 어디에 배치하느냐에 관심을 쏟았어. 그건 일본이 어디에 가장 큰 비중을 두고 있는지에 대한 반증이니까. 일본은 한국의 동해와 접한 제3호위함대에 하타고를 배치하더군."

외사과장의 말대로라면 일본이 가장 경계하고 있는 대상이 남북한이란 해석이 성립됐다.

민우가 질문했다.

"한국 이지스함과 일본 이지스함의 전력은 어떻습니까?"

어쩐 일인지 외사과장은 탄식 섞인 한숨을 내쉬며 답했다.

"한국의 이지스 세종대왕함이 진수될 때까지만 하더라도 아시아 최강의 함선으로 평가받았었지."

"지금은 아니란 뜻이군요."

"일본 이지스함은 3개급으로 분류하지. 최초 건조된 4척을 곤고급, 차후 건조된 5번함 아타고와 6번 아시가라를 아타고급 그리고 최근 건조한 7번 마야, 8번 하구로를 마야급으로 분류해. 2010년까지만 해도 세종대왕함을 비롯한 3척의 이지스함이 있는 한국 해군은 일본이 두렵지 않았었어."

외사과장은 아쉬움을 토로했다. 최초 한국의 이지스함은 일본의 아타고급과 동일한 재원으로 계획되었다. 하지만 한국 국내 정치 문제와 그로 인한 예산 문제로 한국 이지스함은 무장 능력을 대폭 감소해 자체 제작하는 쪽으로 선회했다.

"결국 한국 이지스함은 일본 아타고급에 훨씬 못 미치는 함선이 되고 말았어. 탄두미사일 요격 능력도 없고 대공통합통제시스템(NIFC-CA)도 갖추지 못한 건 물론 재래식 함정에나 다는 저질 소나를 설치했지. 함대함 미사일도 우리 해성미사일이 사정거리 180킬로미터인 데 비해 일본 TYPE-17

SSM은 300킬로미터나 되고 명중률도 훨씬 높다는 게 당장의 걱정이야."

외사과장은 다시 길게 한숨을 내쉬며 말했다.

"그런데 지금 그렇게 막강한 일본 함대와 우리 함대가 독도 근해에서 대치하고 있다 그거야."

"그럼 사이버전쟁의 의미가……."

외사과장은 고개를 끄덕이며 답했다.

"그렇다네. 군사력의 차이야 확연한 거고, 그렇다고 질 수도 없는 전쟁이니 방법을 찾아야 할 것 아닌가."

민우는 온몸에 전율이 일었다. 일본과의 사이버전쟁. 해커들의 실력 대결 정도로 단순하게 생각했건만 국정원은 그것을 실제 전쟁과 연계시키고 있었다. 그건 서버 하나 새로 세팅하면 그만인 작은 사이버전쟁이 아니라 포격이 오가고 붉은 피가 튀고 인명이 살상되는 진짜 전쟁을 의미하는 것이었다.

"사이버공격으로 적의 많은 기능을 마비시킬 수 있지. 우리가 자네에게 원하는 게 바로 그거야. 온라인 전력은 엇비슷한 걸로 분석되는바 일본의 군사 전산망을 마비시켜 실전에 타격을 주자는 거지. 온라인과 오프라인이 결합된 전쟁, 국정원은 그것만이 우리가 일본에 승리할 수 있는 유일한 방법이라고 결론을 내렸네."

감당하기 어려운 중압감이 밀려와 민우의 목소리가 잠겨 들었다.

"그럼 전쟁의 승패가 제 손에 달렸다는 겁니까?"

"꼭 그렇다고 할 순 없지만 아니란 답을 하기도 그렇군."

민우는 난색을 표했다.

"군사용 전산 시스템은 각개 특성화된 독자적 인트라넷을 가지고 있습니다."

"그게 무슨 뜻인가?"

"그러니까 일반 민간인들이 운영하는 그런 웹 시스템이 아니라는 겁니다. 각국마다 특성화된 극비의 군사 시스템이기 때문에 침투가 거의 불가능합니다."

외사과장은 인상을 찌푸렸다.

"그런가? 그런데 우리 군의 전산망은 왜 뚫린 건가?"

"그건 인트라넷이 아닙니다. 보안 장치가 좀더 철저하게 갖추어진 일반 인터넷 사이트에 불과했으니까요."

"그럼 자네가 이야기하는 인트라넷이란 건 대체 어떤 건가?"

"상대의 무기마저 조작 가능한 범위를 말합니다. 즉 상대의 미사일통제시스템에 침투해 미사일을 발사시키거나 오류를 일으키게 하는 그런 시스템을 말합니다."

외사과장은 손을 저었다.

"거기까진 불가능하다는 거 나도 알아. 수없이 그런 가능
성이 제기돼왔지만 현재 기술로는 불가능한 것으로 판명 났
지."

국정원이 요구하는 범위가 군사 인트라넷까지가 아님을
확인한 민우는 다소 안심을 했다. 불가능하다고 했지만 실제
이라크전쟁에서 이라크 미사일의 60퍼센트를 발사 불가능하
게 한 스턱스넷(Stuxnet)이란 바이러스가 있었다. 김정은 집권
초기 발사된 10발의 미사일 중 9발이 실패하자 일각에선 미
군이 심어 놓은 스턱스넷 바이러스 때문이라는 추측이 난무
하기도 했다. 하지만 스턱스넷은 네트워크 방식이 아닌 독립
형 바이러스. 만약 민우 자신에게 그런 임무가 주어진다면 감
당할 자신이 없었다. 그것이 민우가 안도하는 이유였다.

"그럼 사이버전쟁으로 얻고자 하는 구체적인 것들은 어떤
겁니까?"

외사과장은 팔짱을 낀 채 등받이에 몸을 젖히며 말했다.

"요즘 전쟁은 직간접적으로 컴퓨터의 영향을 받고 있어.
상대의 동향과 위치, 조준할 목표물, 심지어 상대의 지도자가
어디 숨었는지까지 위성으로 내려다보고 있지. 이러한 모든

것이 슈퍼컴퓨터를 통해 이뤄지고 있어. 자네가 해야 할 구체적인 임무는 일본의 군사용 슈퍼컴퓨터를 파괴하는 거야."

"군사용 슈퍼컴퓨터를 파괴하라고요?"

"그렇다네. 군사용 슈퍼컴퓨터가 파괴된다면 위성에서 보내오는 정보를 해독할 수 없어 전쟁에 막대한 차질을 빚게 되지. GPS 시스템을 가동할 수 없는 함정이나 전투기는 무방비 상태로 적에게 노출될 것이고, 궤도를 조정할 수 없으니 미사일은 발사 자체가 불가능하게 될 거야. 반대로 상대에게서 날아오는 미사일은 파악조차 못하게 되니 고스란히 피폭되는 거지. 슈퍼컴퓨터의 지원이 없다면 아무리 첨단무기라 해도 장난감에 불과한 거야."

외사과장의 말대로 현대의 거의 모든 무기는 컴퓨터의 지원을 받고 있다. 막대한 정보를 신속하게 분석하고 대응하기 위해서는 엄청나게 빠르고 용량이 큰 컴퓨터, 즉 슈퍼컴퓨터가 필수적이다. 외사과장의 말대로 슈퍼컴퓨터를 파괴해버린다면 제아무리 첨단무기라 해도 재래식 병기가 될 수밖에 없다.

외사과장의 말이 이어졌다.

"다시 말하지만 일본을 이길 수 있는 유일한 길은 사이버 전쟁에서 이겨야 한다는 거네. 자네가 일본의 군사용 슈퍼컴퓨터만 파괴해준다면 우리에게도 승산은 있어. 그래서 약소국일수록 최소의 경비가 소요되는 사이버부대 양성에 적극적인 거지. 대표적인 나라가 북한 아닌가."

민우는 처음보다는 덜 부담스러웠다. 공격 대상이 군사용 인트라넷이 아닌 슈퍼컴퓨터라는 사실 때문이었다.

민우가 되물었다.

"그럼 제가 공격해야 하는 컴퓨터의 범주는 어디까지입니까?"

"어떻게 하면 전쟁에 이길 수 있느냐에 대한 질문에 답하는 건 쉽지 않아. 우리가 자네에게 요구하는 건 사이버로 통제되는 모든 시스템에 대한 공격 가능성이네."

"이미 우리 사이버부대가 무너졌다면서요?"

외사과장은 무겁게 고개를 끄덕였다.

"그렇다면 회생이 어려울 겁니다. 이건 모든 무기가 바닥난 상태에서 전쟁에 이기라는 것과 같은 논립니다."

"그래서 자네에게 도움을 청하는 것 아닌가."

민우는 신중을 기했다.

"현재 상태에서 정면 대결은 어렵습니다. 다른 수단을 찾아야 합니다."

"다른 수단이라면?"

"전투에서 패하고 반격 무기가 없어졌으니 전술 자체를 수정해야겠지요. 일단 그걸 고민해보겠습니다. 그리고……."

"잠깐, 쉿!"

외사과장은 민우의 말문을 막으며 손가락을 세워 입에 댔다. 그리고 라디오를 가리켰다. 급박한 한일 사태 보도를 마치자 다소 느긋해진 아나운서의 목소리가 이어졌다.

'정부는 재소자들의 인권 보호와 출감 후 사회 적응을 위해 교도소 내에서의 인터넷 사용을 부분적으로 허용하기로 했습니다.'

민우의 입가에 웃음이 번졌다. 얼마나 바라던 일인가.

"잘된 일이네요."

"왜? 언제는 인터넷을 파괴한다고 난리더니."

"……."

"사실 자네 때문에 이런 보도를 내보낸 거야."

"예?"

"나중에 무슨 말인지 알게 될 걸세."

자동차는 국도를 지나 산길로 접어들었다. 언뜻 스쳐간 이정표에서 충북 보은이라는 지명을 본 것 같았다. 하얗게 쌓인 눈에 아무런 흔적이 없는 것으로 보아 인적이 뜸한 곳이란 것을 직감할 수 있었다.

"자, 내리지."

일행이 도착한 곳은 높은 산들로 둘러싸인 계곡이었고 계곡에는 전원주택 모양의 통나무집들이 있었다. 외사과장이 민우를 데리고 한 집으로 들어섰다.

겉은 평범한 통나무집이었지만 안은 엄청난 규모의 첨단시설들로 무장되어 있었다. 암벽을 뚫어 지하시설도 갖추어놓은 듯했다. 민우 일행이 들어서자 내부에 있던 사복 차림의 다섯 남자가 거수경례를 했다. 민간인의 거수경례가 왠지 의아스럽게 여겨졌다.

"여기가 어딥니까?"

"그런 건 묻지 않는 게 좋아. 여기 있는 대원도 모두 그렇게 훈련받았거든."

"대원요?"

"그래 보안상 사복 차림이지만 모두들 각자의 분야에선 국내 최고 기술요원들이야. 무언의 인사는 나누되 서로 대화는 금물이네. 오직 나를 통해서만 대화하게."

정예 요원인 그들은 부동자세로 눈 한 번 깜빡이지 않고 서 있었다. 국정원 외사과장이란 자리가 얼마나 대단한지 민우는 그제야 실감할 수 있었다.

통나무집은 모두 다섯 채였다. 민우는 외사과장을 따라 두 번째 집으로 들어섰다. 두 번째 집은 첫 번째 집과 달리 매우 쾨쾨했다. 조명이 어두워 집 안 전체가 어둠침침했다. 사물을 구별하기 힘들 정도였다.

"여기가 어딘지 알겠나?"

"여, 여긴!"

민우는 소스라치게 놀랐다. 청, 송? 청송교도소였다. 아니 그 모습을 그대로 본떠 만든 모조 건물이란 게 맞는 표현일 것이다. 하지만 수감자들이 벽에 휘갈긴 낙서마저 그대로 본떠 만든 정교한 복제품이었다. 민우는 할 말을 잃고 외사과장을 바라보았다. 아무리 모형이라지만 그 모습만 봐도 소름이 쫙 끼쳤다. 교도소 내 독방에는 놀랍게도 수의 차림의 사람들이 1명씩 앉아 있었다. 한 독방의 재소자는 창살 밖으로 양손을 내밀고 비는 시늉을 했다.

"여기가 제 방이군요."

"허허! 자네 방이라. 청송교도소는 분양을 하지 않는 걸로 아는데."

외사과장은 태연스레 웃었지만 민우의 목소리는 떨리고 있었다. 민우의 두려움을 읽은 외사과장이 말했다.

"긴장하지 말게. 자넬 여기에 재수감하려는 건 아니니까."

그제야 민우는 안심이 되었다.

"근데 이게 다 뭡니까? 저 재소자들은 또 누구고요?"

"다 준비가 되어 있다고 하지 않았나. 조금 전 뉴스도 들었을 테고."

"그럼······."

"그래! 이게 모두 자네를 위해 준비한 걸세."

"말도 안 돼. 언제, 어떻게······."

아무리 생각해봐도 민우를 위해 이러한 시설을 갖추었다는 외사과장의 말이 믿기지가 않았다.

"어쨌든 이제 이곳은 사이버부대 일파모의 본부가 되는 것이야. 자네는 이곳에서 대원들에게 작전 지시를 내려야 하네."

"여기서요?"

"그래. 법규상 자네를 석방시킬 수는 없고 또 그랬다간 차후에 일본에서 난리가 날 테니 이 방법을 쓴 것이네."

"하필 왜 여깁니까? 여긴 생각만 해도 오금이 저립니다."

"청송보다 게임중독이 더 무섭다며?"

"그건······ 그래도 여기는 싫습니다."

외사과장은 민우에게 따라오라는 손짓을 했다. 복도 끝에 이르자 낡은 탁자에 화상 카메라가 장착된 컴퓨터가 놓여 있었다.

"이곳에서 작전 메시지를 띄우게. 물론 우리 대원이 교도
관 복장을 하고 따라다닐 걸세."

"그럼 이 테이블이 제 자립니까?"

"왜, 맘에 안 드나?"

민우는 숨이 막혀오는 것 같았다. 그 중대한 임무를 맡기면
서 하필 이런 곳에서 일하라니. 외사과장은 낮은 웃음소리를
흘리며 말했다.

"염려 말게. 자네가 뭘 두려워하는지 알고 있으니까."

외사과장은 호주머니에서 리모컨 하나를 꺼내더니 단추를
몇 번 눌렀다. 순간 퀴퀴하고 지저분하던 복도 벽이 블라인드
마냥 위로 올라가기 시작했다. 그 안에서 나오는 갑작스런 밝
은 불빛에 눈이 부셨다.

"자, 보시죠. 사령관님!"

민우는 한동안 넋이 나간 듯했다. 칙칙한 벽 안에 〈007〉 영
화에서나 본 듯한 어마어마한 장치가 숨겨져 있었던 것이다.

"어때, 이젠 맘에 드나?"

민우는 화려한 시설들을 둘러보느라 대답하지도 못했다.
은폐된 공간 사이로 간혹 사람들이 보였지만 아무도 이쪽을
쳐다보지는 않았다. 외사과장은 민우를 데리고 가운데 방문
앞에 섰다.

"여기에 잠시 눈을 대보게."

민우는 외사과장이 가리키는 카메라에 눈을 댔다. 외사과장은 벽면 키보드를 두드렸다. 이내 황금빛 문이 미끄러지듯 열렸다.

"여기가 자네의 실제 근무지네. 동공으로 자네를 인식하게 해놨으니 열쇠는 필요 없을 거야."

민우는 한껏 벌어진 입을 다물지 못했다. 100평이 넘어 보이는 내부 공간은 특급호텔을 방불케 했다. 실내 한쪽엔 소형 풀장까지 갖춰져 있었다. 민우가 실내를 둘러보고 있을 때 외사과장의 휴대폰이 울렸다.

"이미 모든 걸 결정하고 여기까지 데려오지 않았습니까? 그런데 이제 와서……."

외사과장의 표정은 통화 내내 무척이나 곤혹스러워 보였다.

외사과장의 휴대폰 밖으로 상대방의 목소리가 들렸다. 속속들이 알아들을 수는 없었지만 상대방이 1차장이라는 것은 알 수 있었다. 외사과장은 계속해서 인상을 찡그리며 한숨을 토해냈다. 느낌이 좋지 않았다. 외사과장은 통화를 끝내고 천천히 민우 곁으로 다가왔다. 민우는 짐짓 옆에 있는 컴퓨터의 사양을 살펴보는 척 딴청을 피웠다.

"듀얼 컴퓨턴가요?"

"한눈에 알아보는군. 하지만 포얼이네. 시중엔 없는 물건이지."

민우는 잠시 아리송한 표정을 지었다.

"CPU가 네 개 부착됐다는 말입니까?"

"그러네."

"그럼 쿼드군요."

"쿼드?"

"CPU가 네 개 장착된 컴퓨터를 말합니다. 포얼이란 말은 쓰지 않습니다."

"그런가?"

외사과장은 겸연쩍게 웃었다.

"역시 나이 든 사람이 컴퓨터의 발전 속도를 따라잡는다는 건 쉬운 일이 아니야."

"솔직히 컴퓨터의 발전 속도는 젊은 사람도 따라잡기 벅찹니다."

외사과장은 건성으로 고개를 끄덕였을 뿐 표정이 심각하게 굳었다.

"그렇겠지. 그래서 말인데……."

말끝을 흐리는 외사과장의 신중한 태도가 불안하기 그지없었다. 조금 전 외사과장과 1차장이 통화할 때의 심상찮던 분위기가 떠올랐다.

지금 민우에게 가장 두려운 건 지금까지 진행된 모든 일이 취소되는 것이다. 그런데 몇 마디 엿들은 통화 내용을 정리해보면 그럴 가능성이 충분했다. 그런 불안감이 현실이 된다면 자신의 처지는 어떻게 되는 것인가? 다시 청송교도소로? 그것이 제일 두려웠다. 사령관이 되어 사이버전쟁을 한다 해도 앞으로의 상황이 녹록지 않을 건 분명했지만, 그렇다고 청송교도소로 다시 돌아가는 건 죽기보다 싫었다. 급작스럽게 찾아온 행운은 역시 불안한 것인가. 이윽고 외사과장이 무겁게 입을 뗐다.

"자네 실력을 좀 보여줘야겠어."

그의 난처함이란 민우의 불안감과 일치했다. 물론 국가적 차원의 장비들과 인력들이 포진된 국내 DNS 센터를 해킹해 이 나라를 발칵 뒤집어놨던 장본인이긴 하지만 아직도 자신의 실력이 통할지는 스스로 생각해도 미지수였다. 컴퓨터 장비와 방어 기술들은 하루가 다르게 발전해왔는데 지난 수년동안 한 치의 발전도 없었던 자신의 실력이 과연 통할 수 있을까. 그런데 스스로 그 과정을 테스트해보기도 전에 검증을 요구받은 것이다.

"1차장실에서는 이미 결정을 내렸던 사항이네만 곧바로

실전에 임해야 하니 자네를 테스트해보라는 국정원장님의 지시가 있었다는군."

민우는 난색을 표했다.

"컴퓨터 만져보지 못한 지 7년이 넘었습니다. 시간이 필요합니다."

외사과장은 고개를 저었다.

"국정원장님께서도 바로 그걸 문제 삼았다고 해. 지금은 실전 상황이야. 여유가 없어."

서운했지만 국정원장의 요구도 무리는 아니었다. 이젠 행운이란 옷을 벗고 자신의 실력으로 인정받는 것 외에는 다른 방법이 없었다. 민우는 눈을 감았다.

"알겠습니다. 어떤 테스트입니까?"

외사과장은 조금 전 들어섰던 황금빛 출입문을 가리켰다.

"저 출입문은 이곳 메인 컴퓨터로 작동되네. 24시간 안에 자네가 문을 열고 나온다면 성공한 걸로 하지. 물론 저 문을 열기 위해서는 이곳 슈퍼컴퓨터에 침투해 프로그램을 조작해야 할 거야. 보안이 튼튼한 국가 기밀 시설이라 만만치 않을 걸세."

"기본 정보조차 알려주지 않는 겁니까?"

"실전 때도 상황은 마찬가지 아니겠나. 부디 성공을 기원하네."

외사과장은 민우에게 눈길 한번 주지 않고 문을 나섰다. 외
사과장이 사라지기 무섭게 민우는 컴퓨터 앞으로 달려들었
다. 24시간이란 시간이 이렇게 짧게 느껴진 것은 일찍이 없
었다. 다급하게 컴퓨터 앞에 앉긴 했지만 무엇을 어떻게 해야
할지 막막하기만 했다.

마우스를 만지작거리던 민우의 커서가 프리셀 카드놀이를
클릭했다. 습성이란 참 무서운 것이다. 학창 시절 민우가 일
어나 가장 먼저 한 일이 이 게임이었기 때문이다. 잠이 덜 깬
머리를 가동하기 위한 일종의 부팅 작업이라고나 할까. 카드
놀이를 두어 판 하고 나면 정신이 맑아지며 그날 하루의 일과
들이 정연하게 정리되곤 했다. 7년 넘게 컴퓨터를 만져보지
도 못했는데 민우는 자기도 모르게 카드게임을 찾은 것이다.
예전엔 80퍼센트 이상의 성공률을 보이던 카드놀이를 민우
는 열 번째 판에서야 겨우 성공했다.

'휴우! 정말 돌머리가 다 됐군. 참, 이것도 여기서는 극비
사항이지. 후훗.'

민우는 쓴웃음을 지었다. 이까짓 카드게임도 겨우 이겼는
데 테스트를 통과할 수 있을까?

외사과장은 줄곧 모니터로 민우의 태도를 주시하고 있었

다. 그의 입에서 자주 한숨 소리가 흘러나왔다. 국내 정보 수집 관할 부서였던 국정원 제2차장실 재직 시 외사과장은 민우 때문에 심한 고초를 겪은 적이 있다. 인터넷 시대가 되면서 2차장실의 업무는 인터넷 정보 수집과 추적이 한 축을 이루었는데 그중 핵심 업무가 국내 DNS 센터의 보호와 감찰이었다.

그런 국내 DNS 센터가 민간인이 이끄는 인파모란 단체에 의해 하루아침에 파괴되고 말았으니, 수조 원에 달하는 피해에다 2차장실의 업무 처리에도 막대한 차질이 생겨 당시 담당계장이었던 외사과장은 파면 위기까지 맞았다.

그 사건의 당사자인 민우를 바라보는 외사과장의 마음은 착잡하기만 했다. 국내 DNS 시스템을 파괴한 건 단지 해킹 실력만으로 설명되는 일이 아니었다. 그건 인터넷 시스템의 모든 루트를 통찰하고 있어야 가능한 일이었고 각개 시스템의 기계적인 원리까지 파악해야 가능한 일이었다. 또한 그것은 일개 개인의 능력으로는 불가능했기에 해킹 고수들의 실력이 총망라되어야 가능한 일이었다. 즉 지휘자의 실력과 통솔력이 함께 수반되어야 하는 것이었다. 그렇게 불가능할 것으로 여겨졌던 국내 DNS 센터를 파괴한 인물이 민우였다. 다시 말해 개인의 해킹 실력과 지도력을 함께 겸비한 최고의 완벽한 해커였던 것이다. 비록 외사과장 자신에게는 끔찍했던 기억이지만 그것이 해킹 기술의 백미였다는 것을 그는 너무나 잘 알고 있었다.

일본과의 사이버전쟁이 발발하고 국내 사이버부대가 참패에 가까운 피해를 당하자 외사과장이 가장 먼저 떠올린 사람은 민우였다. 그러나 민우의 능력은 아직도 유효한 것일까? 만약 민우가 테스트를 통과하지 못한다면 그 이후의 대책은 무엇이란 말인가? 외사과장은 기대감과 불안감이 뒤섞인 한숨을 길게 내쉬었다.

세계 무역의 큰 축인 한국과 일본의 충돌 소식이 전해지자 국제 사회엔 폭풍이 몰아치고 있었다. 세계 주가가 폭락하고 환율이 요동치기 시작했다. UN은 미국 주도로 긴급안전보장이사회를 소집했고 이 자리에 한국과 일본 외무장관을 초대해 타협을 모색했지만 한일 외무장관은 서로에게 책임을 떠넘기다가 5분 만에 등을 돌렸다.

UN이 주관한 외무장관 회담마저 결렬되자 한국과 일본 양 정부는 경쟁적으로 함대를 추가 파견했다. 일본은 이례적으로 작전 범주를 벗어나 이지스 함대까지 독도 근해로 배치했다. 이에 맞서 한국 해군은 최신예 구축함인 충무공 이순신함을 사령선으로 하여 전단을 구성한 다음 최전선 대치에 나섰다. 또한 강습상륙함인 독도함을 파견해 후방 지원에 참여시켰다. 일각에선 대한민국 최초의 이지스함 세종대왕함이 실전 배치되어야 한다며 목소리를 높였지만 해군에선 상징성이 있는 충무공 이순신함을 사령선으로 선택했다.

문제는 배타적경제수역(EZZ)에 있었다. 한국 정부가 주장하는 독도 EEZ는 일본이 주장하는 EEZ와 겹쳤다. 두 나라 사이에서 정확한 경계가 합의되지 않았기에 양국 해군 함대는 독도 인근에서 대치할 수밖에 없었다. 일본은 1998년 체결한 '신한일어업협정'에 명기된 중간수역을 경계로 선언하고 독도 인근까지 함대를 전진시켰고, 한국 해군은 신한일어업협정은 단지 일반 어업협정에 불과한 것임을 주장하며 일본 함대의 독도 접근을 육탄으로 저지했다.

포성은 울리지 않았지만 밀고 밀리는 해상 백병전은 이미 벌어졌다. 단 1발의 총성도 즉각 해전으로 비화될 수 있는 극단적인 상황이었다.

"1시간 남았습니다."

상황실의 간부 하나가 민우에게 남겨진 데드타임을 외사과장에게 보고했다. 외사과장은 피곤한 눈으로 모니터에 비친 민우의 모습을 바라보았다. 민우는 잠 한 숨 안 자고 23시간을 컴퓨터 앞에서 꼼짝 않고 있었다.

"슈퍼컴퓨터에 접근하려는 시도는 있었나?"

해킹 접속 프로그램을 체크한 간부가 고개를 저었다.

"아시다시피 이곳 보안 시스템은 철통입니다. 장담컨대 저자 혼자서는 뚫을 수 없습니다."

외사과장은 불편한 심기를 내보였다.

"우리 국정원 시스템도 완벽하다고 자신하지 않았나? 그런데 왜 일본에게 뚫린 거지?"

간부는 고개를 숙일 뿐 아무 말도 하지 못했다.

민우가 서버에 접근조차 못하고 있다는 보고는 외사과장의 마음을 착잡하게 했다. 일말의 희망이라면 민우의 손길이 점점 빨라지고 있다는 것. 그건 뭔가 진척이 있다는 신호로 여겨졌다.

"자네는 저자를 계속 살피게. 난 바람 좀 쐬야겠어."

외사과장은 기지개를 켜며 곤한 몸을 일으켰다. 간밤을 뜬눈으로 지새운 건 외사과장 역시 마찬가지였다. 외사과장은 시계를 들여다보았다. 데드타임을 향해 시곗바늘이 무겁게 이동하고 있었다.

'결국 불가능한 것인가? 그럼 어떻게 되는 건가? 대안이 없지 않은가……'

외사과장은 혼잣말을 중얼거리며 고개를 가로저었다.

그때였다. 땅이 흔들리는가 싶더니 소나무에 쌓여 있던 눈더미가 한꺼번에 쏟아져내렸다. 지진을 의심한 외사과장은 반사적으로 몸을 낮추었다. 그러다 자신의 몸이 이동되고 있음을 감지하고 경악했다.

"뭐, 뭐야! 이건?"

자세히 살펴보니 땅이 갈라지고 있었다. 여기저기서 매복 중이던 대원들이 달려나와 재빠르게 외사과장을 인근 초소로 대피시켰다. 순간적으로 눈앞에 펼쳐진 광경에 외사과장은 자신의 눈을 의심했다. 갈라진 땅속에서 서서히 모습을 드러내는 물체, 그건 미사일이었다. 외사과장이 고함을 질렀다.

"미, 미쳤어? 누가 미사일을 꺼내고 있는 거야?"

그때 초소 통신기에서 다급한 벨소리가 울렸다. 외사과장이 직접 통신을 접수했다.

"이게 무슨 짓이야?"

통신기에서 들려오는 목소리도 다급하기는 마찬가지였다.

"저희가 그러는 게 아닙니다."

순간 외사과장은 일본의 해킹이라 여겨 얼굴이 백지장이 되었다.

"우, 우리가 그런 게 아니라니?"

"유, 유민우, 그자 소행입니다."

일본의 소행이 아니라는 보고에 외사과장은 일단 안도의 한숨을 내쉬었다. 그러고는 민우의 소행이란 말에 그동안 무겁게 짓눌려 있던 가슴 한쪽이 뻥 뚫리는 느낌을 받았다. 상황이야 어째 됐든 민우가 미사일을 노출시킨 건 결국 슈퍼컴퓨터 해킹에 성공했다는 것 아닌가. 통신기에서 다시 다급한 목소리가 들려왔다.

"즉시 유민우에게 작업 중단 명령을 내려주십시오."

그러나 외사과장은 승낙하지 않았다.

"그자에게는 주어진 과제가 있어. 그냥 놔둬 봐."

"안 됩니다. 자칫하면 미사일이 발사될 우려가 있습니다."

외사과장은 되레 호통을 쳤다.

"뭐야? 고작 컴퓨터 해킹 때문에 미사일이 발사될 우려가 있다고?"

"그, 그렇습니다."

"이런 병신들! 그걸 말이라고 하나? 그럼 슈퍼컴퓨터만 뚫으면 일본이 우리 미사일을 발사시킬 수도 있다는 건가?"

"이론상으로 가능하긴 하지만 이렇게 무기관리시스템에 침투해 OA 시스템마저 조종하는 사례는 세계 어느 곳에서도 없었습니다."

외사과장이 시계를 들여다보았다. 데드타임을 30분 남겨

두고 있었다. 외사과장은 1차장에게 전화를 걸어 상황을 보고했다. 1차장의 생각도 외사과장과 다르지 않았다.

"주어진 과제가 아니잖아. 기다려봐!"

외사과장은 상황의 심각성을 보고했다.

"만약 미사일이 발사된다면 정말 심각한 상황이 됩니다."

"심각은 무슨……. 미사일 발사 시험 한두 번 했나? 일본 놈들에게 경고도 될 겸 잘됐군그래."

"그게 아닙니다. 미사일이 발사되면 이곳 위치가 노출될 것이며 또……."

"또 뭐야?"

"미사일의 목표가 평양 중앙당 1호 청사입니다."

"뭐? 평양!"

1차장이 경악했다.

"그뿐 아닙니다. 미사일 기종이 국내에서 극비리에 개발한 장거리 순항미사일 '천룡'입니다. 실체가 드러나면 미국은 물론 중국이나 일본에서 가만있지 않을 겁니다."

장거리 순항미사일 천룡. 한국군은 1976년부터 극비리에 자체 미사일 개발을 추진하고 있었다. 현무사업으로 명명된 이 프로젝트는 눈부신 성과를 보이며 지대지 미사일 '현무', 순항미사일 '천룡', 함대함 순항미사일 '해성' 등을 탄생시키기에 이르렀다. 그 성능과 정확도는 세계 최고 수준으로 북한 미사일과는 비교가 되지 않을 뿐만 아니라 미국의 토마호크 미사일보다도 뛰어난 부분이 있었다.

그중 천룡은 현무-3C 사업에 의해 탄생된 미사일로 사정거리가 1500킬로미터 이상인 순항미사일이다. 북한은 물론 일본과 중국까지 사정권 안에 드는 것이었기에 실체를 공개하는 것은 절대 위험했다. 더욱이 천룡은 사정거리 300킬로미터 이상의 미사일은 개발하지 않겠다는 한미 간의 미사일 협정을 정면으로 위배하는 것이어서 한미 간의 마찰을 야기할 수도 있었다. 자주국방을 천명한 한국 정부가 지속적인 천룡 미사일 개발을 고집하자 미국은 전시작전권 이양이란 카드를 내밀고 배수진을 치고 있는 상태다. 그런 극비인 천룡 미사일이 실체를 드러낸 것이었다.

어느새 미사일 발사대는 지상으로 모습을 드러냈다. 잠시 고민하던 1차장의 목소리가 들려왔다.

"알겠으니 일단 작업 중단시켜."

"그럼 성공으로 인정하시는 겁니까?"

"성공은 무슨, 문을 열고 나오라고 했지 누가 미사일을 꺼내라고 했나?"

"어쨌든 이곳 슈퍼컴퓨터를 뚫은 건 인정해야 합니다."

"자기가 무슨 짓을 저지른지도 모르는 게 어디 실력인가?"

미사일 몸체가 방향을 틀고 있었다. 외사과장은 다급하게 1차장을 보챘다.

"1차장님! 당장 작업 중지 명령을 내리겠습니다."

"그렇게 해. 그리고 유민우에겐 다른 과제를 맡겨봐."

"시간이 없습니다. 그리고 이곳 슈퍼컴퓨터 담당자는 이런 경우가 세계에서 유래가 없는 대사건이라 했습니다. 그러니 테스트를 통과한 걸로 해주십시오."

1차장이 못마땅하다는 투로 다시 호통을 쳤다.

"이런, 이런! 영웅 하나 나셨군. 알았으니 어서 작업이나 중단시켜!"

외사과장은 서둘러 민우가 있는 방으로 달려갔다. 민우는 작업에 여념이 없었다.

"자네 지금 뭐하는 건가? 미사일을 왜 꺼내는 거야?"

미사일이란 말에 민우는 퀭한 눈을 껌벅이며 외사과장을 바라보았다.

"그게 미사일 도어였나 보군요."

"그럼 모르고 그랬다는 건가?"

"모든 도어시스템을 단순 번호로 프로그래밍해두었더군요. 그러니 어떤 문이 어떤 문인지 알 수가 있어야지요. 그래서 아무거나 눌러봤습니다."

민우가 히죽 웃으며 말했다. 때론 단순함이 가장 어려운 암호가 될 수 있는 것이었다. 이곳 시스템의 체계가 그러한 듯했다. 외사과장은 다가서며 민우의 등을 두드렸다.

"됐어! 이만하면 합격이야."

민우는 긴 한숨을 토해내며 의자 등받이에 몸을 파묻었다. 일시에 피로가 밀려왔다.

테스트는 끝났다. 외사과장은 민우를 데리고 방 안 이곳저곳으로 안내했다. 그리고 화사한 소파에 앉아 테이블의 버튼을 눌렀다. 그러자 거울로 가려져 있던 벽면이 좌우로 열렸고, 그 안에서 미모의 여자가 절도 있는 걸음걸이로 나왔다. 외사과장이 그녀를 민우에게 소개했다.

"인사하게. 자네 뒷바라지를 해줄 메리 퀸이야."

"메리 퀸요?"

"그래 예명이니 그렇게만 부르고 사적인 건 아무것도 묻지 말게. 여기서 자네 호칭은 사령관이야. 참고로 이곳은 모든 것이 카메라로 감시되고 있네. 모든 대화 역시 도청되고 있으니 유의하게."

"천국인 줄 알았는데 역시 지옥이었군요."

민우의 비아냥거림에 외사과장이 껄껄 웃었다.

"사령관님의 출입은 엄격히 통제됩니다. 필요한 게 있으시면 언제든 불러주십시오."

메리 퀸은 사무적인 표정으로 가볍게 목례를 했다. 그녀는 한눈에도 범상치 않아 보였다. 크고 시원한 눈매가 인상적이었다.

외사과장은 자리를 정리했다.

"나머지 사안은 메리 퀸에게 안내받도록 하고 자네는 나 좀 배웅해주겠나?"

마당으로 나선 외사과장은 다정한 표정으로 민우의 어깨에 손을 얹었다.

"자네가 테스트를 통과하지 못할까 봐 내 애간장이 다 녹았네."

"그 덕분에 단시간에 많은 정보를 얻었습니다. 새로운 기술과 프로그램 용어들이 등장하기는 했지만 원리는 예전 그대로더군요."

"그래 수고 많았어. 내게도 자네만 한 아들이 있으니 날 아버지처럼 생각해주면 좋겠네만……."

외사과장의 말투나 뉘앙스는 아버지의 그것처럼 든든하고 따뜻했지만 그 제안은 왠지 받아들이기 힘들었다. 외사과장은 굳이 민우의 대답을 기대하는 것 같지는 않았다.

"어서 일을 마치고 나가세나."

"나가다니요? 어디로……."

"어디긴. 자네, 부모님께 가고 싶지 않나?"

"과장님!"

민우는 부모님이라는 말에 울컥 설움이 일었다.

"이번 일이 성공하면 그 정도 배려는 해야 하지 않겠나. 물론 그 후에도 계속해서 나라가 책임을 져야겠지만 말일세. 자네의 미래 말이야."

"반드시 일본을 깨부수겠습니다."

외사과장은 다시 민우의 어깨를 두어 번 두드렸다.

"그리고……."

외사과장은 주위를 두리번거리며 말했다.

"여기에 대해서 궁금한 점 두 가지만 물어보게. 절대 비밀로 하고."

"절대 비밀이라면서 왜?"

"나도 처음 여기 와서 궁금한 게 너무 많아 규율을 어겼거든. 궁금한 걸 훔쳐보다 들켰지. 내가 국정원 간부만 아니었어도 지금쯤은……."

외사과장은 손을 펴서 목을 가르는 시늉을 했다.

"하지만 자네는 달라. 만약 그랬다간 미래에 대한 보장은 커녕 신변의 안전도 보장할 수 없네. 그래서 내 두어 가지 미리 귀띔해주려는 것이니 엉뚱한 짓일랑 엄두도 내지 말게."

민우는 잠시 질문할 것들을 머릿속에 정리했다.

"좋습니다. 전 오늘 아침 국정원으로 이송되어 바로 이곳으로 왔는데 저 시설들은 대체 뭡니까? 저 때문에 이런 시설을 만들었다는 게 시간상으로 이해가 되질 않습니다."

외사과장은 고개를 끄덕였다.

"흠, 대답하기 곤란하지만 할 수 없지. 약속이니까."

외사과장은 다시 한번 주위를 유심히 살펴본 뒤 나지막하게 말했다.

"자네 탱고라는 말 들어본 적 있나?"

"탱고요? 춤 말입니까?"

외사과장은 싱긋 미소를 흘렸다.

"나중에 인터넷에서 검색해보게. 여기가 바로 그곳이니까. 이곳 전체를 다 설명하기는 뭣 하고 그 교도소 이야기 하나만 하지. 사실 그 교도소는 오래전에 지은 거야."

"오래전이라고요? 그럼 절 이리로 데려올 계획을 미리 세우고 있었단 말입니까?"

"그건 아니야. 그 교도소 방은 자네 방을 본뜬 게 아니라 청송교도소 구조가 다 저래. 내부만 치장을 다시 했지. 이곳은 예전에도 유용하게 쓰인 적이 있어."

"예전이라면?"

"과거 전직 대통령이 청송에 수감됐던 거 자네도 알지?"

"예!"

"아무렴 한 나라의 대통령이었던 분을 청송에 그냥 모실수 있겠나. 언론에 시늉만 내고 이곳에 모셨네. 가끔 한 번씩 근황을 찍어 언론에 흘리고 말지. 어느 누구도 의심하는 사람이 없었어."

"그럼 조금 전 그 죄수들은요?"

"물론 우리 대원들이지. 벽 뒤쪽은 그들 방과 연결되어 있네. 사실은 우수한 인재들이야."

"좋습니다. 한 가지만 더."

"마지막 질문이네."

"이 거대한 시설들이 다 이번 일을 위해 지어진 건가요?"

"지금은 그런 꼴이 되어버렸지. 하지만 주요 목적은 유사시 대통령과 정부기관 집무실로 쓰려는 거야. 이곳에서 전쟁을 수행하는 거지. 지금 자네 방이 총리실이야."

"제가 지금 엄청난 곳에 와 있군요."

"자, 이제 그만하세. 보는 눈이 많아."

외사과장이 오른손을 들자 뒤편 화단 땅속에서 무장한 군인 하나가 잔디로 위장된 비트 뚜껑을 밀치며 나왔다.

"이 사람이 자네를 안내해줄 걸세. 그럼 행운을 비네. 유민우 사령관!"

08.
사령관의 부활

　방으로 돌아온 민우는 침대에 몸을 던졌다. 얼마 만에 느껴
보는 안락함인지 시트에 마구 얼굴을 비볐다.

　'이번 일만 성공하면 부모님 곁으로 돌려보내 주고 평생을
보장해주겠다고?'

　민우의 심장이 마구 뛰었다. 몹시 피곤했지만 막상 잠이 오
지는 않았다. 민우는 인터넷으로 복역 기간 중의 기사들을 훑
어보기 시작했다. 민우가 알지 못하는 사이 참으로 많은 일
이 일어났다. 민우의 관심사는 게임중독에 대한 정부의 후속
조치에 모아졌다. 인파모를 중심으로 한 시민단체들의 제소
로 리니지 등 많은 게임이 18세 이상 이용 가능 등급으로 조
정되었다. 또 모든 아이템 거래를 금융감독원이 직접 관리하

여 판매와 구입이 매우 엄격해졌다. 초중고 일선 학교에서는 매달 한 번씩 게임중독의 위험성을 알리고 건전한 인터넷 사용 문화를 홍보하는 교육을 의무적으로 시행했고, 각 시도에서는 인터넷 중독 치료 기관을 건립하고 있는 중이었다. 몇몇 기사에서는 민우의 이름이 심심치 않게 등장했다. 당시 인파모를 함께 주도했던 간부들이 집행유예로 풀려났다는 반가운 소식도 접할 수 있었다.

"우선 그들을 찾아야 해."

민우는 예전의 사이버부대 간부들에게 메일을 띄웠다.

사이버부대 인파모 사령관 유민우입니다.

금번 재소자 인터넷 개방으로 여러분께

메일을 띄울 수 있게 됐습니다.

주어진 시간이 짧아 중략하오고…….

소식을 들으니 현재 일본과 사이버전쟁이 벌어졌다고 합니다. 남의 경제 약점을 잡아 경제 보복을 하고 독도 초소에 발포까지 하다니 정말 용서할 수 없는 놈들입니다. 그래서 제가 사령관으로 다시 서려 합니다.

이젠 인터넷 파괴를 위한 인파모가 아닌 일본을 파괴하기 위한 모임이란 뜻으로 '일파모'로 이름을 바꾸겠습니다.

사이버부대란 명칭도 사이버 민병대로 전환했으면 합니다.

간부 여러분께서는 이런 제 뜻을

모든 대원에게 전달해주십시오.

대원들이 제가 메시지를 보냈다는 사실을 믿지 않을 테니

동영상으로 제 메시지를 제작해 첨부하겠습니다.

– 일파모 사령관 유민우

메일을 전송한 후 민우는 쓰러지듯 잠 속으로 빠져들었다.

다음 날 민우는 사이버부대 사이트부터 둘러보았다. 민우가 위장 교도소에서 제작해 보낸 동영상이 팝업창으로 떠 있었고, 환영을 표하는 수천 개의 댓글이 올라와 있었다. 사이버부대의 명칭도 벌써 사이버 민병대 일파모로 바뀌어 있었다.

민우는 첫 지시를 내렸다.

결정에 동참해주셔서 고맙습니다.

여기는 교도소 안이라 IT 기술에 대한 정보를 수집하기 어렵습니다. 우선 전투 준비에 관한 기술 정보들을 제게 메일로 보내주십시오.

민우는 아침 식사 후 커피를 마시며 깊은 생각에 빠졌다.

민우는 메리 퀸을 불렀다. 둘만 있는 공간임에도 그녀의 태도는 처음처럼 절도 있고 사무적이었다.

"휴대폰과《삼국지》좀 구해주실 수 있나요?"

"휴대폰과《삼국지》요? 예! 알겠습니다."

메리 퀸은 의아한 듯 민우를 바라보았지만 토를 달지는 않았다. 훈련된 정보요원다웠다.

사흘이 흘렀다. 회원들이 사이버 무기에 대한 정보들을 보내왔고 일파모 사이트에는 빨리 다음 지시를 내려달라는 글이 연일 빗발쳤다.

독도 사태는 더욱 악화되어가고 있었다.

한일 양국은 상대국 제품에 대한 불매 운동을 벌였고 일본에서는 재일 교포들에 대한 협박과 테러가 끊이지 않더니 결국 사망자까지 발생했다. 이에 분개한 한국 시민들의 시위로 국내의 일본인 주택 수십 채가 불에 타기도 했다. 급기야 양국 정부는 자국민 철수라는 방침까지 정했다. 해킹으로 불통되는 인터넷 사이트도 늘어갔다. 그러나 한국이 일방적으로 밀리는 추세였다. 그런데 어찌된 영문인지 민우는 계속 책만 읽을 뿐 아무런 행동도 취하지 않고 있었다. 외사과장의 한숨은 깊어만 갔다.

나흘 후, TV에서 속보가 흘러나왔다. 독도 근해에서 대치 중이던 양국 함정이 기어이 충돌을 일으켰다는 것이다. 우리 측 함정 1척이 일본 영해를 침범했다는 이유로 일본 구축함이 들이받아 침몰시킨 것인데, 포격전은 일어나지 않았으나 침몰한 함정에서 구조된 한국 해군 병사가 모두 일본에 나포되었다.

촛불시위를 벌이던 시민들은 일본에 대한 선전포고를 외쳐댔고, 다음 날 오전에는 부산 일본 영사관에 화염병 세례를 퍼부었다. 전운이 감돌았다. 일본 정부는 장교와 하사관으로 구성된 자위대에 2차 대전 이후 처음으로 예비군 소집령을 내렸다. 이에 당황한 미국은 긴급히 독도 인근에 전투기 비행금지선을 설정하고 강압적으로 양국 정부의 승인을 받아냈다.

1차장이 다급하게 외사과장을 호출했다. 목소리가 격앙되어 있었다.

"자네, 지금 뭐 하고 있는 거야!"

1차장은 매우 화난 목소리로 호통을 쳤다.

"그게 저……."

"지금 대통령께서 불호령이야."

"면목 없습니다."

외사과장은 식은땀을 훔치며 고개를 숙였다.

"이번 사건이 왜 발생한 줄 아나? 일본 놈들이 위성을 통해 한국 해군 함정을 고의로 유도한 거란 말이야. 일본 영해를 침범하도록 말이지."

사실이 그랬다. 일본의 해킹 부대는 이미 한국 해군의 모든 전산망을 마음대로 유린했고, 트로이목마란 바이러스(트로이 전쟁에서 따온 용어로 상대 정보망에 침입해 필요한 정보를 빼내거나 파괴할 수 있도록 숨겨놓은 바이러스. 설치한 사람의 의도대로 원격조정이 가능하다.)로 우리 함정 1척을 일본 영해로 유인했다. 상황이 상황인 만큼 1차장은 국정원 사이버부대를 담당하고 있는 외사과장을 문책하지 않을 수 없었다.

"유민우란 놈은 대체 뭘 하고 있어?"

"글쎄요. 책만 읽고 있다는데……."

"뭐, 책? 그놈 휴가라도 보내준 줄 아나?"

"……."

"당장 청송으로 다시 쳐넣어."

"예?"

"그놈 다시 청송교도소로 보내란 말이야. 우리 국정원 사이버부대는 지금 어떻게 대처하고 있나?"

"그게 저……."

"또 뭐가 그게 저야."

"사실 저희 사이버부대는 완전히 무력해졌습니다. 일본의 총공격에 모든 기능이 마비되었고 기무사 사이버부대도 마찬가집니다."

"뭐야, 이 새끼야! 그걸 지금 말이라고 해?"

1차장은 외사과장에게 명패를 집어 던졌다. 명패는 정확히 외사과장의 이마를 때리고 튕겨나갔다. 외사과장은 그대로 바닥에 쓰러졌다. 이마에서 터져 나온 피가 얼굴을 흥건하게 적셨다. 외사과장은 피를 닦으려 하지도 않고 벌떡 일어나 부동자세를 취했다.

"그동안 대체 뭘 한 거야?"

핏물이 얼굴을 적시고 목덜미까지 흘러내리더니 이내 하얀 와이셔츠 깃마저 발갛게 물들였다. 그러나 1차장은 아랑곳하지 않았다. 지시봉으로 외사과장의 가슴을 쿡쿡 찔러가며 핏발을 세웠다.

"야, 인마! 지금 군대가 충돌하고 있어. 여차하면 불을 판인데 우리 정보는 저놈들이 다 들여다보고 있어. 지들 맘대로 우리 군함을 가지고 노는데 무슨 대책을 내놔야 할 거 아니야, 대책을?"

"예! 저도 알고 있습니다."

"아는 놈이 이 모양인가. 어서 대책을 말해보란 말이야."

그러나 지금 당장은 뾰족한 수가 없었다. 외사과장은 한참을 망설이더니 간신히 입을 열었다.

"솔직히 유민우의 사이버 민병대 외에는 대책이 없습니다. 다행히 민간 동호회라 저들의 공격을 받지 않고 있고 저희 대원들도 지금은 그 사이트를 방어하는 데 최선을 다하고 있습니다."

"뭐라고? 지금 이 다급한 시국에 우리 국정원 대원들이 민간 사이트 보호에 전력을 다하고 있어? 하 참!"

1차장은 콧방귀를 뀌었다. 한동안 무거운 침묵이 흘렀다.

"결국 졌다는 말이군."

외사과장은 난처한 표정으로 손사래를 쳤다.

"아, 아닙니다."

1차장은 어깨를 축 늘어뜨린 채 고개를 숙였다. 그리고 옆에 있던 수건을 집어 외사과장에게 건넸다.

"피 닦아."

"가, 감사합니다."

"그 수건이 내가 자네에게 줄 수 있는 마지막 선물이 될 걸세."

1차장의 목소리는 낮고 비장했다.

"대통령께 전화를 해야겠어."

"무슨 전화를?"

"대통령님, 졌습니다. 무조건 항복하시는 게 나라를 구하는 길입니다. 그래야겠지."

"아, 안 됩니다. 차장님!"

다시 침묵이 흘렀다.

"40년을 국정원에서 땀을 흘렸네. 죽을 고비도 많이 넘겼지만 이번처럼 수치스럽긴 처음이야. 말년이 이렇게 허무하게 끝나는군. 자네에게도 미안하게 됐어."

1차장은 옷 매무새를 다듬으며 힘없이 자리에 앉았다. 그러고는 서랍에서 권총을 꺼내 테이블에 올려놓았다. 외사과장이 화들짝 놀라 멈칫했다.

"모든 책임을 내가 안고 가겠네. 국정원장님이 계시지만 사실 그분은 뜨내기 아닌가."

"안 됩니다. 1차장님!"

"늘 그래 왔지 않았나. 불은 더 큰 불로 꺼왔지."

"무슨 말씀입니까?"

"마지막 부탁이네. 내가 대통령께 항복을 권유하고 대통령이 항복을 발표하면 국민이 난리를 칠 걸세. 그 화살을 내게 돌려주게. 내가 모든 책임을 지고 자결을 했다고 발표해. 그래도 안 먹히면 과거 아웅산테러사건이나 대한항공폭파사건도 내가 도모한 사건이라고 발표를 하게. 패배감을 나에 대한 분노로 돌려 잊게 하란 말이야."

"저도 차장님을 따르겠습니다."

"이봐, 그럼 누가 국민에게 변명이라도 해주겠나?"

1차장은 청와대와 통화를 시도했다. 수화기를 드는 1차장의 손이 결연하고 고통스러워 보였다. 수화기를 귓전으로 가져가는 그 짧은 순간에도 그의 손은 궁지에 몰려 뒷걸음질치는 발걸음처럼 무기력하고 연약하게 떨렸다.

그때 외사과장의 휴대폰이 울렸다. 외사과장은 급히 휴대폰을 끄려 했다.

"받아봐. 그 덕분에 내 생명이 몇 분쯤 늘어났군."

메리 퀸이었다.

"외사과장님, 사령관이 움직입니다."

"뭐? 유민우가 움직여?"

1차장은 들고 있던 수화기를 도로 내려놓았다.

"어떻게 움직이는데? 아니 그럴 것 없이 지금 화상으로 당장 그놈 연결해."

"예, 알겠습니다."

잠시 후 대형 LCD 화면에 민우의 모습이 나타났다. 외사과장은 모니터에서 멀리 물러섰다. 1차장은 능청스럽게 여유를 부리는 척하며 민우에게 인사를 건넸다.

"유민우 사령관! 고생이 많네. 그래, 이제 움직이는 건가?"

이곳 상황을 알 리 없는 민우가 밝은 표정으로 고개를 끄떡였다.

"그래 어떻게 할 계획인가?"

"뉴스를 봤는데 지금 상황이 매우 급박하더군요. 그래서 조금 전 비밀리에 우리 대원들에게 중국 정보망을 공격하도록 지시했습니다."

1차장은 이맛살을 찌푸렸다.

"실언한 거 아닌가? 중국이 아니라 일본이겠지?"

"중국이 맞습니다."

1차장은 어이없다는 표정을 지으며 허리춤에 손을 올렸다.

"알아듣도록 설명해주겠나?"

"그동안 저희 대원들에게 해킹에 관여하는 일본인들 IP 주소를 수집하도록 지시했습니다."

"그런 일이 있었나? 그런데 우린 그걸 왜 모르고 있었지?"

"극비로 했습니다. 우리 내부에 첩자가 있을지도 모르고, 혹시 저들이 우리 사이트를 감시하고 있을지도 모르니까요."

"그럴 수도 있겠군. 그런데 우리도 모르게 어떻게 외부로 연락을 취한 건가?"

"휴대폰을 통한 무선인터넷을 활용했습니다."

"무선인터넷?"

"그렇습니다. 일단은 부사령관에게 문자메시지를 보내 무선 폰페이지를 만들게 했습니다. 그리고 믿을 수 있는 초기 멤버들로 비밀결사대를 조직하게 했지요."

"무선 폰페이지라는 게 어떤 건가? 아이폰이나 스마트폰을 말하는 건가?"

"원리는 비슷합니다만 아이폰은 아닙니다. 차장님도 휴대폰이 있으시면 7070을 누르고 인터넷 버튼을 클릭해보십시오."

1차장은 민우의 말대로 휴대폰으로 7070을 누른 후 인터넷 버튼을 클릭했다. 그러자 '사이버 민병대 일파모'란 화면이 휴대폰 창에 나타났다.

"이런 게 다 있었나?"

"그렇습니다. WINC라는 무선인터넷 숫자도메인 접속 방법입니다. 7070은 일본을 침공하자는 뜻으로 침공의 발음을 살린 겁니다."

"옳지! 그래서?"

1차장의 얼굴에 생기가 돌기 시작했다. 국정원에서는 그동안 감시 카메라와 도청장치는 물론 여러 개의 모니터를 통해 민우의 컴퓨터를 예의주시해왔다. 그런데 감시망을 따돌리고 대원들에게 정보 수집과 지시를 하달했다니 그 정도의 능력이라면 희망을 걸어도 될 것 같다는 생각이 들었던 것이다.

"일단 시급한 현안은 독도 근해에 집결한 저들 해군 함대를 분산시켜야 하는 일 아니겠습니까?"

"좋은 방법이라도 있나?"

"우선 저희 민병대가 수집한 일본의 IP를 통해 역으로 중국을 자극하는 겁니다."

"중국을?"

"그렇습니다. 차장님 혹시 조조의 위나라 군이 쳐들어왔을 때 약소국인 촉나라 유비가 어떤 작전을 쓴 줄 아십니까?"

이 다급한 시점에《삼국지》얘기나 한다는 게 내키지 않았지만, 그래도 1차장은 감정을 추스르고 답변을 했다.

"그야 손권의 오나라와 동맹을 맺어 싸웠지."

"그렇습니다. 제갈공명의 지략이었지요."

"그런데 그게 어떻다는 건가?"

"현재 우리의 IT 전력은 바닥이 났습니다. 솔직히 저들과 싸울 여력이 없습니다. 저도 우리나라의 IT 기술력이 이렇게 허약한 줄 몰랐습니다."

"안타깝지만 그건 나도 동감일세."

"그래서 중국을 이용해 일본을 치자는 겁니다. 이이제이(以

夷制夷)란 말 아시죠?"

"오랑캐로 오랑캐를 친다는 말 아닌가."

"그렇습니다. 지금 중국도 일본과 조어도(센카쿠) 문제로 영토 분쟁이 심각한 상태입니다. 그걸 이용하자는 겁니다."

"어떻게?"

"저희 일파모가 그동안 수집한 일본 IP를 타고 중국 정보 망과 일반 사이트로 들어가 해킹을 감행하는 겁니다. 그리고 조어도가 일본 땅이라는 주장을 펼치며 일장기를 거는 겁니다. 그래서 분노한 중국이 일본에 반격을 가하게 하는 겁니다."

1차장은 손뼉을 쳤다.

"그거 아주 좋은 생각이군. 정말 기발한 아이디어야."

"감사합니다. 그래서 작전 이름도 적벽대전으로 했으면 합니다만."

"적벽대전이라. 조조의 100만 대군이 전멸한 그 해전 말인가?"

"그렇습니다."

"일본을 치는 데 중국 용어 사용이 좀 그렇군. 중국이 오해할 소지도 있고."

민우는 잠시 뜸을 들였다. 다른 마땅한 작전명을 생각하는 것 같았다.

"일파대전은 어떻습니까? 차장님이 정해주신 일본을 파괴하자는 일파모란 이름과도 일치되게."

"명칭이야 어떻든 좋아! 그런데 조금만 조사하면 그 근원지가 우리나라라는 걸 중국이나 일본도 금방 눈치챌 텐데?"

"저도 처음에는 그걸 염려했는데 별 문제 없을 것 같습니다."

"왜지?"

"일본이야 어차피 우리와 분쟁 중이니 알아도 문제될 게 없고, 중국도 조어도 문제로 워낙 일본에 대한 감정이 좋지 않은 터라 우리가 개입됐다는 사실을 묵과하고 오히려 이 기회에 우리와 연합작전을 펼치지 않을까 싶더군요."

1차장은 고개를 끄떡였다.

"맞아, 일리가 있어. 일전에 일본의 군국주의가 부활할 조짐이 보이자 익명의 중국기관에서 우리에게 유사시에 동맹을 맺어 일본에 맞서자고 제안했거든."

"그럴 겁니다."

"그런데 사이버 분쟁으로 어떻게 일본 함대를 분산시킨다는 건가?"

"지금 독도 문제로 중국이나 대만도 조어도 문제에 신경이 날카로울 겁니다. 이런 시점에 일본이 조어도를 이슈로 사이버 해킹을 감행해왔다면 분명 중국이나 대만의 민간단체가 가만있지 않을 겁니다. 사이버뿐만 아니라 일본 영해를 넘어 조어도까지 달려가 해상 시위를 벌일 게 뻔하죠. 이럴 경우 일본은 어떻게 대응할까요? 함대를 출동시킬 테고 그러면 이에 맞서 중국과 대만의 함대도 출동할 겁니다. 그에 맞서려면 일본은 현재 독도에 배치된 한국 전담의 제3호위대 88함대 병력을 이동시키지 않을 수 없겠죠."

"맞아! 바로 그거야."

1차장이 무릎을 쳤다

"그리고 한 가지 더, 러시아도 끌어들일 생각입니다."

"러시아도?"

"예! 러시아도 사할린 문제가 있지 않습니까."

"그렇군. 그런데 중국이나 러시아 모두 IT 기술이 낙후된 곳 아닌가?"

민우가 고개를 끄덕였다.

"한국전쟁 때 미군은 월등한 무기를 가지고도 중공군에게 밀렸습니다. 이유를 아십니까?"

"초등학생 문제 같군. 그야 인해전술 때문이지."

"그렇습니다. 인해전술입니다. 전에 제가 인터넷 대란을 일으킬 때는 핑이나 패킷을 걸어 사이트를 다운시켰지만 중국은 그런 기술이 없다 해도 인해전술로 밀어붙일 수 있습니다. 또한 세계 각지에 있는 화교들의 위력 또한 무시할 수 없는 수준이고요."

"하긴 핑이나 패킷처럼 간단한 기술을 중국이 왜 모르겠나. 어쨌든 무슨 말인지 알겠어."

1차장이 막 등을 돌리려는데 민우가 다시 불러 세웠다.

"차장님 부탁이 있습니다."

"뭔가?"

"이번 전쟁은 온라인 싸움만으로는 종결지을 수 없습니다."

순간 1차장의 표정이 굳어졌다.

"그럼 진짜 전쟁을 하자는 건가?"

"약간은요. 혹시 북파공작원들이 지금도 있습니까?"

1차장은 잠시 머뭇거렸다. 북파공작원에 관한 정보는 극비 사안이었기 때문이다.

"자네 의도부터 말해보게."

"북파공작원이 있다는 말로 알겠습니다. 10명 정도만 대기시켜주십시오."

"대체 뭘 하려고?"

"제2작전 계획은 이틀 후 다시 말씀드리겠습니다."

민우와의 화상통화가 끝나고 1차장과 외사과장은 아무 말 없이 서로의 얼굴을 마주 보았다. 그리고 잠시 후 약속이나 한 듯 호탕하게 웃었다.

"우린 왜 이런 생각을 못했지?"

"글쎄 말입니다."

"그 유민우란 친구의 실력이 정말 그렇게 대단한가?"

"물론입니다. 해킹에 관한 한 최고 실력자임에 의심의 여지가 없습니다. 100만 대의 전자계산기를 두드려도 1대의 컴퓨터를 이길 수 없는 것처럼 백만의 병사보다 더 막강한 것이 유민우라 생각합니다."

완고하던 1차장도 외사과장의 말을 수용하는 듯 고개를 끄덕였다.

"근데 북파공작원은 어디에 쓰려는 걸까?"

"글쎄요."

"자넨 어찌 된 게 말끝마다 글쎄요, 아니면 잘 모르겠습니다야? 어쨌든 준비시키게."

"예! 지금 바로 지시해두겠습니다."

외사과장이 막 나서려는 순간 1차장의 전화벨이 다급하게 울렸다. 메리 퀸이었다.

"차장님, 뭔가 이상합니다."

"뭐가?"

"사령관님이 사이버 민병대에 이상한 글을 올렸어요."

"무슨 글을?"

"직접 한번 보시죠."

1차장은 사이버 민병대 사이트에 접속했다.

"뭐야, 이건."

1차장의 눈이 휘둥그레졌다.

"무슨 내용입니까?"

궁금증을 참다못한 외사과장이 다가와 모니터를 함께 바라보았다.

사이버 민병대 여러분! 사령관 유민우입니다.

그동안 행동 지시를 내리지 못해 죄송합니다.

많은 날을 고민해본 결과 지금 우리가 일본을 공격한다는 건

현실적으로 불가능하고

그렇게 해서도 안 될 것 같습니다.

공격을 중단해주시고 다음 지시를 기다려주십시오.

1차장과 외사과장이 의아한 표정으로 서로를 바라보았다.

"아니, 이 친구 조금 전 말하고는 영 틀리잖아. 이거 이중간 첩 아냐?"

1차장이 다시 민우를 호출했다.

"사이트에 올린 이 글은 뭔가?"

"아, 보셨군요."

"설명 좀 해보게."

"사실 저희 민병대 이철주 부사령관을 통해 회원들을 분석해보았습니다. 그런데 근래 들어 일본에서 가입한 사람이 많았어요. 저들이 우리 사이트를 눈치챈 것 같습니다."

"뭐야, 그럼 이 사이트도 곧 저들의 공격을 받겠군."

"그걸 막자는 겁니다. 적벽대전에서 제갈공명은 안으로는 전투 준비를 하면서 밖으로는 방통과 황개를 시켜 항복하는 척하며 조조를 안심시켜놓고 최후의 일격을 가했죠."

"알겠네. 그런 뜻이었군. 하지만 회원들의 이탈과 반발이 심하지 않겠나?"

"감수해야 합니다. 일파모 회원들의 반발이 거세고 대규모 탈퇴가 발생하면 일본은 우리가 자멸한 걸로 판단해 감시의 수위를 낮출 겁니다."

"감시를 피하자고 군대 없는 전쟁을 하겠다 이 말인가?"

"어차피 현대전은 수의 싸움이 아닙니다. 그래서 미리 핵심 멤버들을 추려 비밀결사대를 조직해두었습니다."

민우의 설명에도 불구하고 1차장은 계속해서 아쉬움이 남았다.

"국민의 지지를 얻지 못하는 승리가 무슨 의미가 있단 말인가?"

"그건 껍데기에 불과합니다. 우리나라 축구 국가대표팀도 월드컵 전지훈련 때는 대패를 거듭했지 않습니까? 그때 등을 돌리는 듯 보였던 국민도 본선에서 승리하자 다시 돌아왔습니다. 국민은 승리에 목말라했을 뿐 조국에 대한 사랑이 식은 건 아니었습니다. 승리하면 회원들은 반드시 돌아옵니다."

09.
일파대전

독도 문제에 조어도와 사할린 문제를 개입시킨 민우의 일파대전 작전은 주효했다. 민우의 은밀한 지시로 구성된 비밀 결사대원들이 일본 측 IP를 통해 중국에 해킹을 가하자 중국과 대만은 일제히 일본에 반격을 가했다.

중국 현지 언론들은 1면 머리기사로 일본의 해킹 사실을 보도했다. '조어도가 일본 영토라고 주장하는 일본의 침공 행위'라며 흥분을 감추지 못했다. 한국 독도 문제가 이미 세계적 관심사였던지라 조어도 파장은 일순간에 엄청난 파장을 일으켰다. 중국 언론들은 앞다투어 일본을 규탄하는 보도를 쏟아냈다.

일본의 IP 주소였다. 군국주의를 부활시키려는 일본의 속셈이다. 조어도를 그들의 영토로 영구 귀속시키려는 야욕을 적나라하게 드러낸 것이다.

중국의 기술력과 잠재력은 상상보다 무서웠다. 하루아침에 일본은 인터넷 대란에 휩싸였다. 일본의 반격 또한 만만치 않았지만 문제는 세계 각국에 퍼져 있는 화교들이었다. 그들은 세계 각지에서 재력을 동원해 우수한 해커들을 고용했고 주도면밀하게 일본을 공격했다. 엉뚱한 곳에서 역습을 당한 일본 정부는 영문도 모른 채 중국과 대만에 항의하고 자제를 호소했다.

한편 민우의 예상대로 중국과 대만에서는 민간인들이 대규모 선단을 조직해 조어도로 출항했다. 일본 극우파 단체들도 가만있지 않았다. 민간인들이 충돌하자 조어도 인근 해상에 중국, 대만, 일본의 3국 함정들이 급기야 출동하기 시작했다.

한편 사할린 문제로 똑같은 공격을 받은 러시아는 겉으로 볼 때는 별 움직임을 보이지 않았다. 하지만 비밀리에 항공모함 쿠즈네초프함을 블라디보스토크항으로 파견했고, 극동함대의 타이푼급 핵전략 잠수함 드미트리 돈스코이호를 의도적으로 일본 영해로 침범시켰다. 또한 일본 대사를 소환했다.

러시아 내에서는 일본인 몇이 러시아 마피아의 총격에 사망하는 일도 벌어졌다. 이에 일본으로서는 독도 근해 제3호위대의 88함대 상당수를 조어도와 사할린으로 파견하지 않을 수 없었다.

일파대전 개시 이틀 후 1차장과 외사과장이 해군 장성 한 명을 대동하고 민우를 찾아왔다. 장성의 어깨에는 은빛 원스타 계급장이 빛나고 있었다. 1차장이 민우에게 그를 소개했다.

"인사드리게. 해군작전사령부 부사령관 임호준 준장이시네."

임호준 준장은 민우에게 악수를 청했다.

"자네 얘기 많이 들었네. 이번에 큰일을 해냈더군."

군 장성과 나누는 악수의 무게는 사뭇 다르게 느껴졌다. 그의 제복에서 화약 냄새가 나는 듯도 했다.

"이번 우리 작전은 해군과 보조를 맞춰야 할 것 같아 같이 오자고 부탁드렸네."

1차장은 임호준 준장이 같이 온 이유를 말하며 환히 웃었다.

"일파대전 작전은 대성공인 것 같더군."

임호준 준장도 거들었다.

"그 덕분에 독도 근해의 일본 함정이 많이 퇴각했어. 저들 전술도 방어 대형으로 바뀌었지."

외사과장이 그간의 성과를 보충 설명했다.

"그뿐 아니라 일본의 사이버공격도 거의 소멸되고 있어. 저쪽하고 싸우느라 정신이 없겠지. 유일한 대항 세력인 자네의 민병대마저 유화책을 표명했으니 일본 쪽에서는 완전히 승리한 걸로 착각했나 보네."

"승리라니요? 일파대전은 이제 시작인걸요."

민우의 말에 다소 뜻밖이라는 듯 1차장이 물었다.

"이제 시작이라니? 독도 근해의 함정들을 분산시켜 긴장이 해소됐으니 우리의 목표는 달성된 것 아닌가?"

"아닙니다. 지금은 저들 함대를 일시적으로 분산시켰을 뿐, 언젠가는 다시 독도로 몰려올 테니 최후의 결전을 치러야 합니다."

곁에 있던 외사과장이 말했다.

"그럼 회유책이란 말이군."

"그렇습니다. 적벽대전에서 조조의 백만대군을 수장시킨 건 손권의 오나라 군대였지만 조조를 생포하고 형주를 차지해 승리를 챙긴 건 유비 군이었죠."

외사과장이 고개를 갸웃거렸다.

"나도 《삼국지》를 다시 한번 읽어봐야겠군. 무슨 말인지 통."

외사과장의 푸념 아닌 푸념에 일행은 오랜만에 한바탕 웃었다. 그러나 웃음은 오래가지 않았다. 1차장의 우려 섞인 말에 분위기는 다시 무거워졌다.

"그런데 이러다 세계대전 발발하는 게 아닌지 모르겠군."

민우는 능청스레 뜸을 들였다.

"마음 같아서야 그러고 싶군요. 지금 상태라면 중, 러, 일 세 나라 싸움 붙이는 것은 어렵지 않아 보여요."

"안 돼. 너무 무모해."

임호준 준장도 반대하고 나섰다.

"그렇게 된다면 장기적으로도 우리에게 득 될 게 없어. 일본이 저렇게 군사대국을 지향할 수 있게 명분을 준 게 바로 북한의 핵실험과 미사일이야. 주변국의 분쟁은 군사력을 강화시켜 결국 우리에게도 위협으로 돌아오지."

"압니다. 물론 거기까지 가서는 안 되겠죠. 그런데 문제는 아직도 저들이 독도 인근에 함대를 배치해두고 있다는 현실입니다."

분위기가 다시 싸늘해졌다. 임호준 준장은 현 상황이 어떻게 변하고 있는지 설명했다.

"그래도 저들의 이지스함 1개 함대가 조어도 쪽으로 이동했고, 또 1개 함대는 사할린 쪽으로 차출되어 갔네."

"그럼 이지스함 2척에 항공모함급 헬기구축함 2척, 순양함과 구축함이 14척, 모두 18척이 빠진 거군요."

민우의 정확한 군사 지식에 세 사람은 놀라는 표정이 역력했다.

"하지만 그것으로는 미약합니다. 남아 있는 저들의 함대가 이지스 2개 함대이니 적어도 18척 이상의 함정이 남아 있는 거니까요. 바닷속 잠수함은 몇 대나 있는지 알 수도 없을 거고요."

"그러네."

"만약 현재 상황에서 우리와 일본 해군이 붙는다면 누가 이길까요?"

다소 엉뚱한 질문에 세 사람은 민우를 쳐다봤다. 임 준장이 답했다.

"현재 상태라면 비슷할 걸세."

"비슷하다고요?"

"그래! 중장거리 전투라면 우리 함대가 다 덤벼도 1개 이지스 함대를 당해내기 힘들어. 그래서 우리는 함대를 독도 경계를 넘어 최대한 일본 쪽으로 근접시켰지. 반사적으로 일본 측 함대도 더 근접해오고 있어. 이런 단거리 전투라면 해볼 만하네."

"단거리 전투라면 해볼 만하다고요?"

"그래! 단거리 해전에선 함선의 성능보다 함선 수 싸움이야. 최첨단 함정도 함포와 어뢰 사격 사정거리에 있다면 결국 먼저 쏘는 쪽이 이기는 거지. 2차 서해교전 때 봤지 않나. 우리의 첨단 초계정이 재래식 북한 함정에 침몰되는 거."

민우는 말없이 빙그레 웃었다.

"왜 웃나? 내 말이 틀렸나?"

"만약 폭풍주의보가 내려진다면요."

"뭐?"

"폭풍주의보가 내려진다면 최소 3000톤급 이상의 함정만 작전이 가능한 걸로 아는데 그럼 우리 함선은 몇 척이나 남는 겁니까?"

겸연쩍은 듯 임호준 준장이 헛기침을 하며 말했다.

"현재로선 충무공 이순신함과 왕건함 그리고 원거리 지원 중인 독도함, 이렇게 3척 정도가 남겠군."

"그럼 해보나 마나 한 싸움이네요. 일본은 7000톤급 이지스함 2척에 5100톤급 헬기구축함이 6척, 그 외 4000톤급 이상 순양함과 구축함이 10척, 결국 18 대 3의 싸움이군요."

임호준 준장은 할 말이 없다는 듯 머리를 긁적였다.

"그러니 전쟁을 막아야 한다고 하질 않았나."

"어떻게 막죠? 저들에게 제발 돌아가 달라고 사정이라도 할 건가요?"

임 준장은 아무 말도 하지 못했다.

"그래서 독도 근해의 모든 일본 함대를 아예 조어도로 이동시키려 합니다."

"어떻게?"

"북파공작원을 이용해서죠."

1차장이 긴장한 표정으로 안경을 밀어 올렸다.

"일파대전 작전은 일부 성공했지만 저들 함대 전체를 독도에서 철수시키지는 못했습니다. 또한 일본의 전산망을 완전히 무력화하지도 못했어요. 완전한 승리라고 보기는 어렵습니다."

"좋은 방법이라도 있나?"

"이번 일파대전 작전 때 우리는 대만 쪽에 로직봄 바이러스를 심어두었습니다."

"대만? 중국이 아니고?"

"예! 조어도는 일본에서 400킬로미터, 중국에서 350킬로미터 떨어져 있는 데 반해 대만에서는 190킬로미터 거리밖에 되질 않습니다. 이번 작전은 초단파를 이용하는 작전이니 대만이 적격입니다."

로직붐이란 일정한 환경이 조성되면 작동하는 바이러스 프로그램이다. 특정기관의 통상적 컴퓨터 프로그램에 중대한 과오를 발생시키는 루틴이나 부호를 무단으로 삽입시켜 데이터를 파괴하거나 예상치 못한 큰 장애를 발생시킨다.

1차장과 외사과장은 심각한 표정으로 민우의 말을 들었다.

"대만에서 뭘 어쩌려고?"

"전 이번 작전을 준비하려고 저희 대원들에게 도움이 될 만한 자료들을 부탁했습니다. 그중 부산에 있는 KDB 정보통신이란 곳에서 기막힌 기술을 개발해 보내왔더군요."

KDB 정보통신에서 개발한 기술이란 초단파 주파수 탐지 및 제어 기술이었다. KDB 정보통신에서는 가정에서 사용하는 전력계의 수치를 사람이 직접 방문하지 않고 중앙컴퓨터의 명령에 의해 한날 동시에 자동으로 전송되도록 무선디지털전력계를 개발하고 있었다. 이 개발을 위해 무선초단파 시험을 실시하고 있던 중 우연히 과속 무인단속카메라의 위치를 알려주는 GPS 위성 시스템과 동일한 주파수가 출력되었는데, 실험 결과 그 주파수로 무인단속카메라의 위치를 알려주는 단말기 내용을 조작할 수 있다는 사실을 밝혀냈다. 즉 위성 자체를 조작하는 게 아니라 위성에서 발사한 주파수 정보를 탐지해 컴퓨터를 통해 순간적으로 정보 내용을 변환시킬 수 있는 기술이었다. 단 실험용 주파수이므로 4~5킬로미터 거리 내에서만 활용이 가능했다.

KDB 정보통신에서 100미터 앞에 과속 무인단속카메라가 있다는 내용을 1000미터 앞으로 변환시키는 테스트를 해보았는데, 그 구간 내에서 많은 차량이 과속으로 단속되어 서비스업체가 큰 곤욕을 치렀다고 했다. 민우는 우연히 발견된 이 기술을 보강해 군사용으로 응용하려는 것이었다. 민우가 비장한 표정으로 말했다.

"전 그 기술로 일본 함선에 탑재된 미사일을 발사시키려고 합니다."

"자네……."

세 사람은 한없이 놀라는 표정을 지었다. 임호준 준장이 하얗게 질린 얼굴로 물었다.

"미사일을 어디로 발사한단 말인가?"

"그리 놀라지 마십시오. 중국을 공격하려는 건 아니니까요."

이번에는 1차장이 조바심을 태우며 나섰다.

"그럼 어딘가?"

"조어도요."

"조어도?"

"예! 일본이 자기 나라 미사일로 자기 나라 시설물을 파괴하게 하는 겁니다. 더 구체적으로 말하자면 조어도의 등대가 목표물입니다."

"거길 왜?"

"두 가지 목적이 있습니다. 하나는 일본 내부의 분열을 노리는 겁니다. 이 시점에서 자신들의 미사일로 자신들의 상징적인 시설물을 파괴한다면 일본은 혼란과 분열의 늪으로 빠지게 될 겁니다."

"나머지 하나는?"

"영토 규정이 명확하지 않은 군사 대치 지역에서 일본 미사일이 발사됐다면 중국이나 대만에서는 어떻게 대처할까요?"

"난리가 나겠지. 군사 대응 태세로 돌입할걸."

"바로 그겁니다. 그곳의 긴장을 극도로 고조시켜 우리 독도 근해의 일본 함선들을 부득이 그쪽으로 이동시킬 수밖에 없도록 만드는 겁니다."

한동안 골똘히 생각하던 임호준 준장이 심각한 어조로 말했다.

"일본 함선 내의 미사일을 발사시킨다는 게 정말 가능하겠나? 실제로 함선이나 잠수함 등은 외부 전산 침입에 대비해 중앙통제시스템을 갖추지 않네. 로컬시스템, 즉 대부분 수동으로 조종하게 되어 있다는 거지."

"알고 있습니다. 하지만 그건 유선 OS에 대한 방비책일 뿐, 무선이라면 상황이 달라집니다."

임호준 준장은 얼른 이해가 되지 않는지 머리를 흔들었다.

"외출 중에 집 안의 가전제품을 휴대폰으로 작동시키는 기술이 있지 않습니까. 그건 가전제품을 휴대폰 주파수에 맞춰둔 원리입니다. 그 원리를 이용해 미사일의 감춰진 주파수를 찾아내 발사시키는 겁니다."

1차장이 다시 물었다.

"북파공작원도 그 일에 관련되어 있나?"

민우는 답을 하는 대신 잠시만 기다려달라는 손짓을 했다.

"미사일이 비록 정교한 무기라고는 하나 그것 또한 컴퓨터로 조작되는 기계에 불과합니다. 조작 명령은 복잡한 기계언어, 즉 주파수의 조합으로 이루어집니다. 저희가 대만 쪽에 심어놓은 로컬봄은 수백 개의 좀비 PC에 세분해놓았기 때문에 하는 일은 같지만 각자의 내용이 다릅니다. 즉 주파수를 10^{-6}인 마이크로 헤르츠(μHz) 단위로 설정해두었기 때문에

0.000001헤르츠부터 순서대로 초단파를 쏘게 됩니다. 그래서 조합으로 이루어진 발사 명령 주파수를 하나씩 찾아내는 겁니다. 물론 숫자가 많을 테니 시간을 최소화하기 위해 로컬 붐 좀비 PC를 수백 개로 분산해둔 겁니다."

"좀 쉽게 설명해주게."

1차장이 무슨 말인지 모르겠다는 듯 퉁명스레 물었다.

"상세한 원리까지 아실 필요는 없습니다. 다만 로또 복권을 순서대로 다 사면 그중에 하나가 당첨된다는 원리라고 생각하시면 됩니다. 복권들을 혼자 사기에는 시간이 많이 걸리니 수천 명이 나눠서 사는 걸로 연상하면 됩니다."

1차장은 그제야 고개를 끄덕였다.

"그래! 이제야 이해가 좀 되는군. 무식한 방법이지만 미세한 주파수를 하나씩 내보내 미사일을 조정할 수 있는 암호 주파수를 하나씩 찾아낸다는 거군."

민우는 고개를 끄덕이며 대답했다.

"찾아낸 주파수는 하나씩 KDB 정보통신에서 개발한 제어 장치에 입력되어 암호 조합군을 완성하게 됩니다. 그 주파수 속에 우리의 명령이 프로그래밍되는 거죠. 미사일을 발사하라는……."

1차장은 근심에 빠졌다. 그의 표정으로 보아 민우의 설명이 믿음직스럽지 않은 눈치였다. 역시나 1차장은 그 가능성에 대해 되물었다.

"그게 가능하겠나?"

"저도 의심했던 게 사실입니다. 그러나 무기 전문가들이 충분히 가능하다고 하더군요."

1차장은 의아해했다. 고립되어 있는 민우가 언제, 어떻게 무기 전문가들과 가능성을 타진해볼 수 있단 말인가? 1차장은 더 구체적으로 물었다.

"무기 전문가 누구?"

"그 전에 고맙다는 인사부터 드려야겠군요. 국정원 사이버 부대원들을 모두 저희 민병대 대원으로 등록시켜두셨더군요. 무기 전문가가 아주 많아요. 벌써 두 명을 부산으로 파견해서 기계 조립 작업에 들어갔습니다."

외사과장은 다소 불편한 표정이었다.

"발 빠르군. 다음부터 그런 일은 사전에 우리와 협의해주게."

"죄송합니다. 그러려고 했는데 그분들이 국정원 기조실 소속이라 기조실장님께 허락을 받았다더군요."

"그건 알겠고, 그래 북파공작원에게는 어떤 일을 시키려고?"

1차장이 되물었다.

"일본 함선 내의 미사일에는 원격 자폭 장치가 설치되어 있습니다. 미사일이 발사돼도 일본 함대에서 자폭시켜버리면 허사죠. 또 하나, 미사일이 발사되어도 우리가 제어할 수 없다면 조어도 등대를 타격할 수 없습니다."

"그렇겠지."

"그래서 북파공작원들에게 주파수 탐지 제어 장치를 조어도 앞바다에 설치해주었으면 하는 겁니다. 영향 반경이 4~5킬로미터로 짧아 누군가가 일본 함선 근처까지 그 기계를 운반해야 하니까요."

외사과장이 물음 대신 확인하듯 말했다.

"그럼 그 기계가 목표물을 정하는 거군."

"그렇습니다. 일단 미사일이 발사되면 일본 함선에서는 분명 미사일 자폭 명령을 내릴 거고 그 명령이 제어기 안에서 조어도 등대를 목표물로 하라는 명령으로 바뀌는 겁니다."

"마치 SF 첩보영화를 보고 있는 기분이군."

1차장은 혀를 내두르며 감탄을 연발했다. 그 곁에서 무언가를 메모하던 임호준 준장이 물었다.

"그런데 자네 의견에는 문제가 있어. 설령 자네 말처럼 무선주파수로 미사일을 발사시킬 수 있다 해도 그게 일본 것이 될지 중국 것이 될지 모를 일이고, 어쩌면 모든 미사일이 동시에 발사될 수도 있지 않겠나?"

"역시 장군님다운 예리한 질문이시네요. 하지만 그럴 염려는 없습니다. 우선 로직붐은 AMCW 방식의 바이러스입니다. 즉 순항미사일처럼 목표물을 미리 정해둘 수 있죠. 일본인들은 남의 것을 모방하는 건 좋아하지만 그대로 사용하지 않고 자기들 나름대로 변형해서 사용하지요. 이것이 미사일에도 적용되어 있어요. 그런데 그게 이번 작전에서는 치명적인 약점으로 작용할 겁니다."

1차장이 손을 저었다.

"일본은 미사일을 자체 개발하지 않아."

"알고 있습니다. 일본은 현재 미국에서 미사일을 수입해 쓰고 있지요. 하지만 1945년부터 이미 자체 개발 기술을 보유하고 있습니다. 자신들이 개발한 이키스이라는 미사일 기술을 미국에서 수입한 미사일에 접목시켜 성능을 향상시켰죠. 로직붐 바이러스는 이 아키스이 방식에 AMCW를 설정해두었습니다. 즉 로직붐 바이러스 주파수는 아키스이를 장착한 일본 미사일에만 적용되며 일단 미사일이 발사되면 모든 주파수 수집 활동은 자동 종료되고, 바이러스도 스스로 삭제되어 흔적을 남기지 않도록 설계되었습니다."

외사과장이 민우를 직시하며 물었다.

"한마디로 완벽하다고 자신하는 거군?"

민우는 힘주어 대답했다.

"예! 자신 있습니다."

민우의 장황한 설명이 끝나자 1차장과 외사과장은 잠시 그들만의 대화를 나누었다. 이야기를 알아들을 수는 없었다. 목소리도 작았을뿐더러 그들만의 은어를 사용했기 때문이다. 둘만의 대화가 끝난 후 1차장이 민우를 바라보며 말했다.

"미안하네. 우리에게는 비밀 대화를 나누는 언어가 따로 있다네. 방금 성공 가능성에 대해 이야기를 나누었는데, 결과는 긍정적이야."

이번에는 외사과장이 나섰다.

"하지만 북파공작원 파견은 안 된다는 결론이네. 발각되면 파장이 너무 엄청나네."

"그래서 북파공작원을 택한 겁니다. 그들은 살아 있지만 존재가 없는 사람들이잖습니까?"

"다른 방법을 찾아보세."

민우는 자리에서 일어섰다.

"그건 알아서 판단해주십시오. 다만 분명한 건 그 기계가 분명히 그곳에 있어야 한다는 겁니다."

민우는 마지막 당부를 남기고 자리에서 일어났다.

"어딜 가나?"

1차장이 물었다.

"할 일이 있어서요. 제게도 적수가 하나 생겼습니다."

어제 민우는 일본에서 한 통의 메일을 받았다. 하마모데 히쓰오라고 이름을 밝힌 발신인은 자신이 일본 사이버부대 중역이라고 했다. 철자 하나 틀리지 않는 걸로 보아 한국어를 무척 유창하게 하는 것 같았다. 내용은 이러했다.

유민우 사령관, 자네의 기발함에 놀랄 뿐이다.

중국과 러시아를 자극해 우리를 곤경에 빠뜨리다니

정말 대단하다.

솔직히 불시에 제3국으로부터 선공을 당해

무척 고전하고 있다.

우리 일본에겐 곤욕스러운 일이지만

개인적으로 난 묘한 희열을 느끼고 있다.

오랜만에 적수를 만났으니 말이다.

자네 IP가 잡히지 않는 걸 보니 교도소가 아니라

국가기관의 보호를 받고 있는 것 같군.

지금까지 자네 나라에 대한 모든 사이버공격은

나의 작품이었다.

하지만 지금은 중국, 대만, 러시아와 싸우느라

자네를 상대해줄 시간이 없다.

시간이 없는 만큼 이제 자네 나라에 대한

최후 공격을 선포하려 한다.

자네에게 선물로 공격 시나리오에 대한 내용을 보내겠다.

내용을 정부기관에 공개하는 비겁한 행동은

하지 않을 걸로 믿는다.

만약 패배를 인정한다면

자네가 직접 다케시마(독도)에 일장기를 걸어라.

우리는 그걸 항복으로 받아들이고

너희와의 모든 전쟁을 끝내겠다.

민우는 심란했다.

현재 동북아 국가의 상황은 매 시간 속보가 흘러나올 정도로 급박하게 전개되어가고 있었다. CNN은 현장을 누비며 분주하게 실황중계를 하고 있었다. 비록 독도 근해의 긴박함은 완화되었지만 나포된 한국 해군들에 대한 석방 협상이 결렬되면서 시위는 더욱 격렬해졌고, 급기야 경찰의 보호를 받던 일본 영사관 직원이 폭행당해 중태에 빠지는 사건까지 발생했다.

시위가 갈수록 격해지자 한국 정부는 시위가 가장 빈발하는 부산에 위수령을 내렸고, 일본 정부는 자국 내의 한국 재산을 동결시키고 대사관 철수 명령까지 내렸다.

조어도에서는 민간단체들의 선박 시위와 중국·일본·대만 함대의 팽팽한 대치가 계속되고 있었고, 사할린 근해에서는 러시아 잠수함과 일본 구축함이 충돌하는 사건까지 발생했다.

일본을 사면초가로 몰아붙였다고 생각했건만 저들 사이버부대의 전투 의지는 변함이 없었다. 오히려 한국을 얕보고 있는 듯 일본은 민우의 신분을 파악했고 항복을 종용하고 있었다.

컴퓨터 앞에 앉은 민우는 하마모데 히쓰오가 보내온 공격 시나리오를 살펴보았다. 그가 보내온 메일에는 공격 방법과 예정 시간 등이 상세히 적혀 있었다. 민우가 내용을 프린트하려는 순간 파일은 자동 삭제되어버렸다. 그때 대형 모니터가 켜지며 외사과장이 모습을 드러냈다.

"뭔가? 조금 전 저들의 메시지 내용은?"

외사과장의 말투로 보아 메일 내용은 보지 못했나 보다. 아니면 보았더라도 이해하지 못했을 수 있다. 민우는 난감했다.

하마모데의 말처럼 내용을 공개할 수도, 그렇다고 안 할 수도 없는 상황이었다.

"우리나라 전산망을 공격하겠다는 내용 같았습니다."

"그러니까 그 구체적인 방법이 뭐냐고?"

"그게…… 저."

민우가 망설이자 외사과장이 틈을 주지 않고 쏘아댔다.

"그 일본인과 의리를 지키려는 생각일랑 아예 접게. 지금이 어느 땐데."

민우는 고민에 잠겼다. 하마모데의 공격 내용을 공개하면 분명 우리 정보당국은 방어체계로 돌입할 테고, 그렇게 되면 당장의 인터넷 마비 사태는 막을 수 있겠지만 하마모데의 웃음거리가 될 게 뻔했다.

그렇다고 공격을 중단할 저들도 아니었다. 이렇게 세부 내용까지 밝히며 공격을 예고한다는 건 그만큼 자신이 있다는 것이고, 그건 제2, 제3의 공격 수단도 준비되어 있다는 것을 암시하는 것이었다. 어쩌면 민우가 정보를 공개하는 상황까지 하마모데가 미리 준비해둔 시나리오일지 모른다. 즉 대일 전쟁의 상징적 존재인 민우의 사이버 민병대와 국정원을 웃음거리로 만든 후 또 다른 수단으로 국내 인터넷망을 마비시켜 심리적인 면과 전투적인 면에서 완전히 승리하려는 음모라고 민우는 생각했다.

결심이 선 듯 민우는 낭랑한 표정으로 내답했다.

"내용을 보기는 했습니다만 무슨 뜻인지 알 수가 없었습니다."

"자네도 내용을 모르겠다는 건가?"

"예! 그래서 프린트해서 국정원에 넘기려고 했는데 프린트하려는 순간 삭제되어버리더군요. 그런 기술은 저도 처음 봅니다."

"허! 이것 참 큰일이구먼. 하필 그때 왜 내가 자리를 비웠는지."

모니터가 꺼졌다.

그날 밤 민우는 휴대폰으로 무선인터넷에 접속해 하마모데에게 답신을 썼다.

귀하의 메시지는 잘 받았다.

당신이 우리나라를 사이버 침공한 장본인이라니

나 역시 전율을 느끼는 바이다.

자초지종이나 영토 분쟁 따위의 논쟁일랑 접어두자.

원한다면 이 전쟁으로 승패를 가르자.

내일로 예정된 당신들의 공격 시나리오는 너무나도 완벽해 우리로선 대처 방법이 없는 게 사실이다.

하지만 우리를 공격하는 순간

그대들도 큰 파멸을 맞게 될 것이다.

나도 당신에게 반격 내용을 담은 시나리오를 보내겠다.

한국 땅에 일장기는 모두 불타고 없다.

그대가 태극기를 준비하라.

독도에서 그대를 보겠다.

답신을 보낸 민우는 일파모 사이트에 접속했다. 전투를 하지 않겠다는 의지를 천명한 민우의 결정에 반발하는 글들이 빗발쳤다. 이미 회원의 3분의 2가 탈퇴했고 누군가는 민우를 이완용에 버금가는 매국노라 맹비난했다. 민우는 이철주의 메신저를 열었다.

– 부사령관님 자리에 계십니까?

한참 후에야 답신이 왔다.

– 사령관님이 맞습니까?

– 예!

– 정말입니까?

하긴 이철주 부사령관은 민우가 청송에 있는 걸로 알고 있으니 그럴 법도 했다. 휴대폰으로 문자메시지를 몇 번 보내긴

했지만, 메신저를 통해 접속하기는 수감 후 이번이 처음이었기 때문이다.

- 예! 저 유민우입니다. 다음에 만나면 할매 순대국밥집에서 국밥 사주실래요?

할매 순대국밥집은 인파모 사건 당시 비밀리에 작전을 모의하던 곳으로 이철주 부사령관 사무실 앞에 있는 허름한 식당이었다. 이철주는 그제야 민우임을 확신했다.

- 얼마나 고생이 많으십니까? 저 지금 눈물납니다.

- 아닙니다. 부사령관님이 더 고생 많으시죠.

- 그나저나 큰일입니다. 이러다가 며칠 지나지 않아 회원들 모두 탈퇴하겠어요.

- 며칠까지 가지도 않을 겁니다.

- 예?

- 내일 일본의 대대적인 공격이 있을 겁니다.

- 어떤 공격요?

- 그건 밝힐 수 없고요. 제가 전에 문자로 보낸 지시 사항은 어떻게 되었나요?

- 완벽하게 준비되었습니다.

- 예, 알겠습니다. 그럼……

- 벌써 끊으시려고요. 할 말이 너무 많은데.

- 흐흐. 여기 교도소 아닙니까. 시간이 다 됐네요.

민우는 메신저를 보면서 새삼 웃음이 나왔다. 이렇게 호화로운 곳에 앉아 메신저를 하고 있건만 교도소라고 적어야 한다니 우스웠다.

민우는 쓰러지듯 침대에 몸을 던졌다. 이어 천장을 멍하니 올려다보았다. 무심코 바라본 천장에 희미한 얼굴 하나가 나타나 민우를 조롱하고 있었다. 한 번도 본 적이 없는 하마모데의 허상이었다.

"야! 하마모데."

민우는 벌떡 일어나 소리쳤다.

10.
정보요원 메리 퀸

하마모데의 메일을 받은 후 민우는 초조해지기 시작했다. 그가 누구인지, 어떻게 생겼는지, 실력이 어느 정도인지 아무것도 아는 게 없었다. 하지만 메일 내용으로 봐서 그는 민우에 대해 상당히 많은 정보를 가지고 있는 것 같았다. 이렇게 갇힌 공간에서 자유롭게 움직이는 그와 싸워야 한다. 그건 어쩌면 정해진 운명 같은 것일지도 모른다. 그와의 대결이 결국 이 전쟁의 승패를 좌우할 것이다.

민우는 불현듯 이 공간이 숨 막히고 갑갑해져 인터폰으로 메리 퀸을 호출했다.

"갑갑하군요. 잠시 바람 좀 쐬고 와도 될까요?"

메리 퀸은 의외로 쉽게 승낙했다. 국정원과 사전 교감이 있었던 듯하다. 그것은 희망적인 메시지였다.

"다만 저와 함께 동행하셔야 합니다."

젊은 여자 감시원과의 동행. 부자연스럽고 구속 같기도 해 내키지 않았다. 그러나 할 수 없었다. 갑갑한 공간에 갇혀 있는 것보다는 감시를 받더라도 밖에 나가는 편이 백번 나을 것 같았다.

또다시 눈이 내리고 있었다. 차가운 겨울바람에 귀가 꽁꽁 얼어붙는 듯했지만 마음은 한결 상쾌해졌다.

눈이 발목까지 쌓여갔다. 민우는 눈을 한 움큼 뭉쳤다. 어릴 적 친구들과 눈싸움하던 기억이 새삼 떠올랐던 것이다. 그리운 얼굴들. 자신의 일탈로 그들에게 버림받았고, 그 정겨운 이름들마저 멀어진 지 오래였다.

메리 퀸은 조용히 민우의 뒤를 따랐다. 무슨 일인지 그녀는 가끔씩 깊은 한숨을 내뱉었다. 그 한숨 소리는 국정원 정보요원이라는 강인한 이미지를 한순간에 무너뜨리는 연약하고도 미묘한 것이어서 민우는 적잖이 당황스러웠다. 그러나 새삼 메리 퀸이라는 인물에 대해 인간적인 호기심이 생긴 것도 사실이었다.

민우가 고개를 돌려 그녀를 보았다. 차갑고 도도해보였지만 아름다웠다. 민우는 자신도 모르게 그녀를 바라보다 움찔해 얼른 고개를 돌려버렸다.

"사령관님! 여기 참 답답하죠?"

민우는 당황스러웠다. 사적인 대화는 금한다는 외사과장의 말이 떠올랐다. 하지만 누구보다도 그 규칙을 잘 알고 있을 메리 퀸이 지금 그걸 어기고 있는 게 아닌가. 미인계다. 자신을 떠보기 위해 미인계를 쓰는 거다. 그 음모는 처음부터 계획된 것이고 그래서 저만한 미모를 갖춘 여인이 필요했으리라. 민우는 제멋대로 그렇게 생각해버렸다.

대답이 없자 메리 퀸은 잠시 뜸을 들이더니 다시 입을 열었다.

"전 이곳에서 15년을 보냈어요."

민우의 싸늘한 반응에도 메리 퀸은 묻지도 않은 자신의 사연을 풀어내기 시작했다. 관심을 두려 하지 않았지만 이곳에 온 지 15년째라는 그녀의 말은 선뜻 이해가 되지 않았다. 20대 중반쯤으로 보였는데, 이곳에서 근무한 지 15년이라면 고등학교를 졸업하고 왔다 해도 벌써 서른을 넘겼다는 건데…….

민우가 무엇을 생각하고 있는지 안다는 듯 메리 퀸이 자신의 과거를 차분한 어조로 설명하기 시작했다.

"전 아홉 살 때 이곳에 왔어요. 북한이 고향이죠. 노동당 간부였던 아버지는 제가 여섯 살 때 저를 데리고 월남을 하다가 북한군에게 사살되셨어요. 다행인지 불행인지 저만 살아남아 남한 경비정에 구출됐지요."

의외였다. 훌륭한 집안에서 번듯한 교육을 받고 좋은 배경 덕분에 이런 곳에서 일하게 된 것이려니 여겼는데 그런 기구하고 슬픈 사연이 있었다니……. 하지만 민우는 여전히 그녀에게 아무런 말도 할 수 없었다. 그녀의 과거를 물을 수도, 그렇다고 섣부른 위로의 말도 건넬 수 없었다.

"초등학교에도 다녔는데 제 말투가 북한 말투라 아이들에게 놀림을 많이 받았어요. 고아라서 더 그랬죠. 어린 나이라 울기도 많이 울었어요. 하지만 달래주는 사람이 아무도 없더군요."

민우는 메리 퀸의 물기 어린 눈동자를 바라보았다. 그 모습을 감추려는 듯 메리 퀸은 꽃잎처럼 흩날리는 눈송이를 올려다보았다. 무엇인가? 잘 알지도 못하는 상대에게 자신의 은밀한 사연을 고백하는 메리 퀸의 저 의도는.

"그러다가 도망을 쳤어요. 엄마가 있는 북으로 가려고 했죠. 다시 붙잡혀 이곳으로 오고 말았지만……."

"……."

"그게 15년 전의 일이에요."

메리 퀸은 입술을 깨물며 힘겹게 침을 삼켰다.

진실함이 느껴졌지만 민우로선 여전히 혼란스럽기만 했
다. 왜 갑자기 이런 사적인 얘기를 하는지 의문스러웠거니와
이건 엄연히 금지된 행동이었기 때문이다. 하지만 메리 퀸의
애잔한 모습에 조금씩 연민이 생기는 것도 부인할 수 없는 사
실이었다.

한동안의 침묵 끝에 민우가 조심스레 입을 떼었다.

"그럼 학교에는 다시 돌아가지 않은 겁니까?"

민우가 입을 열자 메리 퀸은 아주 잠시 동안 민우의 눈을
정면으로 응시했다.

"제가 죽어도 가기 싫다고 우겼어요. 그때부터 절 보살펴
주신 분이 지금의 1차장님이세요. 그래서 사적인 자리에선
아버지라고 부르죠."

뜻밖의 말에 민우는 놀랐지만 겉으로 내색하진 않았다.

1차장과 그의 수양딸, 메리 퀸이라니. 아무리 좋게 생각해
도 그들의 관계는 도무지 어울리지 않았다. 차갑고 냉정하다
는 공통점 말고는 그 무엇도 공유할 수 없을 것 같았기 때문
이다.

민우는 메리 퀸의 이야기를 듣는 와중에도 습관처럼 주변
을 둘러보았다. 행여 남의 눈에 뜨일까 봐 신경이 쓰인 것이

다. 외사과장의 말대로라면 지금의 이 상황은 용서받지 못할 행동이었다. 어디엔가 설치된 CCTV로 누군가가 이 모습을 지켜보고 있을지도 모른다. 메리 퀸은 민우의 그런 속내를 눈치챘는지 넌지시 말했다.

"사령관님의 외출도, 제가 함께 동행하는 것도 사실은 허락된 사항이 아닙니다."

"그럼?"

"제가 좀 우울해서 미리 외출을 신청해둔 건데 마침 사령관님이 말벗이 돼주신 거죠."

미리 신청한 외출. 그렇다면 지금 이 시간의 자유는 민우의 것이 아니라 메리 퀸, 그녀의 것이란 말인가.

"우울한 날이라니요?"

메리 퀸은 설핏 쓴웃음을 지어 보였다.

"오늘이 제 생일이거든요."

미안하고 난처했다. 그런 사연이 있는지도 모르고 미인계를 쓰는 것이라고 지레짐작했던 자신이 옹졸하게 느껴졌다.

"메리 퀸은 애인 없어요?"

메리 퀸은 다시 씁쓸한 미소를 지었다.

"저 하영이에요. 강하영! 오늘만큼은 제 진짜 이름을 듣고 싶네요."

생일과 이름. 그래! 오늘만은 그녀의 바람대로 이름을 불러주는 게 좋을 거야.

메리 퀸은 힘없이 민우가 던진 질문에 답했다.

"보시다시피 여긴 완전 밀폐된 곳이에요. 사적인 대화조차 할 수 없는 곳이죠. 남녀 간의 사랑은 씨앗조차 용서하지 않아요."

민우 마음에 다시금 불안감과 경계심이 발동했다.

"사적인 대화를 금한다는 건 저도 압니다. 그런데 지금은 왜 이렇게 자유로운 겁니까?"

"이게 1차장님, 그러니까 제 아버지께서 주신 생일선물이에요."

메리 퀸이 말하는 자유의 의미를 알게 되자 민우의 경계심은 다시 한 걸음 뒤로 물러났다.

"아버지께 바깥세상으로 내보내 달라고 해보시죠?"

메리 퀸은 고개를 저었다.

"혹시 〈쇼생크 탈출〉이라는 영화 보신 적 있나요?"

놀랍게도 메리 퀸은 얼마 전까지 민우가 청송교도소에서 그렇게 들먹이던 쇼생크 교도소 이야기를 들춰냈다. 그녀의 말을 듣지 않아도 민우는 무슨 뜻인지 교감할 수 있었다.

"자신이 없는 거군요. 바깥세상에…… 많이 힘들었겠어

요."

의중을 찌르는 민우의 말에 메리 퀸의 눈빛이 잠시 흔들렸다. 그녀의 입술이 가볍게 떨렸다. 추위 때문만은 아닐 것이다. 그녀의 눈빛에는 인간이기 이전에 한 여자로서의 쓸쓸함과 갈망이 담겨 있었다.

"태어나 누군가에게 내 마음을 공감받은 건 처음이에요."

겨우 이 정도 위로에? 민우는 메리 퀸에게서 혹독한 외로움 뒤에 숨겨져 있는 따스한 마음을 보았다. 기계적이고 철저하게 고립된 나날을 보내왔을 그녀. 어느 누구에게도 자신의 내면을 열어 보이지도 들키지도 않았을 그녀였기에 민우의 따뜻한 말 한마디가 굳게 닫힌 마음의 문을 열어젖힐 수 있었던 것이다. 그러나 메리 퀸은 더 이상은 마음의 문을 열지 않으려는 듯 고개를 저으며 말을 이어갔다.

"세상 밖으로 나가지 않는 또 다른 이유가 있어요. 북에 계신 어머니 때문이에요. 여기서는 한 달에 한 번 정도 어머니와 교신할 수 있거든요."

그래, 이곳이라면 북한과의 교신이 충분히 가능할 터였다. 그것이 메리 퀸이 이곳을 떠나지 못하는 이유라니…….

"교도소에서 지내느라 겨우 몇 년 어머니를 보지 못한 저도 목숨을 끊으려 했습니다. 하영 씨 마음은 오죽하겠습니까."

민우의 위안에 메리 퀸이 눈시울을 붉혔다.

"오늘은 어머니가 더욱 그립겠네요. 실컷 우세요. 울고 나면 속이라도 후련해지겠죠."

민우를 바라보는 메리 퀸의 눈에 금방이라도 흘러내릴 듯 눈물이 가득 고였다. 이번만큼은 민우도 그녀의 눈빛을 피하지 않았다.

그 순간, 돌풍이 급작스레 휘몰아치더니 처마 끝 개수대 양철을 세차게 흔들기 시작했다. 그러자 처마 끝에 매달린 길고 굵은 고드름들이 빗발치듯 떨어져내렸다. 메리 퀸은 어깨를 움츠리며 급히 도어를 열어젖혔다.

쿠르릉!

거대한 눈덩이가 메리 퀸 쪽으로 무너져내렸다. 민우는 반사적으로 몸을 날려 필사적으로 그녀를 문 안으로 밀어넣었다. 민우는 둔중한 물체에 부딪히는 아픔을 느끼며 그만 정신을 잃고 말았다.

"정신 차리세요. 사령관님!"

얼마나 시간이 지났을까. 민우는 가까스로 의식을 회복했다. 깨질 듯이 머리가 아팠고 온몸이 욱신거렸다. 몸을 뒤척이려니 얼음 파편들이 살을 찔렀다. 말 그대로 살을 에는 듯한 통증이 밀려왔다. 얼음 파편들은 핏물을 머금고 붉게 빛나고 있었다.

"움직이지 마세요. 출혈이 심해요."

민우는 이마를 훔쳤다. 메리 퀸은 자신의 옷소매를 찢어 지혈을 하고 있었다. 그녀가 나무라듯 말했다.

"당신은 이 나라를 지켜야 할 사이버 민병대 사령관입니다. 다시는 이런 어리석은 행동 하지 마세요."

극심한 통증에 비해 다행히 상처는 깊지 않았다. 메리 퀸은 상처 부위들을 하나하나 소독하고 나서야 편안히 앉았다.

그녀의 소매 끝이 핏물로 붉게 물들어 있었다.

"저 때문에 옷을 버렸군요."

"사령관님은 저를 위해 몸을 던졌습니다."

"왜 이래요. 사람 무안하게시리."

메리 퀸의 반응이 부담스러웠다. 그녀는 약한 모습을 보여서는 안 되는 감시자 아닌가.

민우는 머리에 붕대를 감은 자신의 모습을 거울로 보면서 넉살을 부렸다.

"학창 시절에도 이렇게 머리를 다친 적이 있었는데 그날은 실컷 술을 마셨죠. 술기운에 통증이 달아나더군요. 하하."

메리 퀸이 일어섰다. 응급조치도 끝났으니 돌아갈 것이라고 민우는 생각했다. 그러나 메리 퀸의 반응은 뜻밖이었다.

"좋아요. 우리 술 한잔해요."

"예?"

"따라오세요."

메리 퀸은 지하로 통하는 엘리베이터로 민우를 이끌었다. 민우는 어리둥절해하며 그녀의 뒤를 따랐다. 곳곳에 배치된 대원들이 곁눈질로 그들을 힐끔거렸지만 누구도 아는 체 하지는 않았다. 대원들의 모습은 마치 잘 정비된 기계처럼 건조해 보였다.

두 사람이 도착한 곳은 열 평쯤 되어 보이는 조그만 바였다.

"이곳에서 술은 절대 금지예요. 하지만 높으신 분들은 꼭 술을 찾으시죠. 이곳은 그런 분들이 취한 모습을 보이지 않게 하려고 유일하게 감시 장비를 설치하지 않은 곳이기도 합니다."

감시 장비가 없다는 말이 반가웠다. 하지만 파격적인 메리 퀸의 예우에 민우는 어떻게 해야 할지 몰랐다.

"전 높은 사람이 아니잖습니까?"

"사령관님의 등급은 2급입니다. 장관급에 해당하죠."

"장관급요?"

"등급은 경호 수준을 뜻합니다. 그만큼 이번 임무가 막중

하다는 뜻입니다."

"……."

장관급이라면 1차장이나 외사과장보다 높은 등급이 아닌가. 특권도 없는 빛 좋은 감투 하나 씌워주고 뼈 빠지게 일하라는 뜻이겠지. 마음이 씁쓸했다.

메리 퀸은 시디(CD) 하나를 꺼내 플레이어에 끼웠다. 잔잔한 선율이 바 안을 가득 채웠다. 〈태양은 가득히〉라는 영화의 주제곡이었다. 메리 퀸은 능숙한 손놀림으로 칵테일 셰이커에 술과 음료, 얼음을 넣고 흔들었다.

"싱가포르 슬링이란 칵테일입니다."

민우는 목이 긴 필스너 글라스를 들어 향을 맡았다.

"선홍빛 색이 참 곱네요. 싱가포르에서 만든 칵테일인가 보군요?"

"네! 싱가포르 노을빛을 본떠 만든 칵테일이라 그렇게 이름을 지었다고 해요."

메리 퀸은 싱가포르란 대목에서 한동안 허공을 주시했다.

"싱가포르에 다녀온 적이 있나 보군요?"

메리 퀸은 조용히 답했다.

"네! 언젠가는 다시 꼭 가봐야 할 곳이기도 하고요."

그녀의 표정으로 보아 메리 퀸에게는 싱가포르에 대한 남다른 향수가 있는 것 같았다. 메리 퀸은 짐짓 밝은 표정으로 건배를 청했다. 민우는 술잔을 마주치며 그제야 그녀에게 생일 축하 인사를 건넸다. 칵테일은 예상대로 도수가 높지 않았다. 그러나 오랜만에 마신 탓인지 취기가 확 몰려왔다. 메리 퀸과 술 그리고 음악이 한데 어우러져 감미롭고도 몽롱한 꿈 같은 세상이 만들어졌다. 민우는 가볍게 붕 떠오르는 느낌이 들었다.

"과음은 안 됩니다. 내일 큰일이 있다면서요."

메리 퀸의 일침에 황홀경에 빠져 있던 민우는 번뜩 정신이 들었다.

"기분을 망치게 했다면 미안해요. 하지만 전 업무 이야기 외에는 추억할 게 없어요."

민우는 허리를 꼿꼿이 세우더니 괜찮다는 손짓을 했다. 메리 퀸은 잠시 망설이다 다시 한 잔을 권했다.

"좋아요. 오늘은 특별히 한 잔 더 허락하죠."

민우는 처음으로 메리 퀸의 환한 웃음을 보았다.

"추억할 게 없는 건 저 또한 마찬가집니다. 이왕 일 이야기가 나왔으니 계속할까요."

감시 장비가 없는 유일한 공간. 그래서일까. 민우는 자신만 아는 얘기들을 풀어놓기 시작했다.

"내일 우리나라의 모든 인터넷이 일본의 공격을 받아 파괴

될 겁니다."

"네? 무슨 소리죠? 막을 순 있나요?"

메리 퀸은 잠시 놀란 듯했으나 이내 침착하게 민우의 말을 받아들였다.

"지금이라도 대처하면 막을 수야 있겠죠."

"그럼 지금 이러고 있을 때가 아니잖아요."

민우는 칵테일을 단숨에 들이켰다.

"그렇게 간단한 문제라면 제가 왜 고민하고 있겠습니까?"

민우는 하마모데의 공격 내용을 이야기했다.

"하마모데가 오늘 제게 보내온 메시지는 내일 아시아태평양네트워크정보센터(APNIC)를 공격하겠다는 내용이었습니다."

APNIC는 말 그대로 아시아와 태평양 연안 국가들의 인터넷을 관장하는 기관이다. 국제통화를 할 때처럼 인터넷으로 외국 사이트에 접속하기 위해서는 반드시 APNIC를 거쳐야 한다. 하마모데가 APNIC를 공격할 경우 한국의 인터넷은 그 즉시 단절된다. 그것은 한국의 인터넷망을 무력화시킬 수 있는 가장 손쉬운 방법이었다.

메리 퀸은 놀라며 반문했다.

"그렇게 되면 우리나라뿐 아니라 아시아 전체까지?"

"아닙니다. 각 나라에는 할당된 DNS 체계가 있는데 우리 나라의 경우 최상위 도메인이 .kr입니다. 그 DNS만을 선별 적으로 파괴하기 때문에 다른 나라는 피해를 입지 않아요. 그 호스트가 하필이면 일본을 관통해 국제인터넷주소관리기구 (ICANN)가 있는 미국으로 흘러가게 되어 있습니다."

"왜 하필 일본으로?"

"그야 돈 문제 때문이죠. 생각해보세요. 우리나라에서 태평 양을 가로질러 미국까지 케이블을 깔려면 얼마나 많은 돈과 시간이 소요되겠어요. 잘사는 미국과 일본이 깔아둔 케이블 에 우리는 일본까지만 케이블을 설치해 결합시킨 거예요."

"그런데……."

메리 퀸은 갑자기 겸연쩍게 웃으며 물었다.

"DNS가 뭐예요?"

인터넷의 기초를 메리 퀸이 모른다는 건 의외였다.

"DNS는 그냥 IP 주소 할당 체계라고 생각하시면 됩니다."

"저는 인터넷 활용에는 자신 있지만 컴퓨터 개론에는 약해 요. IP 주소 할당 체계란 게 어떤 거죠?"

메리 퀸은 하얗고 가지런한 이를 살짝 드러내며 수줍게 미 소를 지었다. 민우는 그녀가 감시자라는 사실을 잠시 잊었다.

"IP란 것은 주민등록번호 같은 겁니다. 사람은 저마다 주민등록번호가 있죠. 하지만 그걸로 호칭하지는 않잖아요. 사람에게 이름이 있는 것처럼 인터넷에서도 복잡한 IP 주소 대신 도메인으로 대신하게 되어 있어요."

메리 퀸은 다시 하마모데의 공격에 대해 물어왔다.

"그렇게 되면 우린 반격도 할 수 없게 되는 건가요?"

"그건 아닙니다. 내일 하마모데가 공격한다면 곱빼기로 갚아줄 준비가 되어 있습니다."

"어떤 방법으로요?"

스피커에서는 영화 〈천일의 앤〉 주제곡이 흘러나왔다.

"하영 씨, 영화 좋아해요?"

"가끔 인터넷으로 다운받아 보곤 해요."

"제 반격 계획은 바로 영화로 일본을 공격하는 겁니다."

메리 퀸은 어리둥절한 표정으로 민우를 바라보았다.

"영화로요?"

"예! 오래전부터 사이버 민병대에서 준비해온 게 있습니다."

"어떤 거요?"

"일본어판으로 불법 사이트를 하나 만들어뒀습니다."

"불법 사이트요? 포르노 사이트라도 만들어둔 건가요?"

"일본인들이 영화를 무료로 다운받아 볼 수 있는 사이트를

하나 만들어둔 거지요. P2P 사이트 말이죠. 저작권 보호 의식
이 강한 일본에는 그런 사이트가 없거든요."

메리 퀸은 놀리듯 말했다.

"그게 무슨 공격이에요. 봉사 활동이지."

"거기엔 독이 묻어 있습니다."

"독?"

"하영 씨 영화 한 편 다운받을 때 시간이 얼마나 걸리나
요?"

"한 3분 정도."

민우는 자신의 머리를 가볍게 두드렸다.

"참! 여긴 다 쿼드 컴퓨터지."

CPU가 네 개 달린 컴퓨터이니 그만큼 속도가 빨랐던 것이
다.

"일반 컴퓨터로 다운받아 보려면 10분 정도는 걸려요."

"지루하겠군요."

"바로 그겁니다. 그래서 영화를 빨리 다운받아 보는 프로
그램, 즉 코덱 프로그램을 개발해낸 거죠."

"그런데 그 코덱 프로그램으로 어떻게 일본을 공격한다는
거죠?"

"거기에 바이러스를 심어뒀습니다."

"바로 들키지 않을까요?"

"보통의 바이러스는 기생 프로그램입니다. 다른 파일에 묻어 다니는 형태죠. 하지만 이번에 우리가 만든 코덱 프로그램은 다른 파일에 묻어서 전파되는 그런 바이러스가 아닙니다. 처음 만들 때부터 본 프로그램 안에 삽입시켜뒀기 때문에 전문가들도 그게 바이러스라는 걸 알 수 없습니다. 하나의 시스템으로 인식할 겁니다."

메리 퀸은 예전에 들었던 정보 하나를 떠올렸다. 2001년 불가리아에서 발신된 경고문이 미 국방성에 전해진 일이 있었다. 이미 미 국방성에 바이러스를 침투시켜놨고 2달 후 지정된 서버를 공격할 거란 내용이었다. 미 국방성은 온갖 백신과 인력을 동원해 침투한 바이러스를 찾으려고 했지만 끝내 찾지 못하자 거짓 협박 정보로 처리하고 말았는데, 그가 약속한 2달 후 '어둠의 복수자'란 바이러스가 출현해 40억 개의 바이러스를 변종시키며 예고했던 해당 서버를 완전 파괴해버린 일이 있었다.

미 국방성은 혼비백산해 개발자를 찾으려고 노력했지만 오리무중이었고 그것이 실제 전투가 아닌 과시용 바이러스였다는 데 안도해야 했다. 미국은 천문학적인 자금과 인력을 쏟아부었는데도 그 바이러스 존재조차 찾지 못했고, 어둠의 복수자는 아직도 공격 시 막을 방법이 없는 최강의 바이러스로 평가받고 있다.

전문가도 바이러스로 인식할 수 없는 바이러스! 세계 최강이라는 미국 정부가 수년 동안 노력했는데도 풀지 못한 그 최강의 바이러스가 민우 손에서도 만들어진 것이다. 또래인 이 젊은이의 능력은 도대체 어디까지란 말인가?

세계 최강의 국가라도 단 한 명의 해커를 당해내지 못하고 서버가 파괴되어 전쟁 불능 상태가 돼버리는 것. 그것이 사이버전쟁의 특성이었다.

메리 퀸의 눈엔 존경심마저 묻어나고 있었다.

메리 퀸이 제법 원리를 이해한다고 판단한 민우는 다음 이야기를 풀어나갔다.

"그 안에 9의 마법이 있다 그겁니다."

"9의 마법?"

"컴퓨터는 2진수 체계로 움직입니다. 0과 1이란 숫자로 그 많은 정보를 기억하고 연산시키는 거죠."

"그건 저도 아는데 9와 2진수가 어떤 마법을 부린다는 거예요?"

"결과부터 말한다면 컴퓨터가 9란 숫자를 인식하게 되면 자폭을 하게 되는 거예요."

"무슨 수수께끼 같네요. 2진수에서 9를 어떻게 인식한다는 거죠?"

"맞습니다. 2진수로 작동되는 컴퓨터는 9란 숫자를 인식하지 못합니다. 하지만 2진수 조합에는 원천적으로 9란 숫자의 마법이 걸려 있습니다."

메리 퀸은 어떻게든 이해하려 애썼지만 끝내 이해할 수 없었다. 민우는 이해를 돕기 위해 예를 들었다.

"57이란 숫자를 2진수로 표현한다면 어떤 수가 될까요?"

숫자를 적어가며 계산하던 메리 퀸은 순식간에 답을 했다.

"111001이군요."

"맞습니다. 그럼 이번에는 계산된 111001의 여섯 자리 수를 마음대로 섞어보시죠. 전문용어로 랜덤이라고 하지요."

메리 퀸은 민우의 말대로 111001이란 숫자의 배열을 섞어 100111이란 숫자를 적었다.

"자, 그럼 그렇게 만들어진 두 수 중 큰 수에서 작은 수를 빼보세요."

"111001에서 100111을 빼란 말이죠."

"그래요."

"10890이네요."

"이번에는 그 수를 하나씩 더해봐요."

"뭐가 이렇게 복잡해요?"

"사람이 계산하려면 복잡하고 성가시지만 컴퓨터에겐 너무나 간단한 일이에요."

"알겠어요. 1+0+8+9+0 이렇게 계산하라는 거죠. 18이네요."

메리 퀸은 암산으로 간단히 답을 구했다.

"그 두 수를 더하면 어떤 수가 나옵니까?"

"그거야 당연히 9죠."

"그렇습니다. 그게 2진수에 원천적으로 걸린 9란 숫자의 마법입니다."

메리 퀸은 어이없다는 표정을 지었다.

"뭐라고요. 겨우 이게 9의 마법이라고요?"

"그렇습니다! 어떻게 계산하든 답은 무조건 9가 나오게 되어 있어요. 그러니 마법이라는 거죠."

메리 퀸은 의심하며 몇 번이나 가상 숫자를 적어 계산을 해봤지만 신기하게도 모든 답이 9였다. 메리 퀸이 결과를 인정하자 민우는 자신의 반격 계획을 설명하기 시작했다.

"컴퓨터는 모든 것을 2진수로 연산하게 되어 있습니다. 그리고 2진수의 조합은 무조건 9란 답을 던져주게 됩니다. 그 9가 공격 신호입니다. 순간 컴퓨터에 과부하가 걸리고, 우리가 만든 코덱 바이러스가 설치된 컴퓨터들은 하드디스크는 물론 모든 부품이 불타버리는 거죠."

메리 퀸은 이해할 수 없다는 듯 물었다.

"바이러스로 컴퓨터를 불태워버린다는 게 과연 가능한가요?"

"그런 바이러스의 출현은 역사가 꽤 깊습니다. 저 또한 그 피해자고요."

"어떤 피해를 당했는데요?"

"게임을 하고 있는데 컴퓨터에서 연기가 나는 겁니다. 어쩔 수 없이 새 메인보드로 바꿨는데 그것도 금방 타버리더군요. 원인을 분석해보니 바이러스였습니다."

"그럼 코덱 바이러스도 그런 원리인가요?"

"아닙니다. 예전의 바이러스는 과부하를 걸어 메인보드나 CPU를 태우는 원리였지만 워낙 치명적인 바이러스라 지금은 예방 체제가 잘 갖추어져 있습니다. 코덱 바이러스는 컴퓨터에 전원을 공급해주는 파워서플라이에 접근해 짧은 순간 과전류를 흘려보내서 모든 부품을 태워버리는 거예요."

메리 퀸의 입에서 나지막한 탄성이 흘러나왔다.

"정말 대단하군요. 그럼 그 프로그램을 왜 아직 작동시키지 않는 거예요? 우리가 먼저 공격하면 일본을 하루아침에 초토화시킬 수 있을 텐데."

민우는 술잔을 바라보며 한동안 침묵했다. 갈등과 고민이 배어 있는 모습이었다.

"어떤 방법이 최선인지 판단을 내리지 못하고 있습니다."

메리 퀸은 민우의 심정을 이해한다는 듯 천천히 고개를 끄덕였다.

"그래서 사령관님이 답답해하는 거군요."

"그렇습니다."

"그럼 이런 방법은 어떨까요? 시한을 정해두고 일본에 협박을 가해보는……."

"지금 하마모데의 전술이 바로 그겁니다. 공격 준비를 해두고 겁을 주고 있는 거지요."

코덱 바이러스의 원리를 생각하던 메리 퀸이 다시 질문했다.

"그런데 코덱 프로그램을 받아 설치한 컴퓨터만 파괴한다면 일부 컴퓨터에만 국한되는 거 아닌가요? 짧은 기간 내에 일본 사람들이 얼마나 그 사이트를 이용하겠어요?"

민우도 그 말에 동감했다.

"하영 씨 말이 옳습니다. 오늘까지 그 코덱을 다운받은 일본 컴퓨터는 12만 대에 불과합니다. 일본 전체의 0.003퍼센트 정도죠."

"그 정도 가지고 어떻게……."

"일단 바이러스 프로그램이 작동하면 보급률이 순식간에 늘어나게 돼 있습니다. 거기엔 또 8의 마법이 걸려 있습니다."

"8의 마법이요. 그건 또 어떤 건가요?"

메리 퀸은 호기심 어린 눈으로 민우를 바라보았다.

"방금 9란 숫자가 나오기 전 단계의 숫자가 어떤 거였는지 기억나나요?"

"18, 27 이런 숫자들 말인가요?"

"그래요. 계산해봤듯 모든 합은 9가 나오고 그 전 단계에서는 두 자리 수를 합해 9를 만드는 두 개의 숫자가 나오게 됩니다. 거기에다 1부터 9까지의 숫자 중 8을 뺀 숫자를 곱해주는 겁니다. 그럼 같은 수가 아홉 자리인 숫자 조합군이 생기게 됩니다."

"어렵네요."

메리 퀸은 재빨리 계산기를 가지고 왔다.

"8을 뺀 수라 했죠? 그럼 27에 12345679를 곱하면……. 어!"

신기하게도 계산기에 333,333,333이란 숫자가 찍혀 나왔다. 54에다 12345679를 곱하자 이번에는 666,666,666이란 숫자가 찍혀 나왔다. 18, 36, 72 등 합이 9가 되는 숫자에 8을 뺀 숫자 나열을 곱해보았다. 신기하게도 모두 같은 수로 조합된 9자리 숫자군이 형성되었다.

"어떻게 된 거죠. 계산 오류인가요?"

"아닙니다. 계산은 정확하게 맞습니다."

"그런데 어떻게 이런 답이 나오는 거예요?"

"그러니까 마법이라는 거지요."

메리 퀸은 계산기를 내려놓으며 물었다.

"그럼 이 숫자들은 어떤 역할을 하게 되나요?"

"코덱 바이러스에 감염된 컴퓨터는 9란 숫자를 입력받아 자폭하기 전 단계에서 합이 9가 되는 두 자리 수를 시스템으로 보내주게 돼 있습니다. 그 수는 우리가 미리 프로그램 속에 심어둔 8을 뺀 여덟 자리 수와 곱해져서 아홉 개의 동일 수 조합을 만들게 됩니다. 거기에 무서운 전염력이 숨겨져 있어요."

"무서운 전염력?"

"그래요. 연산을 마친 컴퓨터는 자동으로 재부팅하게 되어 있는데, 그러면서 컴퓨터는 자신의 하드에 기억된 모든 네트워크 정보를 추출해내게 됩니다. 즉 메신저나 공유 파일, 백업 메일, 템포러리 폴더에 저장된 IP 모두를 찾아낸 후 그들

컴퓨터들에게 바이러스를 뿌리고 자신은 자폭하는 겁니다."

템포러리(Temporary) 폴더란 한 번이라도 접속한 적이 있는 인터넷 계정을 기억해두는 컴퓨터의 임시 저장 공간이다.

"와우! 그만하면 핵폭탄이군요."

"그렇습니다. 여기서 (동일한) 9자리의 다른 숫자 조합군을 형성시키는 건 운영체계를 염두에 둔 겁니다. 윈도뿐만 아니라 리눅스, 오라클 그리고 무선 시스템까지. 멀티 플랫폼 바이러스라 부르죠."

"철저하군요. 그런데 그러면 피해가 너무 크지 않을까요?"

민우는 고개를 끄덕였다.

민우도 그게 걱정이었다. 지금의 사이버전쟁은 일부 컴퓨터 전문가들끼리의 싸움이다. 그런데 그로 인한 피해자는 아무 죄 없는 다수의 일반인이었다. 더군다나 이번 공격은 온라인뿐만 아니라 오프라인까지 포함되므로 일본의 도로, 항만, 항공 쪽 피해에 그치지 않고 일반 공장들에까지 큰 피해를 입힐 것이었다. 일반 컴퓨터는 물론 항공기나 신칸센 등의 통제시스템도 파괴되어 인명 피해까지 발생할 수 있는 상황이었다.

민우의 설명이 끝나자 메리 퀸은 진지한 표정으로 고개를 끄덕였다.

"그래서 섣불리 결정을 못 내린 거였군요?"

"그건 하마모데 역시 마찬가지일 겁니다."

민우는 손가락 세 개를 들어 보이며 말했다.

"우리가 먼저 저들을 공격하지 않는 이유에는 세 가지가 있습니다. 첫 번째는 조금 전에 이야기한 것처럼 너무나 파괴력이 강하다는 거고, 두 번째는 좀더 많은 바이러스를 퍼트릴 수 있는 시간을 벌자는 거죠. 공격이 시작되면 개인이나 영세기업의 서버쯤이야 즉시 파괴되겠지만 웬만한 서버에는 방어체계, 즉 방화벽이 설치돼 있어서 우리 코덱 바이러스 가지고는 뚫기가 어렵습니다. 특히 군사용 슈퍼컴퓨터는요."

"그럼 일부 서버만 파괴된다는 건가요?"

민우는 손사래를 쳤다.

"그래서는 공격의 의미가 없죠."

"그럼요?"

"우리의 목표는 일본의 군사용 슈퍼컴퓨터입니다. 하지만 현재의 바닥난 전력으론 저들의 슈퍼컴퓨터를 파괴할 수 없습니다. 더욱이 어떤 컴퓨터가 군사용 슈퍼컴퓨터와 유기적으로 연결돼 있는지도 알 수 없고요."

"그럼 결국 모든 컴퓨터가 공격 대상이 될 수밖에 없다는 거네요."

"그렇습니다. 그래서 시간을 끌면서 바이러스를 최대한 퍼트리려는 겁니다. 코덱 바이러스로는 슈퍼컴퓨터 서버의 방화벽을 뚫을 수 없지만 서버운영자의 개인 컴퓨터를 감염시킨다면 불가능한 일도 아니거든요."

그건 민우가 국내 DNS 센터를 공격할 때 사용했던 방법이기도 했다. 보안이 철저한 DNS 서버를 직공으로 뚫을 수 없었기에 서버관리자 개인 컴퓨터를 바이러스에 감염시켜 DNS 서버에 침투시킨 것이다.

"서버관리자가 걸려들지 않는다면요?"

"그건 염려 안 해도 됩니다. 워낙 전염력이 강한 바이러스라서 작동되자마자 반나절 안에 일본 전역을 초토화시킬 수 있을 거예요. 다만 확실성을 더하려는 것뿐이죠."

메리 퀸이 마지막 세 번째 이유를 물었다.

"솔직히 제가 두려워하는 건 모든 것이 초토화된 후 저들이 어떻게 나올까 하는 점입니다."

민우의 세 번째 고민은 전쟁이었다. 메리 퀸도 동감했다.

"당하고만 있지는 않겠지요."

"그겁니다. 자칫 전쟁으로 번질 수 있어요. 일본인들은 승부 근성이 있는 민족입니다. 그들은 싸워야 할 때 절대 물러서지 않습니다."

이런 근성은 이미 세계적으로 정평이 나 있지 않은가. 비행기와 함께 자폭하는 가미카제가 있었고, 3만 명 전원이 전사하거나 자결한 괌전투도 있었다. 두 사람의 표정이 점점 어두워졌다.

한동안의 침묵을 깬 건 메리 퀸이었다.

"하지만 그게 두렵다고 당하고 있을 수만은 없잖아요."

"그렇지만 우리가 먼저 공격할 수도 없는 노릇입니다. 그래서 기다리자는 겁니다."

"저들이 공격하면 그걸 빌미로 반격하겠다 그 말인가요?"

"그렇습니다. 어차피 이번 싸움은 먼저 움직이는 쪽이 지게 돼 있습니다. 반격하는 쪽이 더 강한 무기를 선택할 권리를 가지니까요."

"그럼 내일 저들이 공격해온다면 그건 자멸이겠네요."

"그렇습니다. 다만 분명한 건 싸움은 거기서 끝나지 않을 거라는 거죠."

"하지만 지금도 사이버전쟁은 계속되고 있잖아요. 우리가 좀 밀리긴 해도."

"곧 벌어질 사이버전쟁에 비한다면 그건 어린애 수준에 불과해요. 군사 정보에 국한해서 국지전을 벌이고 있을 뿐이죠. 하마모데의 메시지는 중국 등 제3국과 총력전을 펼치기 위해 그 불문율을 깨겠다는 겁니다. 거추장스러우니 우리를 한번에 치워버리겠다는 거예요."

"그럼 이제부터 본격적인 사이버전쟁이 시작되는 거군요?"

"그래요, 그게 두렵습니다. 우리가 반격한다면 일본에는 수많은 사상자가 발생합니다. 일본은 그걸 빌미로 전면전을 선포할 게 뻔하고……."

"거기까지 가면 안 되는데."

"그래서 힘들다는 겁니다. 공격을 할 수도 안 할 수도 없다는 게……."

"국정원과 상의해보는 건 어때요?"

민우는 손을 저었다.

"그건 안 됩니다. 국정원에는 극우파가 너무 많아요."

"그게 어때서요?"

"권력기관이란 때론 전쟁을 원할 수도 있는 집단이죠. 민심을 달래고 자신들의 권력을 유지하는 가장 확실한 수단이니까요."

"너무 극단적인 생각 아닌가요?"

"남자라면 누구나 그런 영웅이 되고픈 잠재의식이 있습니다. 어쩌면 우리 군 장성 중 누군가는 지금도 전쟁을 절실하게 원하고 있을지 몰라요. 전쟁은 군인을 영웅으로 만드는 최고의 수단이니까요."

그 말에 메리 퀸도 동의했다.

"일리가 있네요. 간혹 북침을 주장하는 장성들이 있거든
요."

"전쟁을 원하는 장성이 있는 한 최악의 시나리오가 현실화
될 가능성은 언제든지 존재합니다. 더구나 난세에는 극단주
의자들의 목소리가 더 커지는 법이니까요. 한일 감정 충돌로
불만이 고조된 지금의 일본이 그렇습니다."

민우의 말은 일본 총리 아베를 지목하고 있었다.

아베 총리. 그는 2차 대전의 7대 전범 중 하나로 꼽히는 기
시 노부스케의 외손자다. 기시 노부스케는 요시다 쇼인을 정
신적 지주로 삼았는데 요시다 쇼인은 일본이 대륙으로 진출
하려면 반드시 한국을 정복해야 한다는 정한론(征韓論)을 주
장한 사람으로 안중근 의사에게 사살된 이토 히로부미의 스
승이기도 했다. 역시 정한론을 주장하던 기시 노부스케의 외
손자 아베. 그의 어머니 기시 요코마저 아베의 정책이나 사상
은 외할아버지를 빼닮았다고 평가했다.

그렇다면 지금의 한일 전쟁은 어쩌면 우발적인 상황이 아
닐 수도 있는 것. 난세의 극단주의자가 만들고 있는 전쟁 시
나리오일지도 모를 일이었다.

메리 퀸은 커피포트의 스위치를 켰다. 원두커피 향이 은은하게 퍼져나갔다.

"그런데 말이죠. 사령관님이 간과하고 있는 게 있어요."

"뭐죠?"

"전쟁에는 항상 중재자가 있다는 거."

"미국 말입니까?"

"맞아요. 미국은 우방인 두 나라가 전쟁하는 걸 원치 않을 거예요."

"하지만 당사국 간의 문제라 미국의 중재에는 한계가 있을 겁니다."

민우는 하마모데 이야기를 꺼냈다.

"어쩌면 미국보다 그 하마모데란 일본인이 이 전쟁의 중재자가 돼줄지도 모르겠군요."

"그는 이번 사이버전쟁의 장본인 아닌가요?"

"맞습니다. 국가의 지시였으니 저처럼 어쩔 수 없었겠죠. 하지만 생각이 깊은 사람 같았습니다."

"무슨 근거로 그런 판단을 하시죠?"

"그가 이번 사이버전쟁에서 우리를 초토화시키려 했다면 지금 전 여기에 있을 수 없었을 겁니다."

"무슨 뜻이죠?"

"그가 마음만 먹었다면 우리나라는 벌써 초토화됐을 거고 그렇게 됐다면 국정원에서 저를 찾을 일도 없었을 테니 말입니다."

"우릴 봐주고 있다는 건가요?"

"중재자를 기다리고 있었던 겁니다."

"중재자요?"

"그래요! 바로 저를 기다리고 있었던 겁니다."

메리 퀸은 짧게 웃었다.

"자화자찬이 심하군요. 사령관님!"

"아니에요. 하마모데가 원하는 건 전쟁이 아닙니다. 그도 사이버전쟁의 파괴력과 위험성을 잘 알기에 담판 지을 중재자를 기다리고 있었던 거예요."

"저희 국정원 정보 분석에 그런 내용은 없었어요."

메리 퀸은 머그잔에 커피를 따랐다. 그리고는 커피 위로 눈꽃처럼 하얀 휘핑크림을 얹었다.

"독특한 커피군요."

"비엔나커피예요. 부드럽죠, 저처럼."

헉. 커피를 마시던 민우가 사레라도 걸린 것처럼 잔기침을 해댔다. 그 바람에 커피 몇 방울이 탁자에 떨어졌다. 메리 퀸의 느닷없는 멘트가 능청스러우면서도 귀여웠다. 메리 퀸은 탁자를 훔치고는 눈을 살짝 흘기며 민우를 바라보았다.

"아니라고 생각하나 보군요."

민우가 무안한 표정으로 대답했다.

"언제 그런 걸 느낄 기회나 있었나요."

메리 퀸은 입김으로 휘핑크림을 걷어내며 천천히 커피를 마셨다. 지금껏 일본과의 전쟁을 논하던 모습과는 다르게 천진난만한 소녀 같았다.

"누군가와 이렇게 오래 대화해본 게 얼마 만인지 모르겠어요."

민우는 일부러 덤덤한 척 말했다.

"차장님께서 좋은 생일선물을 주신 것 같군요."

메리 퀸은 한동안 말이 없었다. 민우도 말이 없었다. 침묵은 제법 오래갔다. 침묵이 길어질수록 두 사람은 미묘하게 흔들리는 감정을 느꼈다. 민우는 커피잔을 만지작거렸고 메리 퀸은 손톱을 매만졌다. 어색하면서도 달콤하고 불편하면서도 안온한 침묵이었다. 서로 상대방이 먼저 입을 열기를 바라면서 한편으로는 상대방이 더 오래 침묵해주기를 바랐다. 싫지 않은 침묵을 깬 건 메리 퀸이었다.

"혹시 이런 감정 느껴본 적 있어요? 행복한 날이 오히려 두려운……."

행복이라는 그녀의 표현을 이해할 수 있었다. 민우 또한 얼마나 오랜 시간 어두운 고독 속에 갇혀 있었던가. 민우도 지금 이 시간만큼은 행복했다. 하지만 동전의 양면처럼 행복 뒤에 존재하는 불행에 대한 두려움. 그건 행복이 결코 오래가지 못하리라는 악마의 질투 같은 것이다. 메리 퀸은 그런 두려움을 직설적으로 표현했다.

"이번 일이 끝나고 나면 사령관님도 떠나시겠죠?"

"그렇겠죠."

"남겨진 전, 뭘까요?"

민우는 당황스러웠다. 대답하기 어려운 질문이었고 그 의미도 혼란스러웠다.

"제게 왜 그런 질문을……."

또다시 오래 침묵이 흘렀다. 한동안 허공을 바라보던 민우의 시선이 자신도 모르게 한쪽 벽면에 걸린 달력 사진으로 향했다. 풍경 사진이었는데 그 아래에는 '싱가포르 아일랜드'라는 글자가 선명하게 인쇄되어 있었다. 민우는 반가운 느낌이었다. 조금 전 메리 퀸이 싱가포르 슬링이란 칵테일을 만들면서 싱가포르에 다시 한 번 가보고 싶다고 말했었다. 그제야 민우는 입을 열었다.

"싱가포르에 가보고 싶다고 하셨나요?"

메리 퀸은 싱가포르란 말에 상기된 얼굴로 눈을 반짝였다. 민우가 제안했다.

"우리 전쟁 끝나면 함께 싱가포르에 갈래요?"

"정말요?"

메리 퀸이 반색했다. 아무래도 싱가포르는 그녀에게 특별한 사연이 있는 곳인 듯했다.

"하지만 조건이 있습니다."

메리 퀸은 민우 쪽으로 몸을 당겼다.

"우리가 이 전쟁에서 꼭 이겨야 한다는 거예요. 지금 전 죄수의 몸이라서 이기지 못하면 다시 감방으로 가야 하거든요."

메리 퀸의 눈동자에 힘이 실렸다.

"그러네요. 부디 최선을 다하세요. 저도 곁에서 힘껏 도울게요."

민우는 가슴속에 따뜻한 기운이 차오르는 것을 느꼈다. 이제껏 혼자 가슴에 담아두고 고민했던 것들을 메리 퀸에게 털어놓으니 무겁던 마음도 한결 가벼워졌다.

어느덧 새벽 2시가 되었다. 메리 퀸이 테이블을 정리하며 말했다.

"제 머리맡에는 사령관님의 침대 시트와 연결된 버저가 있어요. 사령관님이 일어나면 버저가 울려요."

"어휴! 불편하겠군요."

"오늘 밤은 푹 자고 싶어요. 그러니 내일 아침만큼은 버저
울리지 않게……."

메리 퀸이 한쪽 눈을 찡긋하며 속삭이듯 말했다.

"네에, 걱정 마세요."

민우는 웃음으로 화답했다.

11.
하마모데 히쓰오

　민우는 아침 일찍 눈을 떴다. 교도소에 있을 때처럼 정확히 6시에 일어났다. 어젯밤의 사고 때문에 아직 머리가 띵했지만 입가에 칵테일 향이 남아 있어 그런대로 포근하고 감미로운 아침이었다.

　문득 어제 메리 퀸이 한 말이 생각났다. 민우가 일어나면 버저가 울려서 메리 퀸도 따라 일어나야 한다는. 민우는 자리에서 일어나려다 말고 천장을 바라보았다. 메리 퀸이 좀더 잘 수 있도록 배려하려는 것이었지만, 민우 자신도 폭풍이 지나간 뒤의 평화를 느긋하게 만끽하고 싶었다. 하마모데의 허상에 시달리던 어제와는 달리 화려한 샹들리에가 눈길을 사로잡았다.

"일어나셨습니까?"

메리 퀸이었다. 꿀물을 타서 방 안으로 들어서는 그녀의 모습은 다시 예전처럼 절도 있었다. 꿀물을 반쯤 마셨을 때 메리 퀸이 말했다.

"1차장님이 급히 찾으십니다."

"이렇게 이른 아침에 차장님이 무슨 일로?"

메리 퀸은 리모컨을 들어 화상모니터를 켰다. 모니터에 1차장이 나타났다. 민우는 가벼운 외투를 걸쳐 입고 모니터와 마주했다.

"잘 잤나?"

"예! 차장님도 잘 주무셨습니까?"

"그래! 덕분에. 그리고 우리 하영이 생일 챙겨줘서 고맙네. 무척 좋아하더군."

어느새 메리 퀸이 1차장에게 그런 인사까지? 개운치는 않았지만 어쨌든 민우는 가벼운 목례로 1차장의 인사에 답했다. 1차장은 테이블의 서류들을 정리하며 말했다.

"잠을 설치게 했다면 미안하네. 아주 급한 사안이 있어서."

"말씀하시죠."

"어젯밤 국가안보비상대책회의가 열렸네. 그 자리에서 자네 계획을 발표했어. 모두들 반기더군. 몇몇은 국지전의 위험성 때문에 반대하기도 했지만 극소수라 문제될 건 없고. 성공 확률을 묻기에 난 50퍼센트라고 말했네만, 자네 생각은 어떤가?"

벌써? 민우 자신은 고민에 고민을 거듭하고 있는데 주변 사람들은 너무나 섣불리 결과만을 앞당기려는 것 같아 부담스러웠다.

"제가 말한 대로만 이뤄진다면 확률은 90퍼센트 이상입니다. 부산으로 내려간 국정원 대원들이 테스트까지 해봤답니다."

"나도 그 보고 받았네. 탄두 없이 실험해서 성공했다더군. 그런데 말이야."

"무슨 문제가 있습니까?"

1차장은 미간을 찌푸렸다.

"공격 시간을 좀 앞당겨야겠어. 바로 오늘 말이지."

민우는 깜짝 놀랐다. 어차피 예정된 일본 미사일 발사 계획이었지만 이렇게 빨리 실행에 옮길 줄은 예상치 못했던 것이다.

"오늘요?"

"그래! 벌써 작전명령까지 내렸어. 아침 일찍 대만으로 가는 비행기가 있어 그 전파변조기를 실어 보냈지."

"비행기에 실어 보내요? 그러다가 발각되면 어쩌려고요?"

"걱정 말게. 크기가 작아 정밀 가공 기계 안에 포장해뒀으니 그 부속품인 줄 알 걸세. 바코드도 그렇게 찍어두었어."

급작스런 상황에 민우는 정신을 차릴 수가 없었다.

"그런데 왜 갑자기 서두르시는 겁니까? 어제까진 되니 마니 하시더니."

"그건 북파공작원 이야기였지. 그리고 이렇게 서두르는 건 하마모데란 일본인 때문이야. 오늘 우리 전산망을 공격한다더군."

민우는 흠칫 놀랐다. 그리고 불쾌했다. 하마모데의 오늘 공격은 자신만 아는 것이었고 민우는 그걸 메리 퀸에게만 말했었다. 그런데 하마모데의 공격 계획을 1차장이 알고 있다면 밀고자가 누군지는 뻔한 게 아닌가. 민우는 메리 퀸에게 배신감을 느껴 자신도 모르게 메리 퀸이 있는 방문 쪽을 쏘아보았다. 순간 1차장의 눈빛이 날카롭게 빛났다.

"문 쪽은 왜 보나? 혹시 이 일이 메리 퀸과 연관이라도 있나?"

떠보는 것인가? 아니면 시치미를 떼는 것인가? 그도 아니면 진짜 몰라서 그러는 것인가? 도대체 뭐가 어찌 된 영문이란 말인가? 1차장의 질문에 뭐라 답해야 할지 난감했다.

"아닙니다."

머릿속은 혼란스럽기만 했다. 메리 퀸이 밀고자라면 얼마나 우스운 꼴인가. 1차장은 민우를 쏘아볼 뿐 더 이상 추궁은 하지 않았다.

"어젯밤 하마모데란 자가 공격 메시지를 국정원에 보내왔어."

"하마모데가요?"

1차장의 눈초리가 다시 매섭게 빛났다.

"자네 뭔가 알고 있던 거군."

"아, 아닙니다."

"그런 정보가 있다면 즉시 보고하게. 국가 안위가 걸린 중대사니까."

하마모데가 국정원에 공격 메시지를 보내왔다. 그건 또 무슨 의미란 말인가? 자신이 너무 감상적이었을까? 민우는 하마모데를 영화나 소설에 등장하는 멋있는 적장쯤으로 상상했었다. 그런 그가 자신과의 밀약을 깨고 국정원에 까발리는 이중성을 보인 것이다. 도대체 그 의도가 무엇이란 말인가.

1차장은 하마모데가 보낸 내용에 대해 설명했다.

"자네에 대한 모든 것을 알고 있더군. 우리가 보호하고 있다는 것까지. 혹시 말한 적 있나?"

"없습니다."

"그건 그렇고, 그자가 자네와 바둑 한판 두고 싶다더군."

"바둑을요?"

"머리싸움 한번 해보자는 거지. 국가 대항전으로 한판 붙어보자 뭐 그런 거."

그제야 민우는 하마모데의 의중을 파악할 수 있었다. 그건 자신이 어젯밤 메리 퀸에게 들려주었던 전쟁 중재자에 대한 소견과 일치하는 것이었다. 민우 자신을 한국의 상징적 인물로 내세우도록 하려고 국정원에 메일을 보낸 것이다.

"그럼 그자는 일본 당국으로부터 대표 자격을 부여받은 겁니까?"

1차장은 들고 있던 서류를 뒤적이며 말했다.

"조사해봤는데 매우 흥미로운 자더군. 일본의 전설적인 해군 제독인 도고 헤이하치로의 증손자야."

"도고 헤이하치로라면?"

도고 헤이하치로는 세계 5대 해전 중 하나로 불리는 러일전쟁에서 일본을 승리로 이끈 해군 제독이었다. 일본에서는 수신(水神)으로 추앙받는 존재로 민우도 그 이름을 들어본 적이 있었다. 민우는 하마모데가 그의 증손자라는 사실에 단순한 흥미를 넘어 일말의 흥분마저 느꼈다.

1차장이 하마모데의 이력을 소개했다.

"하마모데는 가명이고, 그의 본명은 도고 쇼지야. 조상 덕이 아닌 자신의 실력으로 세계 최고의 대학들을 섭렵하고 지금은 일본 자위대 내 사이버부대 총책을 맡고 있어. 형식상으로는 부대장이지만 그가 실제적인 총책이지."

민우의 눈동자에 힘이 실렸다.

"그 사람 할아버지가 한 유명한 말을 알고 있습니다. '나를 넬슨 제독과 비교하는 건 좋지만 이순신 장군과는 비교하지 마라. 이순신 장군에 비한다면 나는 일개 하사관에 불과하다'고 했었지요."

"맞아."

민우는 하마모데에게 야릇한 경쟁심을 느꼈다. 그러나 그의 등장을 미사일 발사와 연관시키려는 1차장의 의도는 여전히 의문스러웠다.

"그런데 일본 미사일 발사를 서두르는 건 무슨 이유에서입니까?"

"선공이지. 저들이 공격하겠다면 우리도 공격할 수 있다는 상징적 의미야. 우리가 늘 당하기만 해서 체면이 말이 아니었는데, 나도 윗분들께 뭔가 성과를 내놔야 하지 않겠나?"

1차장의 의도는 다분히 정치적이어서 민우는 거부감이 느

꺼졌다.

"그건 제가 관여할 사안은 아닌 것 같군요. 그런데 대만까지 그 물건을 가져가서는 어떡하실 작정입니까?"

"우리 부서는 국내 최고의 해외 정보 수집 기관이야. 그만한 일을 해줄 수 있는 해외 인맥은 충분해."

"그만한 일이라 하시면……."

"그 기계를 어선에 싣고 대만 측 해상 시위대에 섞어 조어도 인근으로 갈 거네. 배 안에서 그 기계를 작동시키는 거지."

1차장의 생각은 북파공작원을 동원해 전파변조기를 일본 함정 인근까지 옮기려던 민우의 계획보다 안전하고 정교했다.

"알겠습니다. 그런데 이미 모두 결정난 일을 두고 왜 저를 찾으셨습니까?"

1차장은 뜻밖이라는 표정으로 민우에게 물었다.

"그걸 몰라서 묻나? 오늘 저들이 사이버공격을 감행하겠다는데 자네와 일파모가 나서서 막아야 할 것 아닌가."

민우는 1차장과 더 이상은 말하고 싶지 않았다. 무작정 저들의 공격을 막으라니. 짜증이 밀려와 자제심을 잃고 말았다.

"그 공격은 못 막습니다. 우리 힘으론 막을 수가 없어요!"

1차장은 납득할 수 없다는 듯 따져 물었다.

"우리 힘으로 못 막다니? 그럼 자네는 저들이 어떻게 공격해올지 알고 있단 말인가?"

민우는 아차 싶었다. 홧김에 불쑥 내던진 말에 발목이 잡힌 것이다.

"그건⋯⋯."

민우의 얼굴에 당황하는 빛이 역력했다. 서둘러 어제 일을 변명하기 시작했다.

"어제 그자에게 공격을 예고하는 메일을 받았습니다. 하지만 내용을 이해하지 못해 프린트하려는 순간 파일이 자동으로 삭제되어버렸지요. 외사과장님도 그 사실을 알고 계십니다."

민우는 사태를 수습하려 했지만 1차장은 호락호락하지 않았다. 하긴 남의 비밀을 캐내는 일만 35년을 해온 사람이니 어물쩍 속이고 넘어간다는 것 자체가 무리였다.

"그 이야기는 나도 들었네만, 지금 자네 이야기는 공격 내용을 알고 있다는 뜻 아닌가?"

민우는 단호하게 부인했다.

"아닙니다. 전 모릅니다."

1차장이 성난 얼굴로 민우를 노려봤다.

"자네 왜 나까지 속이려 드나?"

민우는 말문이 막혔다.

"이건 자네가 즐기던 오락게임이 아니야. 국운이 걸린 전쟁이란 말이야. 난 전쟁을 막아야 하는 국가정보원 책임자이고. 어서 말해봐."

"전 아는 게 없습니다."

1차장은 실눈을 뜨고 민우를 쏘아봤다. 인간적인 느낌이라고는 털끝만치도 찾아볼 수 없을 만큼 차갑고 날카로운 느낌이었다.

"개인적으로 자네에게 고마워하고 있으나 공과 사는 분명히 하는 게 좋을 것 같네. 자네가 이런 식으로 나온다면 나도 내 식대로 할 수밖에 없어."

잠시 무거운 침묵이 흘렀다. 최후통첩이나 다름없는 1차장의 경고가 민우의 목을 죄어왔다. 그러나 민우는 섣불리 입을 열지 않았다. 모니터를 사이에 두고 1차장과 민우의 신경전이 한동안 계속되었다. 그때였다. 메리 퀸이 민우 곁으로 다가서며 1차장에게 말했다.

"차장님! 차장님 짐작대로 사령관님은 일본의 공격 내용을 이미 알고 있습니다."

민우는 당황했다. 어처구니가 없어 따귀라도 한 대 올려붙이고 싶었다. 하지만 애절한 메리 퀸의 목소리에 격한 마음이 한풀 꺾였다.

"하지만 차장님! 조금만 시간을 주세요. 사령관님에게는 엄청난 파괴력을 가진 반격 시나리오가 준비돼 있습니다."

"메리 퀸! 자네는 빠지게."

1차장은 언성을 높였다. 하지만 메리 퀸은 물러서지 않았다.

"지금 사령관님이 이 자리에서 저들의 공격 방법을 밝힌다면 일단 막을 수는 있을 겁니다. 하지만 저들이 바라는 게 바로 그겁니다. 이건 저들에게 웃음거리가 되고 더 큰 공격을 당할 빌미만 제공해주는 것일 뿐입니다. 제발 사령관님에게 맡겨주십시오."

참다못한 1차장이 삿대질까지 해가며 소리쳤다.

"메리 퀸! 빠지라고 했잖아. 유민우! 어서 사실대로 얘기해."

상쾌했던 아침 기분은 이미 사라져버렸다. 민우는 혼란스러웠다. 메리 퀸은 내 편인가, 스파이인가. 자신을 감싸는 듯한 지금의 행동도 어쩌면 일종의 연극일지 모른다.

1차장은 화가 머리 꼭대기까지 올라 있었다.

"안 되겠군. 유민우 널 믿었는데 정말 실망이야. 말을 하지 않는다면 나도 할 수 없지."

1차장의 모습이 화면에서 사라졌다. 잠시 후 방문이 열리더니 검은 복면을 한 요원들이 달려들어 민우의 양팔을 붙잡았다. 모니터에 다시 나타난 1차장이 비장한 어조로 말했다.

"이건 국가 비상 사태다. 다시 한 번 기회를 줄 테니 사실을 말해라."

일순간에 돌변한 1차장은 소름 끼치도록 무서웠다. 하지만 민우의 신념에는 변함이 없었다.

"제가 말한다 해도 변하는 건 아무것도 없습니다."

1차장은 요원들에게 명령했다.

"안 되겠군. 데리고 가."

요원들은 거칠게 민우의 팔을 잡아끌었다. 민우를 결박한 그들의 손은 사람의 손이 아닌 쇳덩어리 같았다.

"안 됩니다."

메리 퀸이 요원들에게 매달리며 소리쳤다.

"지금 이러시면 더 큰 불행만 초래한다고요."

요원들은 잠시 머뭇거리며 1차장을 바라보았다. 하지만 1차장은 한 치의 망설임도 없이 똑같은 명령을 내렸다.

"데려가."

메리 퀸은 모니터 앞으로 달려가 무릎을 꿇었다.

"차장님! 이건 사적인 감정이 아닙니다. 나라를 위한 절규입니다. 사령관님이 없으면 우리는 패배합니다."

"네가 뭘 안다고 감히……."

메리 퀸은 울먹이는 목소리를 간신히 억누르고 애절하게
말을 이었다.

"아버지! 처음이자 마지막으로 드리는 부탁이에요."

메리 퀸은 흐느꼈다. 민우의 마음은 죄스럽고 아팠다. 그녀
의 진심을 이제는 믿을 수 있었다.

1차장은 한동안 말이 없었다. 얼마 후 1차장이 고개를 끄덕
이자 요원들은 민우를 풀어주고 사라졌다. 모니터도 이내 꺼
졌다. 민우는 메리 퀸 곁으로 다가가 그녀의 어깨에 손을 얹었
다. 한동안 어깨를 들썩이던 메리 퀸이 밖으로 달려나갔다.

찻잔 속의 꿀물은 싸늘히 식어 있었다.

12.
조어도를 폭격하라!

방 안에는 싸늘한 정적만이 감돌았다. 민우는 아침도 거른 채 자리에 누워 있었다. 허탈감에 아무것도 먹을 수 없었다.

1차장에 대한 서운함과 메리 퀸에 대한 생각 때문에 목이 메어왔다. 큐피드의 화살을 맞았다는 게 이런 걸까? 자신을 위해 무릎을 꿇고 애원하던 메리 퀸의 모습을 떠올리자 가슴이 저렸다. 딱히 할 말도 없었지만 메리 퀸이 보고 싶었다. 그러나 호출 벨을 누를 자신이 없었다.

방문이 열린 건 오후쯤이었다. 방에 들어선 사람은 메리 퀸이 아닌 외사과장이었다. 민우는 가슴이 덜컹했다. 화상호출을 하지 않고 직접 내려온 걸 보면 급박한 일이 있는지도 몰랐다. 외사과장은 민우에게 다가와 어깨를 두드리며 말했다.

"아침엔 많이 서운했지?"

"……."

외사과장은 민우 곁에 걸터앉으며 물었다.

"어떤가, 이곳 생활이?"

외사과장의 따뜻한 말투에 민우는 다소나마 안도했다. 외사과장이라면 대화가 가능할 것도 같았다.

"사육되고 있는 기분입니다. 곡마단 원숭이가 된 기분이에요. 처음에는 영웅이라도 된 듯 우쭐했는데 채찍을 맞고 보니 역시 원숭이였네요."

원숭이라는 표현에 외사과장이 웃음을 터트렸다.

"허허! 감정이 많이 상한 게로군."

민우는 고개를 숙였다. 외사과장의 인자한 웃음에 설움이 복받쳐 눈물마저 흐를 것 같았다.

"그래도 자네는 나보다 나아. 이것 좀 봐."

외사과장은 이마에 붙인 큼지막한 반창고를 가리켜 보이며 1차장에게 명패로 머리를 맞은 사연을 털어놓았다. 민우는 적잖이 놀랐다.

"과장님까지……. 너무 심한 거 아닌가요?"

"허허! 그분 성격이 워낙 다혈질이셔. 애국심이 너무 강해서 공적인 일에는 물불 안 가리시지. 나도 무서울 지경이야.

하지만 따뜻한 분이기도 하셔."

외사과장은 호주머니에서 무언가를 꺼냈다. 예쁘게 포장이 된 상자였다.

"오는 길에 자네 선물을 사려는데 도무지 마땅한 게 있어야지. 그래서 예전에 내가 받고 싶었던 선물을 하나 샀어. 마음에 들지 모르겠군."

민우는 천천히 포장을 풀었다. 선물을 받아본 게 족히 10년은 넘은 것 같았다. 상자 속에는 손바닥 크기만 한 모래시계가 들어 있었다. 민우는 자기도 모르게 어린아이처럼 좋아했다.

"예전에 나는 모래시계를 선물로 받고 싶어 했어. 비싼 물건도 아닌데 그거 하나 사주는 사람이 없더구먼. 결국 내 돈주고 샀지."

외사과장에게서 풍기는 따뜻함이 아버지의 모습을 떠올리게 했다. 코끝이 찡했다.

"난 그걸로 하루 일과를 맞춘다네. 모래가 한 번 흘러내릴 때까지 아침 결재를 마치고, 또 한 번 흘러내릴 때까지 해외 정보들을 훑어보고, 세 번째 흐르면 그때가 점심시간이지."

민우는 모래시계를 가만히 바라보았다. 그런데 외사과장이 직접 찾아온 이유는 뭘까.

"대만에서 연락이 왔어. 전파변조기가 배에 실려 조어도로 출발했다니 지금쯤 도착했을 거야. 이제 자네가 할 일만 남은 것 같군."

민우가 할 일이란 조어도 인근의 일본 함정에 탑재된 미사일을 발사하라는 명령이기도 했다. 드디어 본격적인 전쟁이 시작되는 것인가.

민우가 컴퓨터 앞으로 다가갔다. 그리고 대만 내에 설치해 둔 로직봄 바이러스 작동 프로그램을 불러냈다. 그 사이 외사과장은 전화로 상황을 점검했다. 민우는 모든 설정을 완료한 다음, 외사과장에게 다시 한 번 실행 여부를 물었다.

"이제 작동키만 클릭하면 됩니다. 정말 일본 미사일을 발사하시겠습니까?"

"조금 전 다시 확인했네만 그렇게 하라는 게 상부 지시야."

외사과장은 크게 심호흡을 하고는 조용한 음성으로 명령했다.

"유민우 사령관! 조어도를 폭격하라!"

민우는 천천히 프로그램 작동키를 클릭했다. 얼마 지나지 않아 성공을 알리는 회색빛 팝업창이 모니터에 떠올랐다.

외사과장은 TV를 켰다. YTN에서는 여전히 한일 관계에 관련된 뉴스들을 내보내고 있었다. 민우와 외사과장은 소파에 나란히 앉아 TV를 지켜보았다. 작전이 성공한다면 조어도 상황이 곧 속보로 보도될 터였다.

그런데 시스템을 작동시킨 지 10분이 지나도록 반응이 없었다. 실패한 것인가? 시간이 흐를수록 불안했다.

"왜 이래? 왜 소식이 없는 거야."

외사과장은 이리저리 채널을 돌리기 시작했다.

"잠깐만요. 거기요."

CNN 뉴스였다. 연기가 치솟는 조어도의 모습이 화면을 꽉 채우고 있었다.

"그럼 그렇지!"

외사과장은 벌떡 일어나 두 주먹을 불끈 쥐었다. CNN은 조어도에서 원인을 알 수 없는 폭발이 일어났다고 보도했다. 목격자에 따르면 일본 함선에서 미사일이 발사된 것 같지만 자세한 사항은 확인해봐야 한다고 덧붙였다.

외사과장은 화상모니터로 1차장을 찾았다. 1차장도 이미 뉴스를 보고 있었다.

"성공입니다."

외사과장은 들떠 있었다. 하지만 1차장의 표정은 침착했다.

"수고했어. 이번 일은 극비일세. 정보가 흘러나갔다간 엄청난 일이 벌어질 수 있으니까."

국내 방송사에서 CNN의 보도자료를 인용해 속보를 내보낸 건 10분이 지난 후였다. 외사과장은 일본 NHK로 채널을 돌렸다. NHK에서는 정규 방송을 중단하고 '경악'이란 타이틀을 붙여 속보로 보도하고 있었다. 그 내용은 CNN보다 구체적이었고 현장 화면도 더 세세했다. 등대는 산산조각이 났고, 일본 경찰과 극우파 민간인 몇몇이 부상을 당했다고 전했다.

하지만 NHK에서 신경을 쓰고 있는 건 대만과 중국 군부의 태도인 것 같았다. 수시로 대만과 중국 특파원을 불러 그곳 분위기를 전했다. 조어도 근해의 해상 대치 상황도 실시간으로 보도되었다. 해설자로 나선 일본 자위대의 한 장교가 대만과 중국 함정에서 미사일 대응 조짐이 있다고 말해 긴장감이 더욱 고조되고 있었다.

대만과 중국에서는 즉각 비상대책회의가 소집되었다. 긴장감이 감도는 건 두 나라 역시 마찬가지였다.

TV에서 한시도 눈을 떼지 못하던 민우와 외사과장은 저녁 식사가 나온 후에야 잠시 쉴 수 있었다. 종일 굶었지만 그다지 배가 고프지는 않았다. 외사과장이 수저를 집어 들며 말했다.

"사이버전쟁이라는 게 정말 무섭군. 남의 무기를 내 것처럼 조종할 수 있다니."

"하지만 실제로 성공한 건 이번이 처음일 겁니다."

외사과장이 고개를 끄덕였다. 표정이 한편으로는 어두워
보였다.

"그게 걱정이야."

"뭐가요?"

"1차장님이 위험한 야욕을 가지고 있어. 이번 작전이 성공
하면 그 기계로 독도 근해의 일본 함정을 공격하겠다더군."

민우는 깜짝 놀라 수저를 떨어뜨렸다. 외사과장은 1차장의
야심을 설명했다.

"일전에 우리 함정이 일본 함선의 공격으로 침몰한 사건
알지? 일본의 사이버공격에 우리가 일방적으로 당한 거 말이
야. 그래서 우리도 그걸 갚아주겠다고 벼르고 있어."

민우의 얼굴이 하얗게 질렸다. 상황이 이상하게 돌아가고
있었다.

"그건 위험합니다. 전면전으로 번질 수 있어요."

"그러니 걱정이라는 게 아닌가."

"우리의 목표는 독도 근해에 배치된 일본 함정들을 철수시
키는 것 아닙니까?"

"그랬지. 하지만 1차장님은 철수가 아니라 일본의 항복을

원하는 것 같아."

"그래선 안 됩니다."

"1차장님이 너무 완강해. 그게 걱정이야."

민우는 자리에서 일어서며 말했다.

"그럼 당장 미사일 발사 프로그램을 삭제시키겠습니다."

"늦었어. 이미 모든 프로그램이 1차장님 손에 들어갔어."

외사과장은 제대로 밥도 뜨지 못한 채 민우에게 또 다른 질문을 던졌다.

"그런데 오늘 일본의 대규모 사이버공격이 있을 거라 하지 않았나?"

"예."

"어떤 공격이 될지 모르지만 아직까진 조용하군."

민우는 내용을 캐묻지 않는 외사과장에게 미안한 생각이 들었다.

"아마 제 답신을 기다리고 있을 겁니다. 우리의 반격 시나리오 말입니다."

"신사들이군. 서로의 공격 방법을 가르쳐줘 가며 싸우다니."

"싸우기 위해서가 아니라 싸움을 피하기 위해섭니다."

"그래 이쯤에서 서로 타협을 했으면 좋으련만."

9시 뉴스에서도 조어도 미사일 발사 사건이 집중 보도되었다. 일본 정부는 서둘러 유감을 표명했고 중국과 대만 정부는 동일한 사건 발생 시 선전포고로 간주하겠다는 성명을 공식 발표했다.

조어도 문제에 관한 한 중국과 대만 정부가 함께 대처하기로 결의한 가운데 양국의 많은 함정이 중무장한 채 조어도로 배치되기 시작했다. 중국, 대만과의 무력 충돌을 염려하던 일본 시민들은 긴박한 상황을 넘기고 나자 서서히 내부로 질타의 화살을 돌리기 시작했다.

10시쯤 외사과장이 떠난 후 민우는 하마모데에게 약속대로 공격 시나리오가 담긴 답신을 보냈다.

귀하가 나와 똑같은 생각을 하고 있다는 게 놀랍다.

바둑을 두고 싶지만 내겐 대표로서의 자격이 없어 아쉽다.

그대의 증조부는 훌륭한 분이라 들었다.

이순신 장군을 존경했던 그분의 말씀처럼

우리 국민을 존중해주기 바란다.

우리의 공격 시나리오를 함께 발송한다.

우리의 공격 시점은 당신이 공격 명령을 내리는

바로 그 순간이 될 것이다.

다음 날 아침, 민우는 눈을 뜨자마자 컴퓨터 앞으로 달려갔다. 인터넷은 별 이상이 없었다. 하마모데가 자신의 메시지를 받아들인 것이리라. 민우는 다소 안심이 됐다.

어젯밤부터 새벽까지 일본의 공격 여부를 확인하느라 잠한숨 못 잔 터라 메리 퀸에게 미안한 생각이 들었다. 민우의 그림자인 그녀 역시 그랬을 것이다. 더군다나 1차장 일로 많이 상심하고 있을 터였다.

민우는 TV를 켰다. 아침 뉴스에서도 조어도 사건을 헤드라인으로 다루고 있었다. 밤새 별다른 충돌은 없었지만, 중국은 루후급 함대와 루하이급 함대를 추가로 조어도에 급파했다고 보도했다. 대만도 최정예 이지스 2개 함대를 조어도 인근으로 파견키로 했다.

이제 어쩔 수 없이 일본은 민우의 의도대로 독도 인근의 이지스 함대를 조어도 근해로 파견할 것이고 이것으로 일파대전 작전은 승리로 끝날 것이다. 그러나 어제 외사과장이 들려준 1차장의 일본 함정 공격 계획은 어찌해야 한단 말인가. 불길했다. 1차장의 고집은 누구도 꺾을 수 없고 어제 그가 보여준 행동으로 보건대 반대한다면 민우 자신의 안위도 보장받을 수 없는 상황이었다.

하지만 어떻게든 중단시켜야 한다. 그러나 1차장의 보복으

237

로 자신이 고립된다면 그 이후의 일들은 어떻게 될 것인가? 누가 하마모데를 막을 것이며 누가 사이버전쟁을 치를 것인가. 민우의 시름은 깊어만 갔다.

오후가 되면서 조어도 상황은 급변했다. 추가 파견된 중국 함선들이 경제수역을 넘어 조어도 인근까지 진출했다고 보도되었다. 그것은 일본에 대한 엄연한 도발 행위였으며 전쟁도 불사하겠다는 강력한 의사 표현이기도 했다.

한국 언론들은 이번 일을 계기로 일본이 일방적으로 설정한 조어도 근해의 일본 경제수역(EEZ)을 무력화하려는 중국의 의도로 보인다고 분석했다. 일본 함대는 계속해서 경고 방송을 하며 중국 함대의 진입을 막았지만 무력 공격을 감행할 수 없는 처지에서 할 수 있는 일이란 많지 않아 보였다.

한편 세계 언론은 이러한 일본의 대응 방향에 주목하고 있었다. 만약 경고사격이라도 가해진다면 곧바로 전쟁으로 치달을 만큼 급박한 상황이었다.

대만도 이번 사건에 관해서는 중국에 우호적이었다. 이지스 2개 함대가 일본 경제수역을 넘어 중국 함대를 지원하고 나섰다. 이제 일본은 함대 규모에서도 밀리는 처지가 되었다.

3국 정부의 성명서 발표전도 치열했다. 일본은 중국과 대만 해군의 경제수역 침범을 침략 행위로 규정하고 상황에 따라서는 사전예고 없이 무력 사용도 불사하겠다고 발표했고, 중국과 대만 정부는 자국의 해군들은 정상적인 경계 근무에 임하고 있으며 제3국의 공격을 받을 시 즉각 반격할 것이라고 맞대응했다.

　미국의 움직임도 분주했다. 미 국무장관은 중재를 위해 중국과 대만 방문길에 올랐고 미 국방장관은 일본으로 향했다. 미 태평양 함대 소속 에이브러햄 링컨호가 조어도 인근으로 급파되었고, 7함대 소속의 핵잠수함 조지 워싱턴 전단이 동해로 배치되었다.

13.
일본 해상자위대 사령부

일본 제3호위대 함대사령부가 위치한 마이즈루항 해군기지는 분주했다. 일본 제3호위대는 한국 동해와 마주한 기항으로 독도를 가상 목표로 한 군사훈련이 자주 실시되는 곳이자 이지스함 묘코와 아타고의 모항이기도 했다.

이곳에서 일본의 비상대책회의가 열렸다. 조어도 방어기지인 사세보항에서 열리지 않고 마이즈루항에서 열린 것으로 보아 독도 문제와 무관해 보이지 않았다.

조어도 사태와 사할린 사태 이전에 마이즈루항에는 일본의 이지스함과 해군 함정의 절반가량이 집결돼 있었다. 그것은 독도 분쟁에 총력을 쏟으려는 일본 해군의 의지였지만 돌아가는 지금의 현실은 달랐다. 민우의 일파대전 작전으로 말

미암아 많은 함대가 조어도와 사할린으로 선회한 까닭이다. 사세보항의 제2호위대 이지스 공고함대가 조어도 사태로 독도에서 철수했고, 북쪽의 쿠레항에서 독도 지원에 나섰던 제4호위대 이지스 기리시마 함대 역시 사할린 사태로 본대에 귀항하게 되었다. 이제 독도 근해에 남겨진 건 제3호위대의 이지스 묘코 함대와 제1호위대의 이지스 초카이 함대뿐이었다.

도쿄 방어를 위해 작전 구역을 벗어난 적이 없던 제1호위대의 이지스 초카이 함대가 독도 지원을 나선 건 이례적인 일이었지만, 그것은 최근 한일 간의 갈등과 그를 빌미로 한 독도에 대한 일본의 강력한 야욕을 대변해주는 상징이기도 했다.

각 호위대와 산하 지방함대의 장교들이 원탁에 둘러앉았다. 조어도 미사일 사태와 그로 인한 중국, 대만 함대의 월경으로 장교들의 표정에는 긴장감이 역력했다. 회의 준비가 끝나자 일본 해상자위대 총사령관 격인 오호츠 호위함대 사령관 나카야마가 무겁게 입을 열었다.

"현재 우리 일본 해군은 2차 세계대전 이후 가장 큰 위기에 봉착했습니다. 다케시마(독도)에서, 조어도에서 그리고 사할린 열도에서 우리가 가상으로 준비하던 전쟁 시나리오가 동시에 발발하고 있습니다."

서두 발언을 마친 나카야마는 본론으로 들어갔다.

"모든 전선이 다 중요하겠지만 사건이 터질 때마다 우왕좌왕하는 것은 우리 해상자위대의 전략에 큰 문제가 있다는 겁니다. 따라서 우리는 이 난국에 맞서 우리의 함대를 어떻게 효율적으로 재배치할 것인지 결정해야 합니다. 이것이 오늘 회의의 주요 안건이 되겠습니다."

나카야마 사령관은 이어서 구체적인 의제를 제시했다.

"먼저, 현 상황에서 우리의 최고 목표를 어디에 둘 것인가 하는 것이 첫 번째 협의 사안입니다. 이에 대한 여러분의 의견을 말씀해주십시오."

자기 방어 구역의 중요성을 부각하려는 장교들이 앞다투어 손을 들었다. 나카야마 사령관은 우선 조어도 관할 구역의 제2호위대 사령관 하세카와에게 발언권을 주었다.

"말씀하신 대로 모든 전선이 다 중요하겠지만, 조어도 쪽이 가장 시급하다는 데에는 반론이 없을 겁니다. 어제의 미사일 발사 사건으로 지금 조어도 일대는 여러분이 상상하시는 것 이상으로 긴박합니다."

나카야마가 하세카와의 말을 잘랐다.

"그런데 참, 그 미사일은 도대체 어떻게 발사된 겁니까?"

하세카와는 난처한 표정으로 입맛을 다시며 답변했다.

"저희도 영문을 모르겠습니다. 간혹 조작 실수로 미사일이 발사되는 경우는 있지만, 설사 그렇다 하더라도 자폭 명령으로 공중 폭파되기 마련인데 이번 사건의 경우 마치 우리가 일부러 조어도 등대를 조준한 것처럼 통제가 되지 않았습니다. 저희 함대에서는 아직 밝혀지지 않은 외부 바이러스에 의한 것이 아닐까 추측하고 있습니다만……."

"그건 절대 불가능합니다."

하세카와의 추측을 일축하는 사람이 있었다. 날카로운 눈빛에 외모가 준수한 중년의 남자, 그 회의에서 그는 유일하게 사복 차림이었다. 그의 발언은 다분히 해군 장성의 말을 무시하는 것이었지만 나카야마는 반갑게 그를 맞이했다.

"오, 하마모데 씨!"

모두의 시선이 하마모데에게 집중됐다. 나카야마가 그를 따로 소개하지 않은 것으로 보아 모두들 하마모데를 알고 있는 듯했다. 나카야마 사령관은 우선 하마모데를 치하했다.

"전산 문제에 관한 한 당신이 최고죠. 그래, 당신이 보기엔 어떻소?"

하마모데는 자리에서 일어나 장성들에게 가볍게 목례를 한 후 자신의 견해를 밝혔다.

"컴퓨터를 조작해 적국의 미사일을 발사시킬 수 있다는 건 영화에서나 나올 법한 이야기지요."

누군가 즉각 그의 말을 자르고 나섰다.

"치핑(chipping)이라는 바이러스가 있지 않습니까?"

하마모데가 그를 보며 답했다.

"맞습니다. 하지만 그건 외부 바이러스가 아니라 제조국에서 고의로 심어두는 바이러스입니다. 적성국에 미사일을 팔아 자폭시키거나 중대한 에러를 일으키게 만드는 것이지요."

나카야마가 물었다.

"그럼 이번 미사일 발사 사건도 치핑으로 볼 수 있는 거 아닌가요?"

"아닙니다. 우리 일본은 미사일을 수입할 때 치밀한 검증 과정을 거치기 때문에 치핑에 감염됐을 가능성은 없습니다."

하마모데의 말이 언짢았는지 하세카와가 큰소리로 반박했다.

"그럼 우리 제2호위대에서 일부러 미사일을 발사했다는 겁니까?"

"그럴 리야 있겠습니까?"

"그럼 그 말뜻이 뭐요?"

"개인이나 기업의 컴퓨터와 달리 군용 장비는 암호화된 별도의 인트라넷을 가집니다. 기계 구조나 프로그램 사용 용어가 민간에서 사용하는 것과 달라 호환이 되질 않습니다. 또한 비행기나 함선 내의 무기 발사 체제는 외부 침입에 대비해 OS 시스템을 적용하지 않고 로컬시스템, 즉 수동으로 작동하게 되어 있습니다. 따라서 바이러스 공격으로 인한 미사일 발사 가능성은 희박하다는 겁니다."

하세카와가 다시 반박했다.

"인트라넷이라면 나도 뭔지 압니다. 많은 기업이 그걸 구축해 유용하게 쓰고 있지만 보안이나 바이러스에 취약하다는 건 중학교 교과서에도 나오는 이야기 아닙니까?"

"그렇습니다. 하지만 군용 장비는 민간에서 사용하는 것과는 다른 별도의 인트라넷을 가진다는 겁니다."

"뭐가 어떻게 다르다는 겁니까?"

"그건 군사기술의 핵심 노하우입니다. 절대 공개되지 않죠. 군사기술 이전 시에나 극비리에 거래되곤 합니다."

하세카와가 다시 언성을 높였다.

"그러니까 지금 우리를 의심하는 거 아닙니까? 외부 바이러스 침입이 불가능한데 미사일이 발사됐다면 그게 곧 우리의 자체 소행이라는 말 아닙니까?"

분위기가 격해지자 나카야마가 중재를 하고 나섰다.

"하세카와 사령관! 진정하세요. 하마모데 씨는 세계 최고의 사이버 전문가이니 일단 계속 들어봅시다."

하세카와가 거친 숨을 내쉬며 자리에 앉자 하마모데가 다시 말을 이었다.

"방금 설명드린 대로 이번 미사일 발사 사건은 외부 바이러스 감염에 의한 것이라고 볼 수는 없습니다. 하지만 무선일 경우에는 그 가능성을 완전 배제할 수 없습니다."

나카야마가 물었다.

"무선이라면?"

"위성이나 미사일 발사 코드를 탑재한 원격조정기 같은 거죠. 그러나 그 비밀코드는 미사일을 제조, 설계한 사람밖엔 알 수가 없습니다."

"그럼 미국을 의심하는 겁니까?"

"이 시점에서 구체적인 물증 없이 누구를 의심하는 건 매우 위험합니다. 하지만 아니라고 단정 짓는 것 또한 합리적인 판단은 아닐 겁니다."

또다시 하세카와가 빈정댔다.

"그런 말은 나도 하겠소. 그럴 수도 있고 아닐 수도 있다니, 참 나!"

나카야마가 다시 하세카와에게 주의를 주었다.

"하세카와 사령관! 하마모데 씨는 우리 일본 사이버부대의 실질적인 총책임자요. 우리 해군 또한 하마모데 씨에게 의존

하고 있는 처지 아닙니까?"

하마모데는 하세카와의 딴지에도 아랑곳하지 않고 자신의
말을 이어나갔다.

"어쨌든 그 문제는 저희가 조사하고 있으니 조만간 원인이
밝혀질 겁니다. 하지만 혹시 모르니 내부 단속은 철저히 해두
는 게 좋을 것 같습니다."

다시 나카야마 사령관이 발언했다.

"좋소! 그럼 그 문제는 하마모데 씨에게 맡기도록 하고 다
시 본론으로 들어갑시다. 지금 가장 긴박한 곳은 조어도 해역
입니다. 어떤 방식으로 함대를 재배치하면 좋겠습니까?"

조어도 지원을 가장 최우선으로 두자는 나카야마의 발언
에 장교들의 반발이 이어졌다. 모두들 자기 관할 지역의 중요
성을 주장했다. 하지만 결국은 조어도 지원 쪽으로 무게 중심
이 쏠렸고 1시간 정도의 회의 끝에 조어도를 우선 지원 대상
으로 정하자는 데 의견이 모아졌다. 나카야마 총사령관이 의
견을 종합해 발표했다.

"일단 조어도 근해로 해군력을 결집시키는 데는 의견이 일
치된 것 같습니다. 이에 대한 해상자위대 사령부의 방침은 현
재 다케시마(독도) 근해에 머물고 있는 이지스 묘코 함대를
조어도로 파견하고 이지스 초카이 함대를 도쿄로 귀환시키

는 겁니다."

그러나 독도 관할 제3호위대 후지사와 사령관이 이에 반박
했다.

"그럼 다케시마에서 모든 이지스 함대를 철수시킨다는 말
입니까? 그건 다케시마를 포기하자는 겁니다."

나카야마 총사령관이 손을 저었다.

"그런 뜻이 절대 아닙니다. 다만 조어도 근해의 사정이 워
낙 급박하고 한국의 해군력이 다른 나라들보다 상대적으로
약한 것을 고려한 것이니 양해바랍니다."

다시 후지사와 사령관이 반박했다.

"우리 묘코 함대는 그대로 다케시마에 잔류하고 그 대신
초카이 함대가 조어도 지원에 나서면 되지 않습니까?"

"그렇게도 생각해봤습니다만 조어도에서 중국과 해전이
발생하면 도쿄가 중국 잠수함의 미사일 공격을 받을 수 있습
니다. 그래서 MD 방어시스템을 갖춘 초카이 함대를 도쿄 수
호를 위해 원대 복귀시키자는 겁니다."

나카야마의 논리적인 주장에 후지사와의 불만이 다른 곳
으로 쏠렸다.

"그래서 예전부터 이지스함의 추가 구입을 요청하지 않았
습니까. 조어도나 다케시마, 사할린 문제 중 하나가 터지면

이렇게 동시다발적으로 사태가 확산되리라는 것을 몰랐습니까?"

"그 계획은 추진 중에 있습니다. 이미 제5이지스함 아타고와 제6이지스함 아시가라가 실전 배치 단계에 있고 제7이지스함 마야, 제8이지스함 하구로가 2021년부터 실전 배치될 예정입니다. 그렇게 되면 각 함대별로 2개 이지스 함대와 지방함대를 보유하게 되어 동시다발적인 해전에서도 충분히 작전을 수행할 수 있습니다."

"그건 그때 이야기고요."

자신의 관할 지역인 독도를 버리고 조어도 지원에 나서야 한다는 것이 후지사와는 무척 못마땅한 듯했다. 그는 끝까지 반대 의사를 표했다.

"어쨌든 다케시마에서 모든 이지스 함대를 철수시키는 것에 대해, 이 지역 함대 사령관인 저는 반대 입장을 분명히 밝힙니다."

후지사와 사령관의 반발이 거세자 하세카와 제2호위대 사령관이 설득에 나섰다.

"후지사와 사령관이 양보 좀 하시구려. 현재 조어도의 중국 함대도 문제지만 대만의 2개 이지스 함대가 우리 경제수역을 넘어서고 있어요. 우리 2호위대 해군력으론 그들 연합

함대를 당해낼 수가 없습니다."

하세카와의 통사정에 후지사와가 말끝을 흐렸다.

"그쪽 사정이야 이해는 하지만……."

후지사와가 한발 물러서자 하세카와가 더욱 간절히 말했다.

"이것 보세요, 후지사와 사령관! 솔직히 중국이나 대만, 러시아 함대에 비교하면 그까짓 한국의 함대 정도야 우리 지방 호위대 정도로도 충분하지 않습니까?"

후지사와는 못내 찝찝한지 한 가지 문제를 더 제기하고 나섰다.

"그렇긴 하지만 현재 대치 상태가 근접전이라는 데 문제가 있어요."

하세카와가 반문했다.

"난 그 이유를 모르겠습니다. 첨단 함정일수록 원거리 전투가 유리한데 이지스함까지 갖춘 우리 함대는 왜 다케시마에서 근접전을 벌이고 있는 겁니까?"

후지사와는 답답하다는 듯 가슴을 치며 말했다.

"나도 답답합니다. 하지만 해상 국경 문제가 있으니 어쩝니까?"

"어떤 문제 말입니까?"

후지사와는 답변에 앞서 영사기를 틀었다. 스크린에 1998

년도에 체결된 신한일어업협정 지도가 나타났다. 후지사와는 지도를 가리키며 열변을 토했다.

"보시다시피 신한일어업협정 조약에서 일본과 한국은 동경 131.4도를 수직으로 잘라 중간수역으로 지정했어요. 다케시마를 공해로 둔 겁니다. 그럼 그 경계가 한국의 영해 경계가 되는 것인데, 한국 측에선 그건 단지 어업협정에만 국한된 협약이라고 억지를 쓰고 있습니다."

"그럼 한국 측에서 주장하는 경계는 대체 어딥니까?"

"다케시마가 한국령이니 그곳을 기점으로 EEZ를 주장하는 겁니다."

"허! 그럼 우리 영해까지 포함되겠군요."

"그러니 무슨 대화가 되겠습니까. 무력을 행사하는 수밖에요."

"그래서 근접전을 펼칠 수밖에 없다는 거군요."

"그렇습니다. 우리가 함대를 후진시키면 저들은 계속 밀어붙일 겁니다. 그러면 한국이 주장하는 영해를 인정하는 꼴이 됩니다."

"거 참! 답답하군요."

"그래요! 그런데 문제는 이 상태에서 전쟁이 발발하면 이지스 함대 없이는 완승을 기대하기 어렵다는 데 있습니다. 한국에는 재래식 함대가 많기 때문입니다."

하세카와가 반론을 펼쳤다.

"너무 과장하시는군요. 자기 방어체계도 못 갖춘 한국의 재래식 구축함 정도야 하푼미사일 몇 발이면 끝날 것이고, 제3호위대와 그 산하 지방함대만 해도 수백 발의 하푼미사일이 있잖소?"

후지사와 사령관은 신중하게 반박에 나섰다.

"하지만 한국의 해군력도 만만치 않아요. 현재 한국형 이지스함 세종대왕함이 실전 배치되어 있고, 추가 건조된 2척의 이지스함이 실전 배치 단계에 접어들었어요. 다케시마 함대 사령선인 이순신함이나 왕건함 등의 성능은 거의 이지스함과 비슷합니다. 더군다나 한국이 자체 개발한 함대함 미사일 '해성'의 위력은 가공할 만합니다."

그래도 하세카와는 대수롭지 않게 말했다.

"그래 봤자 한국 함정이 몇 척이나 됩니까? 지금 다케시마에 배치된 함대 말고 뭐가 더 있겠습니까?"

후지사와가 다시 반박했다.

"모르시는 말씀! 현재 한국에는 총 180여 척의 전함이 있습니다. 지금 다케시마에 배치된 건 일부에 불과합니다."

"그건 맞습니다. 현재 한국에는 3개 함대가 있는 걸로 압니다. 동해의 1함대, 평택의 2함대 그리고 목포의 3함대."

"3함대는 진해 아닌가요?"

"아닙니다. 얼마 전 부산으로 옮겼다가 다시 목포로 이전했습니다. 원래 3함대는 부산에 사령부를 두고 있었지만 부산에 해군 함정을 수용할 항만 시설이 없어 2차 대전 때 우리가 건설한 진해 해군기지를 모항으로 사용했습니다. 그러다가 7년 전에야 겨우 부산에 항만 시설을 건립한 수준입니다. 그만큼 한국 해군이 열악하다는 반증이기도 하죠."

후지사와가 줄기차게 반박했다

"모르시는 말씀! 최근 한국 해군의 전력, 전술은 눈부시게 발전했습니다. 3개의 전투 함대사령부 체제에서 지금은 부산에 해군작전사령부를 추가해 지원사령부 역할을 담당하게 하고 있어요. 또한 제주도에 이지스함을 중심으로 한 제7기동전단을 창설해 한반도 수호 전략에서 대양 해군 전략으로 진보하고 있다고요."

"그건 저도 인정하는 바입니다. 하지만 한국의 3개 함대 중 현재 독도를 지원할 수 있는 건 동해의 1함대 정도입니다. 평택의 2함대는 대북 경계 업무상 움직일 수 없을 겁니다. 목포나 부산에서 출항하는 함정은 우리 일본 제2호위대가 사세보항에서 대한해협을 봉쇄해버리면 끝납니다. 그러니 이지스

함 묘코를 조어도로 파견 좀 해주시오. 그 대신 사세보 지방
호위대의 구축함과 프리깃함 그리고 잠수함 등을 다케시마
로 지원하겠소."

후지사와는 울릉도를 언급했다.

"최근 한국 해군이 유사시 독도 지원을 위해 울릉도 사동
항에 해군기지를 조성하고 제118조기경보 전대를 배치시킨
것도 우리에겐 위협적입니다."

하세카와는 실소했다.

"해군기지라니요. 사동항은 유사시 한국 해군의 정박을 위
한 시설일 뿐입니다. 제118조기경보 전대는 소형 함정 몇 척
에 헬기 정도를 보유한 상징적 존재일 뿐입니다."

후지사와 사령관은 마지못해 수긍했다. 나카야마 총사령
관이 최종 결론을 내렸다.

"현재 다케시마에 배치된 이지스함 초카이를 도쿄로 원대
복귀시키고, 묘코함을 조어도로 파견하도록 하겠습니다. 그
대신 다케시마에는 사세보 지방함대의 구축함과 프리깃함,
잠수함을 추가 지원해 전력에 차질이 없도록 하겠습니다."

14.
독도 논쟁

작전회의가 종료되고 각 함대의 장성과 참모들이 해산하자 나카야마 사령관은 바다가 내려다보이는 창가에 앉아 차를 마셨다. 그는 극심한 갈증에 연거푸 차를 들이켰다.

"천천히 드시죠."

친숙한 목소리에 나카야마가 고개를 돌렸다. 언제 들어왔는지 하마모데가 등 뒤에 서 있었다.

"오, 하마모데 씨! 어서 오세요."

"명상을 방해했다면 사과드립니다."

"아니요. 잠시 저 바다 너머에 있는 다케시마 생각을 좀 했어요."

나카야마가 자리를 권하자 하마모데는 자신도 바다가 보

고 싶다며 함께 창가에 앉았다. 나카야마는 하마모데에게도 차를 권했다.

하마모데가 물었다.

"다케시마에 대해 무슨 생각을 그리 골똘히 하셨나요?"

"허허, 쑥스럽게."

나카야마는 털털한 웃음소리를 흘렸다.

"웃으시는 걸 보니 전쟁 생각은 아니었나 봅니다."

"거기서 일출을 바라보는 모습을 떠올리고 있었어요."

"일출요?"

"워낙 아름다운 섬이라……."

"가보신 적이 있으시군요."

"물론이죠. 그곳 일출은 그야말로 최고지요. 그러나 아쉽게도 우리는 서쪽에 있어 다케시마 위로 해 뜨는 모습을 볼 수 없지요."

"다케시마 위로 떠오르는 해를 바라보고 싶다, 그건 결국 그 섬을 차지하고 싶다는 생각인 거네요."

"허허, 이야기가 그렇게 되나."

하마모데는 천천히 찻잔을 들어 올리며 물었다.

"그런데 사령관님은 솔직히 어떻게 생각하십니까?"

"뭘 말입니까?"

"다케시마 소유권 말입니다. 정말 우리 일본 땅이 맞는다고 생각하나요?"

나카야마는 흠칫 놀라며 하마모데를 바라보았다.

"당신 일본 사람 맞소?"

하마모데가 짧은 미소 끝에 대답했다.

"워낙 근거가 부족해 보여서요."

"무슨 근거가 부족하다는 겁니까?"

"저도 나름대로 조사해보았지만 다케시마는 한국 영토라는 자료가 더 많더군요. 하물며 우리 일본 사서에도 그렇게 써 있었어요."

나카야마도 하마모데의 말에 천천히 고개를 끄덕였다.

"그건 나도 동감하는 바요. 하지만……"

나카야마는 하마모데를 바라보았다. 말끝은 흐렸지만 나카야마의 눈빛은 너무도 강렬해서 보는 이가 부담스러울 정도였다. 하마모데는 안경을 밀어 올리는 시늉을 하며 그 눈빛을 피했다.

"하지만 뭡니까?"

"그 전에 내가 먼저 당신에게 물어보겠소. 베이징은 누구의 땅이라 생각하시오?"

다소 터무니없는 질문에 하마모데는 잠시 망설이다 대답

했다.

"그야 당연히 중국 땅 아닙니까."

"어째서요?"

"예?"

"어째서 중국 땅이라는 겁니까?"

도대체 어떤 답변을 원하는지 하마모데는 종잡을 수가 없었다.

"무슨 말씀이신지······."

"베이징은 과거 칭기즈칸의 나라, 즉 원나라의 땅이었습니다. 지금 몽골이 이런 이유를 들어서 베이징을 자신들의 땅이라고 주장한다면 어떨까요?"

하마모데는 어색한 웃음을 흘렸다.

"어찌 그런 터무니없는 말씀을······."

"그렇지요. 터무니없는 말이 분명하지요?"

"그럼요."

"그럼 다케시마는 어떻습니까? 국제법상 지금의 다케시마는 누구 땅이냐 그 말입니다."

"그야······."

하마모데가 망설이자 나카야마가 다시 물었다.

"당연히 일본 땅이겠지요?"

하마모데는 찻잔을 내려놓으며 굳은 표정으로 답했다.

"죄송합니다만 저는 그렇게 생각하지 않습니다. 한국의 소유권을 인정하는 것이 두 나라의 미래를 위한 길이라고 여깁니다."

그 말에 나카야마의 두 눈이 휘둥그레졌다. 그러나 하마모데는 흔들림이 없었다.

"전 개인적으로 과거에도 현재에도 다케시마는 한국의 영토가 맞다고 생각합니다."

나카야마는 다시 자신의 찻잔을 채우며 말했다.

"이거 이야기가 흥미로워지는데요. 그래, 어떤 근거로 그런 생각을 하는 겁니까?"

하마모데는 대답 전에 한 가지 제안을 했다.

"그보다 대화법을 먼저 바꿔보는 것은 어떨까요."

"대화법?"

"팔은 안으로 굽는다는 속담이 있습니다. 일본 사람끼리 토론해 봤자 결론이 뻔한 것 아닙니까?"

나카야마는 하마모데의 말뜻을 이해했다.

"우리 쪽 관점에서만 이야기한다면 결과가 뻔하다 그 말이죠?"

"그렇습니다. 생산적인 대화가 못 되죠."

나카야마가 흥미롭다는 듯이 웃었다.

"허허, 그거 참 재미있겠군요. 일본과 한국 두 나라의 본질적인 이해관계를 파악하는 데 도움이 되겠어요. 그럼 분위기상 내가 일본 측 대표로 나서겠습니다."

"제가 한국 측 입장을 대변한다 해도 국적을 의심하진 말아주십시오. 허허."

"그럴 리가 있겠습니까. 자, 그럼 시작해볼까요. 하마모데 씨가 먼저 다케시마가 한국 땅이라고 주장하는 근거부터 말해보십시오."

하마모데는 숨을 고른 다음 말문을 열었다.

"좋습니다! 우선 일본보다 한국에 그 역사 자료가 풍부합니다."

나카야마가 하마모데의 말을 자르며 반문했다.

"그럼 우리 역사 자료에 나오는 근거들은 어떻게 봅니까?"

"이거 초반부터 너무 강력하게 말문을 막으시는군요."

"그래야 제대로 토론이 될 거 아닙니까?"

"좋습니다. 일본 역사책에 나오는 기록들은 한국의 사서와 상반되는 것 같으면서도 일맥상통하는 게 많습니다."

"예를 들면?"

"가령 일본 사료에는 막부가 울릉도와 다케시마 경영권을 가지고 있어 그곳으로 고기잡이 나가는 어선들에게 허가증을 내줬다고 했는데, 자국 영해에 조업을 나가는데 왜 굳이 허가증이 필요했을까요?"

"흠!"

"한국 기록에 보면 그 당시 안용복이라는 어부의 이름이 등장합니다. 그는 어부이면서 울릉우산양도감세관(鬱陵于山兩道監稅官)이란 관료로 막부 정부에 찾아와 울릉도와 독도가 조선의 땅이니 일본 어선의 출입을 금지시켜달라는 요구를 해왔고, 막부 정부는 이를 인정하여 공문으로 그 사실을 적어 조선에 사과의 뜻을 전한 후 출어 금지를 취하겠다는 각서까지 보냈다 합니다."

"그래서 다케시마가 자신들의 영토라 주장하는 한국의 고서와 그를 인정하고 그곳에 출어할 때 허가증을 발급했다는 우리 막부 정부의 내용이 일맥상통하다는 말입니까?"

"그렇습니다. 다케시마가 일본 영토가 아니라는 걸 인정했기에 허가서가 필요했겠죠. 지금의 여권 같은 게 아니었을까요?"

나카야마는 고개를 끄덕였다.

"일리 있는 말이군요. 그럼 나도 옛 사료에 관해 하나 물어보리다."

"그러시죠."

"1779년에 제작된 일본 최고의 고지도인 '개정일본여지노 정전도'에는 다케시마가 일본 영토임을 명시해두고 있소. 하 지만 한국의 최고 고지도라 평가받는 '대동여지도'에는 울릉 도만 표기되어 있을 뿐 다케시마는 표기되어 있지 않은데 그 건 어떻게 생각하시오?"

하마모데가 그의 말을 받았다.

"대동여지도같이 수작업으로 지도를 그렸던 당시 한국의 측량기술이나 작도기술로는 자국 내의 모든 섬을 기재하는 데 무리가 있었을 거라고 봅니다."

나카야마는 무슨 책 하나를 꺼내들더니 책장을 넘겼다. 이 어 고지도가 나와 있는 페이지를 펼쳐 보이며 말했다.

"좋소. 그건 그렇다 칩시다. 하지만 아무리 측량기술이 떨 어진다 해도 울릉도가 큰지 다케시마가 큰지 모를 리 있겠 소? 한국은 1530년에 제작된 '팔도총도'라는 지도를 내세워 다케시마가 자신들의 땅이라 주장하고 있소."

나카야마는 손수 지도를 짚어가며 주장했다.

"이 지도를 보십시오. 한국은 이 두 개의 섬을 두고 하나는 울릉도이고 하나는 다케시마라고 하오. 아무리 측량기술이 낙후됐다고는 하나 다케시마가 울릉도와 비슷한 크기로 그려진 이 지도를 증거라고 내미는 걸 측량 미숙으로 봐야 옳겠습니까?"

"그럼 한 개뿐인 울릉도를 왜 두 개로 그렸는지에 대해 생각해보신 적이 있습니까? 고지도의 작도법을 보면 자국의 영토를 과장되게 그리거나 의미 있는 지역을 일부러 크게 그리는 경우가 허다합니다. 게다가 《고려사지리지》와 《세종실록지리지》에는 우산과 무릉 두 섬이 있다는 걸 분명히 명시하고 있습니다."

"맞습니다. 하지만 그 내용을 살펴보면 그곳에는 대나무나 인삼이 많이 난다고 적혀 있어요. 그런데 나무 한 그루 없는 다케시마에 인삼이나 대나무가 어디 있습니까? 결국 우산이나 무릉 모두가 울릉도를 지칭한다는 결론밖에 내릴 수가 없어요. 그리고 울릉도 동쪽엔 죽도라는 작은 섬이 있습니다. 그러니 두 개의 섬이란 울릉도와 죽도를 가리키는 말일 수도 있지요."

두 사람은 한동안 격렬한 논쟁을 벌였다.

나카야마가 우파적인 입장에서 독도 영유권을 주장하는 반면, 하마모데는 그에 대한 반론을 조리 있게 펼쳐나갔다. 두 사람 모두 독도에 대한 지식이 상당해 팽팽한 논쟁이 벌어졌다. 바다를 바라보며 깊은 생각에 잠겨 있던 나카야마가 다시 입을 열었다.

"더 큰 의미로 보면……. 다케시마는 물론 울릉도까지 포기한 건 바로 한국인들 자신입니다."

"공도정책(空島政策)을 말씀하시는 겁니까?"

"그래요. 한국은 조선 정권이 들어서던 시기에 이미 울릉도와 독도를 버렸습니다."

하마모데가 다시 반론을 제기했다.

"공도정책을 펼친 후에도 지속적으로 관리를 파견해 감시활동을 해왔으니 버렸다는 표현은 적절치 않군요. 그런데 조선 정부는 어째서 공도정책을 단행했던 걸까요?"

"그들의 사서에는 외세의 침략이 빈번해서 그랬다고 적혀있지만 사실은 정치적인 이유였을 거예요. 이성계가 역성혁명으로 조선을 건국하자 그에 반발하던 많은 고려 관료가 신변의 위협을 느껴 울릉도로 숨어들었으니까요. 이성계의 아들 이방원이 그 사실을 알고 1417년 울릉도 주민 전체를 본토로 이주시키고 섬을 비우게 했습니다. 이른바 공도정책의 효시인 셈이지요."

"공도정책은 얼마 동안 시행됐습니까?"

"조선 왕조가 1882년에 주민 140여 명을 울릉도로 강제이주시켰으니 무려 465년간 다케시마와 울릉도가 무인도로

버려진 셈입니다."

"그러니 섬을 버렸다는 말이 나오게도 됐군요."

이번에는 하마모데가 고개를 끄덕이며 동감을 표했다. 하마모데의 수긍에 나카야마는 더욱 자신 있는 목소리로 말했다.

"하지만 우리 일본 정부는 달랐습니다. 1618년에 오타니(大谷), 무라카와(村川) 두 사람이 표류하다 무인도인 울릉도를 발견하곤 막부 정부에 신고했고 개발권을 얻어냈지요. 그 이후 우리 일본 사서에는 이 두 섬의 이름이 계속해서 등장해요. 400년이 넘도록 우리가 그 섬들을 실질적으로 지배해온 겁니다. 영유권을 분명히 하기 위해 1905년에 다케시마를 우리 영토로 선포하고 국제 사회에서 인정을 받기도 했고요."

"사람이 살지 않는다고 해서 남의 나라 영토를 자국 땅으로 영입한다? 그건 좀 모순이군요. 그리고 1905년에 다케시마를 일본 땅이라 발표했다면 그 이전엔 디케시마가 일본 땅이 아니었다는 것을 스스로 인정하는 처사 아닙니까?"

"그렇다고 그 이전에 다케시마가 한국 영토라는 증거도 없어요. 다케시마가 자기네 땅이라고 주장하는 근거로 내세우는 사료 속의 다케시마는 실상 울릉도인데, 한국 정부는 울릉도를 억지로 다케시마 사료로 끼워 맞추고 있는 것뿐이오."

"하지만 일본의 입장도 명확하지 않습니다. 한국 점령기인

1936년 일본 국방성에 의해 작성된 일본 육군 측지측량도에
도 다케시마를 분명 한국령으로 표시하고 있습니다."

하마모데는 나카야마가 펼쳐둔 책의 책장을 넘겼다.

"여기 있군요."

하마모데가 펼쳐놓은 페이지에는 명치 10년(1876년)에 펴
낸 《공문록》 내용이 적혀 있었다. 나카야마가 물었다.

"그게 뭡니까?"

"1876년 일본 내무성 공문을 모아둔 사료입니다. 자, 여길
보시죠. 1876년 3월 17일 일본 내무성에서 지도를 편찬하기
위해 시네마현에 다케시마가 일본 땅이 맞느냐고 공문을 보
냈습니다. 그리고 그해 3월 29일 시네마현에서 그곳은 일본
영토가 아니라는 답변을 받습니다. 여기 그 공문 내용이 소상
히 적혀 있군요."

나카야마는 말문이 막혔는지 한동안 침묵했다.

"그것참, 할 말 없게 만드는 공문이구려. 하지만 다케시마
문제는 역사적인 배경보다 현대의 국제법이 더 실효성 있다
는 걸 알아두시오."

"국제법이라 하시면?"

나카야마는 담배연기를 내뿜으며 물었다.

"19세기 말 산업혁명으로 무기와 항해술이 발전하자 세계

강대국들은 식민지 개척에 나섰습니다. 하지만 서로 충돌하지 않으려면 어떤 원칙이 필요했지요. 그게 바로 무주지선점론이란 약정입니다."

"임자 없는 땅은 먼저 차지한 사람이 주인이라는 말이군요."

"그래요. 하지만 거기엔 세 가지 전제 조건이 따랐습니다. 첫째 일정 기간 주인이 없는 무인도일 것, 둘째 영입 의사를 가진 나라가 그 사실을 국제 사회에 공포해 인정을 받을 것 그리고 마지막 하나는 그 지역에 대한 점유와 개발 사실이 있어야 한다는 것이었지요."

"그러한 기준으로 볼 때 다케시마는 사실상 일본 땅이라는 말씀이군요."

"그렇소. 일본은 이미 400년이 넘는 기간 동안 다케시마를 관리해왔고, 1905년 그 섬을 일본 영토라고 국제 사회에 공포해 인정을 받았으며, 그해 독도 정상부에 망루를 지어 러일전쟁에서 요긴하게 사용했습니다. 그만하면 모든 조건을 충족시킨 것 아닙니까?"

"그럼 당시 조선 정부에서는 그걸 인정했습니까?"

"물론 인정하지 않았습니다. 조선 정부에서는 우리의 의도를 알고 1900년에 칙령으로 독도가 조선 땅임을 공포했지요."

"우리보다 5년이 빠른 거군요."

"하지만 중요한 건 그게 아닙니다. 조선 고종의 칙령은 말 그대로 국내 통치용 왕명이었을 뿐 국제 사회에서는 아무런 효력이 없어요."

"엄연한 자국 땅을 굳이 국제 사회에 공포할 필요가 없었던 거죠. 그리고 당시 조선은 주권을 일본에 빼앗긴 상태가 아니었습니까?"

"하지만 정작 중요한 건 한국이 먼저 공포했느냐 일본이 먼저 공포했느냐가 아닙니다."

"그럼요?"

"문제는 당시 세계 모든 제국주의 국가가 그러한 형태로 무인도를 점령해 자국령으로 편입시켰고 그 효력이 아직까지 유효하다는 겁니다."

"그럼 국제법상으로 다케시마가 일본 땅이라는 게 아직도 유효하다는 말씀입니까?"

"당연하지요. 우리 일본이 다케시마 문제를 국제사법재판소로 가져가려고 노력하는 이유도 바로 그 때문입니다."

"국제사법재판소에 상정되면 일본이 승리할 가능성이 매우 크다는 말이군요."

"바로 그겁니다. 또한 그렇게 될 수밖에 없는 게, 만약 국제 사법재판소에서 다케시마의 일본 영유권을 인정하지 않는다면 당시 같은 방법으로 세계의 수많은 섬을 차지한 국가들 모두가 그 소유권의 정당성을 인정받을 수 없기 때문입니다. 예를 들어 1898년 하와이를 자국 땅으로 편입시킨 미국도 하와이 영유권의 정당성을 잃을 겁니다."

"그 때문에 한국 정부가 무대응 전략으로 일관하는 것이군요."

"그래요. 이미 다케시마를 차지하고 있는 상황에서 괜한 분쟁을 만들 필요가 없었겠죠. 반대로 우리 일본은 지속적으로 다케시마에서 분쟁을 일으켜왔고요."

"그렇다면 이번 분쟁으로 난처한 건 오히려 한국 정부이겠네요?"

"맞습니다. 역으로 생각하면 우리 일본에게는 아주 좋은 기회지요. 이대로 분쟁 상태를 유지하다가 국제사법재판소에 안건으로 가져가면 되는 겁니다."

하마모데는 다시 역사적 관점에서 논쟁을 펼쳤다.

"하지만 다케시마는 제국주의 국가들이 영유권을 인정받아온 여타 섬들과 다릅니다. 조선 정부가 외세의 힘에 무너진 시기에 일본이 독도 영유권을 공포했다면, 그건 카이로 선언에 위배되지 않습니까? 카이로 선언에는 2차 대전 당시 강제로 점령한 땅의 소유권을 모두 원래 국가로 돌려주게 되어 있잖습니까?"

"일본이 독도의 영유권을 공포한 건 한일합방 5년 전인 1905년입니다. 즉 조선 정부가 존재하던 시기라는 겁니다. 따라서 국제법상 카이로 선언에 따른 반환 대상이 아닙니다."

"강제 점령한 땅이 아니라는 표현은 맞지 않는 것 같습니다. 청일전쟁 이후 일본은 이미 조선 내의 군권을 장악했고, 1904년 1차 한일의정서 체결로 조선의 재정권과 외교권을 박탈했지 않습니까? 그런 상태에서 1905년 조선의 반발에도 불구하고 독도 영유권을 공포한 게 강압적인 점령이 아니라고 한다면 어불성설이겠죠."

"카이로 회담 후 한국이나 일본 모두 독도 문제를 해결할 기회가 있었습니다."

"샌프란시스코 협약을 말씀하시는 겁니까?"

"그렇습니다. 그때 연합국에서 독도 영유권을 명확히 규정했더라면 오늘날 이런 문제는 없었을 겁니다. 당초 연합국은 다케시마를 일본이 강제로 점유한 한국 땅으로 인식하고 카이로 협약에 근거해 한국 영토로 발표하려 했었지요. 하지만 우리 일본 정부가 강력히 항의했죠. 그러자 그 섬을 우리 땅도 한국 땅도 아닌 중간수역으로 방치해버린 겁니다. 그게 화근이 된 셈이죠."

"정부 구성도 안 된 해방 직후의 한국으로선 항의조차 못하고 독도를 영유할 기회를 잃고 만 거네요."

어느덧 노을이 깃들고 있었다. 토론이 한없이 길어지자 나카야마는 마무리하려 했다.

"자! 이제 그만합시다. 우리끼리 이야기해서 결론이 날 문제였다면 이 지경까지 오지도 않았겠지요."

열띤 토론을 벌인 탓인지 두 사람은 약속이나 한 듯 차를 들이켰다. 나카야마가 자신의 자리로 돌아가 앉으며 물었다.

"그건 그렇고, 현재 사이버전쟁 양상은 어떻게 돌아가고 있습니까?"

"힘듭니다. 중국인의 인해전술이 만만치 않습니다."

"그래도 대단하십니다. 혼자서 한, 중, 대만 3국을 상대하고 계시다니."

"혼자라뇨? 저희 사이버부대 요원이 5000명이나 되는데요. 그런데 재미있는 건 지금의 분쟁 양상이 어떤 한국인의 계략에서 비롯됐다는 겁니다."

나카야마는 깜짝 놀라며 물었다.

"그래요? 그럼 왜 그 사람을 방치해두고 있는 거죠?"

"고양이가 쥐를 쫓을 때도 도망갈 구멍은 놔두고 쫓는다 하지 않습니까?"

"그래서 일부러 방치해두고 있단 말씀인가요?"

"전 지금 그 사람과 바둑을 두고 있습니다."

"그것참, 모를 말이군요. 그런데 곧 한국에 대대적인 사이버공격을 감행할 예정이라면서요."

"허허, 그건 위장전술입니다. 한국의 반응을 보려던 거죠."

"그럼 실제 공격할 의사가 없다는 겁니까?"

"아직은요. 하지만 무모한 수를 두어올 때는 가공할 공격을 퍼부을 겁니다."

"그 가공할 공격이라는 게 어떤 겁니까?"

"마이크로 웨이브파 공격입니다. 초단파 무기죠."

"초단파가 무기가 될 수 있나요?"

"그럼요. 가장 대표적인 게 레이더 아닙니까?"

"레이더는 공격용 무기가 아니잖습니까?"

"그렇습니다. 하지만 우리가 개발한 마이크로 웨이브파는 공격용 무깁니다. 그것도 엄청난 화력을 지닌."

"무슨 말인지 모르겠군요."

하마모데는 구체적인 예를 들었다.

"전자레인지 아시죠? 뜨거운 열이 공급되는 것도 아닌데 그 안에 있는 음식물은 어떻게 뜨거워지는 걸까요?"

"안 그래도 참 신기하다 생각했습니다."

"그럼 혹시 그 안에 쇠그릇을 넣어본 적 있습니까?"

"우리 애들이 어릴 때 그런 실수를 한 적이 있었소만."

"어떻게 되던가요?"

"불꽃이 펑펑 튀더군요."

"그게 바로 마이크로 웨이브파입니다. 인체에 영향을 끼치지 않고 음식을 데우지만 금속 물체를 만나면 스파크가 일어나게 되죠. 그럼 전자레인지 안에 컴퓨터를 넣으면 어떻게 될까요?"

"불타버리겠네요."

"그렇습니다. 마이크로 웨이브파를 발사하면 반경 내의 모든 컴퓨터는 물론 전자기기까지 모두가 불타게 됩니다."

"무슨 말인지 이제야 알겠습니다. 하지만 마이크로 웨이브파를 어떻게 발사한단 말입니까?"

"이미 한국 땅에 수백만 개의 발사장치를 설치해두었습니다."

"아니 언제요? 지금 한국은 경계가 삼엄할 텐데 그게 가능하던가요?"

"예! 한국 정부, 아니 좀더 구체적으로 말하자면 한국전력에서 도와주더군요."

"무슨 말인지 통……."

"두고 보십시오. 한국이 먼저 공격해온다면 포탄 하나 쏘지 않고 한국을 초토화시켜버릴 테니까요."

15

1차장의 야욕

아침 식사 후, 1차장은 화상으로 민우를 호출했다. 간밤에 일본의 공격이 없었던 탓인지 그는 민우에게 사과는 했다. 물론 정보를 숨긴 것에 대해 다시 한번 따끔하게 경고하는 것 또한 잊지 않았다.

1차장은 독도 근해의 상황을 설명했다.

"지금 독도 근해의 일본 함대들이 움직이고 있네. 좀더 지켜봐야 하겠지만 몹시 분주해. 이지스함 2척 외 8척의 함정이 이미 어디론가 출발했어."

"조어도겠죠."

"그렇겠지. 그건 반가운 일인데 일본 지방호위대 함정들의 움직임이 심상치 않아. 8척으로 구성된 이지스함 1개 함대의 전단 구성이 깨졌고, 사세보항에 정박해 있던 구축함과 프리 깃함 10여 척이 지금 우리 해역으로 접근하고 있네."

기존 전단 체계까지 해체하면서 함대 구성을 재편하는 걸로 보아 지금 일본은 무척 다급한 상황인 듯했다. 어쨌든 일본 이지스함들을 독도 밖으로 몰아냈으니 민우의 일파대전 작전은 대성공이었다. 민우가 후속 조치에 대해 언급했다.

"이쯤에서 협상을 제안해보는 건 어떨까요?"

1차장의 대답은 단호했다.

"그건 안 돼. 저들이 먼저 제안하게 해야 해."

일반적으로 전쟁에서는 협상을 먼저 제안하는 쪽이 패배를 인정하는 것이 된다. 하지만 살벌한 대치 상황을 끝내려면 누군가는 먼저 손을 내밀어야 한다. 지금 쫓기는 쪽은 일본이다. 우리가 협상을 제안한다고 해서 일본이 그것을 승리로 해석하는 착각은 하지 않을 것이다. 지금은 패자가 아닌 평화주의자로서의 용기가 필요한 때라고 민우는 생각했다.

"《손자병법》에서 싸우지 않고 이기는 게 가장 큰 승리라고 하지 않습니까?"

민우의 말에 1차장은 못마땅한 표정으로 대꾸했다.

"지금 나를 가르치려 드는 건가?"

민우는 물러서지 않았다.

"이지스함이 철수했다 해도 재구성된 일본 해군력이 우리보다 뒤떨어지지는 않을 겁니다. 저들 함대를 계속 독도 인근에 머물게 한다면 일파대전 작전도 아무런 의미가 없어집니다."

"그건 내가 알아서 할 일이야. 다 생각이 있어."

민우는 자신 안에 내재된 정의와 타협 간의 갈등으로 고민하기 시작했다.

1차장의 야욕을 알고 있다. 엄청난 생명이 희생될 것이다. 막아야 한다. 하지만 1차장의 성격상 순순히 응할 리 없다. 결국 그와 맞서야 하지만 이길 수 없는 싸움이다. 타협할 것인가? 어차피 내 일도 아니지 않나. 일파대전의 성공으로 국정원의 신뢰도 얻었고, 외사과장이 석방은 물론 미래 또한 책임지겠다고 하지 않던가. 모른 척 눈 감으면 그만이다. 하지만 내가 만든 프로그램으로 수많은 사람이 죽는다. 평생 그 죄책감을 안고 살아갈 것인가?

민우는 상반된 두 개의 감정으로 고통스러웠다. 손끝이 떨렸다. 떨리고 있는 건 손뿐만이 아니었다. 심장과 입술, 온몸이 떨렸다. 분노가 솟구치고 있었다.

자신의 안위와 정의 사이에서 갈등하던 민우는 결국 한쪽 길을 택했다. 마음을 정하자 오히려 기분이 평온했다. 1차장의 보복을 감수할 마음의 준비가 된 것이다.

"독도 인근에 위치한 일본 함정에서 다시 미사일을 발사하겠다는 생각 말입니까?"

1차장의 얼굴이 허옇게 질렸다.

"네, 네가 어떻게 그걸?"

민우는 더욱더 큰 소리로 말했다.

"수많은 사람이 죽어도 전쟁을 벌이시겠다는 겁니까?"

1차장은 화가 났는지 안절부절못했다.

"안 되겠군. 우선 네놈 입부터 막아야겠어."

1차장은 급히 모니터를 껐다. 민우는 한숨을 내쉬며 고개를 숙였다. 자신에게 어떤 조치가 내려질지 충분히 짐작할 수 있었다. 민우는 두터운 외투를 걸쳤다.

잠시 후, 문이 열리며 베레모를 쓴 두 명의 사내가 들이닥쳤다. 민우는 순순히 그들을 따라나섰다.

민우는 방 안을 둘러보았다. 정들었던 이 방도 마지막이리라. 벨을 누르면 달려와 주던 메리 퀸도 이제는 볼 수가 없으리라.

요원들에게 끌려가면서도 민우는 몇 번이고 뒤를 돌아다봤다. 행여 메리 퀸의 모습을 볼 수 있지 않을까 해서였다. 그러나 메리 퀸의 모습은 끝내 보이지 않았다.

호송 차량은 이전과 달리 완전 밀폐되었다. 다시 죄수의 신분이 된 것이다. 각오하고 있었지만 이렇게 되고 보니 참으로 허망했다. 모르는 척하고 1차장이 하는 대로 내버려 두었으면 자신의 안위만큼은 보장받을 수 있었을 텐데. 정의를 외친다고 해서 들어줄 1차장도 아니었고 아무것도 이룬 것 없이 다시 죄수의 몸으로 돌아가야 하는 것이 너무나 허무했다.

얼마나 달렸을까? 호송 차량이 멈춰 섰다. 사내들은 민우의 눈을 검은 안대로 가리고 다시 어디론가로 끌고 갔다. 잠시 후 철문 소리가 들리더니 민우는 차가운 바닥으로 내동댕이쳐졌다. 안대를 풀고 보니 역시나 구치소였다.

사내들이 사라지자 이내 전등불이 꺼졌다. 구치소 안은 암실처럼 깜깜했다. 자신의 인생처럼 모든 것이 암흑으로 뒤덮여버렸다. 민우는 한기를 느꼈다.

얼마간의 시간이 지나자 누군가 걸어오는 소리가 들렸다. 발소리는 민우의 감방 앞에서 멈췄다. 한 뼘 남짓한 철문의 창이 열렸다.

"건방진 놈. 오냐오냐 하니까 대한민국 국정원을 우습게 봐?"

1차장이었다. 민우는 아무 말도 하지 않았다. 분에 겨워 그는 한참 동안 독설을 퍼부어댔다.

"거기서 네 맘대로 지껄여봐라. 이번 작전이 끝나는 대로 지옥으로 보내줄 테니까."

지옥! 두려움보다 허탈감이 밀려왔다. 민우는 낮은 목소리
로 말했다.

"복수는 또 다른 복수를 부를 뿐입니다."

어딘지도 모르는 암실 구치소의 생활은 청송교도소보다
가혹했다. 감방은 3평 남짓했다. 변기에선 악취가 풍겼고 난
방 시설이 없는 탓에 손발이 몹시도 시렸다. 전깃불이 들어오
는 건 하루 세 번, 식사 시간 때뿐이었다.

어둠은 민우를 공포 속으로 몰아넣었다. 국가 기밀을 알고
있는 자신을 국정원에서 암살할지도 모른다는 악몽에 시달
렸다. 하지만 그런 속에서도 사태가 어떻게 흘러가고 있는지
궁금해 견딜 수가 없었다. 배식자가 식사를 넣어줄 때마다 말
을 걸어봤지만 대꾸조차 들을 수 없었다.

또 얼마간의 시간이 흘렀다. 어두워 시간의 흐름조차 가늠
할 수 없었다. 그렇게 며칠이 지났을까. 발걸음 소리가 들리
더니 감방의 창이 열렸다.

"쯧쯧! 이 사람아! 얼마나 고생이 많나?"

외사과장이었다. 민우는 몸을 던지듯 문 쪽으로 다가섰다.

"지금 어떻게 되어가고 있습니까?"

민우는 인사도 없이 다짜고짜 외사과장에게 물었다. 외사

과장은 한숨을 내쉬었다.

"결국 일이 터지고 말았어. 독도 근해 일본 함정에서 미사일이 발사돼 일본 함선 1척이 침몰하고 말았네."

민우는 힘없이 고개를 숙였다.

"이후 어떻게 돌아가고 있습니까?"

"다행히 아직까지는 무력 충돌이 발생하지 않았네. 하지만 저들이 상황을 눈치챈 것 같아. 조금 전 무전 내용을 도청해 보니 일본이 전파변조기를 발견한 것 같더군."

"뭐라고요? 도대체 어떻게 설치했기에 발각됐단 말입니까?"

"북파공작원을 시켜 수중으로 침투했었나 보네. 작전이 끝나면 동력을 죽여 그대로 물속에 가라앉힐 계획이었는데 그만 일본 잠수함에 발각된 거지."

민우의 어깨가 무겁게 내려앉았다. 상황은 점점 최악으로 치닫는 듯했다. 입에 담기조차 두려운 말이 민우 입에서 나왔다.

"곧 전쟁이 터지겠군요."

"그럴 것 같네. 우리 군에도 준전시 태세인 데프콘2가 내려졌어."

기어이……. 어떻게든 1차장을 만류해야 했다. 일파모를 이용해서라도 1차장의 야욕을 꺾었어야만 했다.

"차장님은 어찌하고 있습니까?"

"전쟁을 하자고 큰소리치고 있어."

"이번 일이 차장님 소행인 걸 다른 분들도 알고 있나요?"

"상부 보고 없이 1차장님 독단으로 실행했어. 하지만 조어도 작전 때 국가비상대책회의에 공개한 내용이라 알 만한 사람들은 다 알 거야."

"반응은요?"

"좋을 리 없지. 1차장의 입장이 매우 난처해진 거야."

민우는 길게 한숨을 내쉬었다.

"제가 괜한 프로그램을 만들었나 보네요."

"아니야. 주변 강대국에 비해 취약한 우리 군장비를 감안한다면 자네의 프로그램은 수십조 원 이상의 가치를 한 거네. 다만 임자를 잘못 만났을 뿐이지."

한동안 서로가 말이 없었다. 절망을 동감하는 시간이 덧없이 흘러갔다.

"최대한 영양가 있는 식사를 넣으라고 지시했네. 미안하네. 내가 할 수 있는 일이 고작 이것밖에 없어서."

외사과장은 힘없이 돌아섰다. 민우는 멀어져가는 발소리를 향해 고마운 마음을 보냈다.

외사과장이 다녀간 지 서너 시간이 흘렀을까. 다시 밖에서 발걸음 소리가 들려왔다. 식사 배급이려니 했다. 그런데 뜻밖에도 배식구 대신 감방문이 열렸다. 복도의 희미한 형광등 불빛에도 민우는 눈이 부셔 고개를 들 수가 없었다. 어렴풋이 누군가 안으로 들어서는 모습이 보였고, 밖에서 다시 문을 잠그는 소리가 들려왔다.

"민우 씨! 저예요."

나지막이 들려오는 목소리에 민우는 자신의 귀를 의심했다. 분명 메리 퀸이었다.

"메리 퀸?"

"그래요! 저예요, 사령관님."

메리 퀸의 목소리는 낮고 차분했다. 이건 또 무슨 일이란 말인가? 메리 퀸이 어떻게 여기에? 반가움에 앞서 의구심에 마음이 불안했다.

"어떻게 된 겁니까? 하영 씨가 어째서 여길?"

민우는 어둠 속에서 놀란 목소리로 물었다.

"사령관님 혼자 계시면 심심할까 봐요."

메리 퀸은 짐짓 너스레를 떨었다. 민우는 메리 퀸의 어깨를 가볍게 흔들며 소리쳤다.

"대체 어떻게 된 겁니까? 혹시 저 때문에?"

"네! 사령관님이 떠나고 나니 따분해서요. 훗!"

민우가 몇 번이나 되물었지만 메리 퀸은 온 이유를 끝내 밝히지 않았다.

"사령관님! 그런 이야기 그만하고 재미있는 이야기나 들려주세요."

"무슨 이야기요?"

"그냥 아무 이야기나 좋아요. 소설책 읽은 이야기도 좋고 사령관님 살아온 이야기도 좋고."

"지금 어떻게 그런 얘길 할 수 있겠어요?"

"그럼 제가 하나 들려드릴까요? 인도에 한 여인이 있었어요."

메리 퀸은 예전에 읽은 소설 이야기를 들려주기 시작했다. 인도의 시성(詩聖) 타고르의 소설이었다. 한국 단편소설 〈빈처〉와 내용이 비슷했다. 가난하고 실력 없는 의사와 결혼해 헌신하는 어떤 인도 여인의 이야기.

도도하고 외곬수인 의사 남편을 위해 모든 걸 희생하던 아내는 결국 영양실조에 걸려 시력마저 잃어갔다. 남편은 아내의 시력을 되찾아주겠다고 큰소리 뻥뻥치며 엉터리 시술을 했고, 결국 여인은 눈이 멀어버린다. 그 후에야 남편은 아내의 희생이 얼마나 소중했는지를 깨닫고 참회의 눈물을 흘리며 사랑을 약속한다는 휴먼 스토리였다. 이야기를 끝내고 메리 퀸이 물었다.

"그 여자, 바보 같다고 생각하세요?"

"그냥 소설이잖아요. 요즘 그런 여자가 어디 있겠어요?"

"하지만 그 여자 입장이었다면 저도 그렇게 했을 거예요. 어차피 사랑하는 사람이 생겨도 전 그 사람에게 아무것도 해줄 수 없거든요."

"비현실적인 소설일 뿐입니다. 그런 식으로 비관하지 마세요."

"제 인생 자체가 비현실적인걸요."

어둠 속이라 서로의 얼굴을 볼 순 없었지만, 두 사람은 많은 이야기를 나누었다. 국정원이나 사이버전쟁 같은 이야기는 한마디도 하지 않았다. 비록 갇혀 있지만 민우는 그녀와 함께 있다는 사실만으로도 행복했다. 어둠 속에서 몸을 뒤척이는 소리가 들려왔다.

"저 좀 잘게요. 며칠 동안 잠을 못 잤어요."

옷깃 스치는 소리가 들리는가 싶더니 메리 퀸이 다가와 민우의 어깨에 머리를 기댔다. 얼마나 곤했는지 그녀는 이내 잠이 들었다. 민우는 상의를 벗어 그녀에게 덮어주었다. 문득 알퐁스 도데의 소설 한 문장이 떠올랐다.

별 하나가 내 어깨에 떨어졌다.

소중한 별 하나가 민우의 가슴에 내려앉고 있었다.

얼마나 지났을까.

암실에 불이 들어오고 쇳소리를 내며 감방문이 열렸다. 민우와 메리 퀸은 놀라 잠이 깼다. 암실로 들어선 이는 뜻밖에도 1차장이었다. 그는 피곤하고 초췌한 모습이었다. 헝클어진 머리카락과 덥수룩한 수염. 말쑥하던 이전과는 많이 달랐다.

1차장은 한동안 메리 퀸을 내려다보다 입을 열었다.

"하영아! 왜 이렇게 네 멋대로냐?"

불호령이 떨어질 거라 짐작했던 것과 달리 1차장의 목소리는 낮고 차분했다. 메리 퀸은 흩어진 머릿결을 매만지며 답했다.

"죄송해요, 아버지."

"조금만 기다리라 하지 않았니."

"그 말을 믿을 수가 없었어요."

1차장은 함께 동행한 기관원들을 밖으로 물리고 문을 닫았다. 1차장이 다시 메리 퀸을 향해 입을 열었다.

"내가 지금껏 네게 거짓말한 적 있더냐?"

"아니요. 그러신 적 없어요."

"그런데 왜 이 아비를 못 믿는 게냐?"

"다신 민우 씨 얼굴을 못 볼 거 같아서."

1차장은 한숨을 내쉬며 메리 퀸에게 손을 내밀었다.

"어서 가자꾸나. 너 말고도 이 애비는 힘든 일이 많아."

메리 퀸은 1차장의 손을 뿌리치며 고집을 부렸다.

"사령관님과 함께라면 가겠어요."

"어허!"

1차장은 난감한 얼굴로 다시 손을 내밀었다. 그러나 메리 퀸은 꼼짝하지 않았다. 급기야 1차장은 화를 냈다.

"다 큰 놈이 이게 무슨 짓이야."

메리 퀸은 1차장을 빤히 쳐다보며 물었다.

"아버지! 하나만 물어볼게요."

"뭘?"

"아버지는 살아오면서 언제가 가장 행복하셨어요?"

메리 퀸의 애절한 눈빛에 1차장은 일단 자리에 앉았다. 그의 얼굴엔 회한과 피로의 빛이 역력했다.

"난 일에 미쳐 결혼이란 것조차 잊고 살았다. 일이 내 인생의 전부였고 남들이 그걸 인정해줄 때가 가장 행복했어."

"그래요, 아버지. 남자는 누군가로부터 인정받고 존경받기 위해 일생을 걸죠. 그게 행복이라 여기면서요. 하지만 전 뭐죠? 전 무엇으로 행복할 수 있는 건가요. 좋아하는 사람이 생기면 안 되나요? 저도 이젠 행복해지고 싶어요."

1차장은 숨이 턱 막혀왔다.

"너희 만난 지가 얼마나 됐다고 벌써 사랑타령이냐?"

1차장은 어이없다는 듯 말했다. 민우도 당황스럽기는 마찬가지였다. 그녀에게 이성적인 호감을 갖고 있기는 했지만 이런 자리에서 그녀의 입을 통해 좋아한다는 말을 듣게 될 줄은 상상도 못했다. 1차장의 말대로 그 짧은 기간에 얼마나 깊은 감정을 나눌 수 있었겠는가.

그러나 메리 퀸은 분명하게 말했다.

"태어나서 지금까지 누군가를 좋아해본 적이 없어요. 누군가에게 마음을 열어 보인 적도 없어요. 그런데 민우 씨는 처음으로 그런 감정을 느끼게 해준 사람이에요."

1차장은 단호히 말했다.

"불장난 같은 거다. 금방 타오른 불은 금방 꺼지는 법이야."

메리 퀸은 울먹였다.

"절 그렇게 쓸쓸한 곳에 가둬놓고 불쌍하다고 생각해본 적은 없으세요? 저도 사람이에요. 요원이기 전에 외로움 때문에 눈물을 흘리는 여자란 말예요."

"……."

"맞아요. 그냥 지나가는 불일지도 몰라요. 전 사랑이라는 게 뭔지 몰라요. 하지만 이 사람 옆에 있으면 행복해요. 그 행복을 그냥 지켜봐 주시면 안 되나요?"

1차장은 크게 한숨을 쉬며 중얼거리듯 말했다.

"철없구나. 왜 하필 죄수 신분인 이 사람이냐?"

"아버지가 풀어주실 수도 있잖아요."

"그게……."

1차장은 지쳤다는 듯이 고개를 흔들었다. 이어 민우에게 고개를 돌리더니 쏘아붙였다.

"너 도대체 우리 하영이에게 무슨 짓을 한 거야?"

민우가 머뭇거리자 메리 퀸이 나섰다.

"처음으로 제가 소중한 사람임을 알게 해준 분이에요. 무너지는 얼음덩어리를 자신의 몸으로 막아 저를 구해줬다고요. 나를 위해 이렇게 피를 흘려주는 사람도 있구나, 아, 나도 사람이었구나. 민우 씨는 그런 걸 느끼게 해주었어요."

1차장은 난감한 듯 눈을 감은 채 한동안 말이 없었다. 잠시 후 눈을 뜨고는 민우를 찬찬히 쳐다보았다. 지금껏 그에게서 한번도 볼 수 없었던 눈빛이었다.

"자네한테 면목이 없네. 자넬 이용만 하고 이런 곳에 가둬 놓다니. 보안상 어쩔 수가 없었네. 용서하게."

사람의 마음이란 참으로 간사하다. 민우는 가슴에 맺힌 1차장에 대한 서운함과 분노의 응어리가 눈 녹듯 풀어지는 것을 느꼈다. 지금 1차장의 모습은 국정원 간부가 아닌 메리 퀸의 아버지였다. 그리고 바로 그것이 민우의 마음을 열리게 했다.

"현재 상황은 어떻습니까?"

민우는 짐짓 다른 곳으로 화제를 돌렸다.

"일이 꼬일 대로 꼬였어. 전파변조기가 일본에 들통나서 시끄러워졌어. 지금 조어도에 가 있던 이지스함 묘코 함대와 베링해의 이지스함 아타고 함대 그리고 본토에 있던 일본 지방호위대 함정들이 다시 독도 쪽으로 몰려들고 있어. 이젠 함정 수에서도 우리가 밀릴 것 같아."

일파대전 작전의 성공에도 상황은 원점으로 돌아갔다. 아니 이젠 일본 함정 침몰과 조어도 사건이 한국 소행으로 탄로난 만큼 전쟁은 피할 수 없는 상황이 되었다. 전쟁! 드디어 전쟁이 시작되는 것이다.

"차장님 여쭤보고 싶은 게 있습니다."

"뭔가?"

"정말 전쟁을 원하십니까?"

1차장은 고개를 저었다.

"누가 전쟁을 좋아하겠나. 하지만 우리 함선이 당했는데 그냥 힘없이 물러서는 게 싫었어. 당한 만큼 되돌려주고 싶었을 뿐이야."

"그럼 이제부터 어떻게 되는 겁니까?"

"일이 복잡해. 데프콘2가 발령되면서 군 작전권이 한미연합사로 넘어가 버렸어. 이제 우리 군대를 미국이 지휘하는 거야."

"작전권이 미국에게요? 이건 대북전쟁이 아니잖습니까?"

"그러게 말이야. 미국 놈들 무조건 우리 해군을 독도에서 철수시키라고 난리야. 물론 우리도 강하게 맞서곤 있어. 추가 함정 파견을 요구하고 있지만 저놈들은 들은 척도 안 하는군."

"차장님 입장이 난처하시겠군요."

"그래. 이번 사건의 배후가 나라는 게 알려지면서 안팎으로 지탄을 받고 있어. 하지만 난 지금도 필요하다면 전쟁을 치러야 한다고 생각하네. 치욕보다야 죽음이 남자답지 않나?"

"하지만 승산이 없잖습니까?"

"그게 문제지."

1차장은 며칠째 깎지 못해 수염으로 뒤덮인 턱을 매만지며 말했다.

"난 내일 새벽 독도로 떠나네. 그 전에 하영이를 데려갔으면 마음이 편하겠네만……."

메리 퀸이 놀라서 물었다.

"독도에는 무슨 일로요?"

"대통령께서 나더러 직접 가라 하시는군."

"아버지는 군대 지휘권이 없잖아요?"

"일종의 문책인 셈이지. 가서 독도 해군 전단 사령관과 함께 작전을 수행하라지만 누가 내 명령을 따르겠나. 결국 그곳으로 가서 네가 저지른 일을 네 눈으로 확인하라는 거지."

"어쩌다가 아버지 위상이……."

"민우 군의 말을 듣지 않았던 게 큰 잘못이지. 일본 구축함을 침몰시킨 건 속이 후련하다만 그 기분에 도취돼서 책임지지 못할 일을 저지르고 말았어."

민우가 눈을 반짝였다.

"차장님! 저도 독도에 데려가 주십시오."

1차장은 허탈하게 웃으며 말했다.

"허허, 이젠 자네까지 나의 초라한 종말을 확인하고 싶다는 건가?"

"아닙니다. 이왕지사 이렇게 된 거 싸워야지요. 그리고 이겨야지요."

1차장은 고개를 저었다.

"우린 일본의 상대가 안 돼."

민우가 반박했다.

"언제는 우리에게 유리한 적이 있었습니까? 하지만 우리는 일파대전을 승리로 이끌며 일본을 곤경에 빠뜨렸습니다."

1차장은 한숨을 내쉬었다.

"그것도 나 때문에 다 망친 거지. 난 이 길로 미국 대사를 만나러 갈 생각이네."

"미국 대사는 왜요?"

"가서 사정을 해봐야지. 중재 좀 해달라고. 미국이라면 충분히 그럴 수 있을 거야."

"차장님!"

"그리고 난 좀 쉬어야겠어. 일이 마무리되면 어디론가 떠날 생각이네."

1차장은 또다시 고개를 숙였다. 메리 퀸이 1차장의 손을 붙잡았다. 1차장은 그녀의 어깨를 두드렸다.

"네가 걱정이구나."

두 사람의 눈가에 눈물이 맺혔다. 민우는 현재 시간을 물었다. 1차장은 휴대폰 시계를 보았다. 오후 6시였다.

"내일 몇 시에 독도로 출발하십니까?"

"아침 7시에 포항에서 헬기로 출발하네."

"그럼 13시간 정도 여유가 있군요. 일어나세요. 시간이 없습니다."

민우는 어리둥절해하는 1차장의 손을 잡아당겼다.

"왜 이러는 건가?"

"전쟁입니다. 이러고 있을 시간이 없다고요."

메리 퀸도 1차장의 손을 당기며 맞장구쳤다.

"그래요, 아버지! 빨리 나가요."

민우와 메리 퀸은 양쪽에서 1차장의 팔을 붙잡고 문 밖으로 나섰다.

16.
신무기를 제작하라!

세 사람이 도착한 곳은 1차장 집이었다. 의외로 소박했다. 한 뼘 정도의 마당이 있는 낡은 한옥이었다. 메리 퀸이 귀띔해준 바에 따르면 1차장은 월급의 대부분을 인근 양로원으로 보낸다고 했다.

방에 들어선 민우는 컴퓨터 먼저 찾았다. 그런데 컴퓨터의 전원이 켜지질 않았다. 전원 스위치를 계속해서 누르자 1차장이 말했다.

"어제 하마모데가 공격을 해왔어."

하마모데의 공격이란 말에 민우는 화들짝 놀랐다.

결국…….

하지만 그로서도 어쩔 수 없었을 것이다. 자국 함정이 사이버공격을 받아 침몰됐으니 그의 반격은 당연한 게 아닌가. 이제 그와의 신사협정도 물거품이 되어버렸다. 결국 오프라인 전쟁 못지않은 처절한 사이버전쟁이 시작된 것이다. 마음이 무거웠다.

1차장이 침대에 걸터앉으며 말했다.

"자네를 구치소로 보낸 다음 날, 하마모데에게서 연락이 왔었어. 자네를 풀어주지 않으면 공격하겠다고 협박하더군."

"그래서요?"

"그 말을 무시하고 사이버 대원들에게 공격에 대비하라고 지시했지. 그런데 하마모데의 공격은 인터넷을 통한 공격이 아니었어."

"그럼 어떤 공격이었습니까?"

"한전을 공격했어. 어떤 원리인지 모르겠지만 순식간에 전자제품이 불타고 공장이 멈췄어. 다행이라고 해야 할지 모르겠지만 서울만 제한적으로 공격했더군."

컴퓨터 케이스를 벗겨내고 내부를 살피던 민우가 말했다.

"전자폭탄이군요."

"전자폭탄? E-Bomb 말인가?"

"예!"

"그럼 저들이 우리에게 전자폭탄 미사일을 발사했다는 건가? 그런 적은 없었어."

"아니요. 미사일을 발사했다는 게 아닙니다. 물론 걸프전에
서 미국이 순항미사일에 전자폭탄을 장착해 이라크의 모든
레이더망과 전자제품을 파괴한 적이 있죠. 하지만 하마모데
는 미사일에 장착한 게 아닙니다."

"그럼?"

"변압기를 소규모 전자폭탄으로 만들어버린 겁니다."

1차장은 고개를 갸우뚱거렸다.

"그게 가능한가? 전자폭탄은 고주파 원리인데 변압기로
전자폭탄을 만든다?"

민우는 하마모데의 전자폭탄 공격 원리를 설명했다.
고원자를 저원자에 발사해 거기서 나오는 전자기 펄스
(Electromagnetic Pulse)를 압축해 순간적으로 터트리는 것이 전
자폭탄의 원리였다. 즉 고에너지 상태의 빛(광자)을 원자번호
가 낮은 원자에 쏘면 전자를 방출한다는 원리를 이용해 전자
폭탄 내부에 초기 전자기 펄스가 만들어지면 이를 수천만 암
페어의 강한 전자기 펄스로 압축하는 것이다.

압축된 전자기 펄스가 지면으로 발사되면 사람의 인체에
는 손상을 입히지 않고 반도체를 이용하는 모든 전자제품만
과열되어 불타게 된다.

일반 가정의 정격 전압보다 변압기의 전압이 더 높으니 이론상으로는 충분히 가능한 일이었다. 다만 대용량으로 압축하는 장치가 없으므로 파괴 반경이 그다지 넓지 않다는 한계가 있었지만 서울 시내에는 엄청나게 많은 변압기가 있어서 파괴력이 대단했던 것이다.

1차장은 한동안 생각에 잠겼다. 잠시 후 1차장이 민우에게 물었다.

"그거였나? 하마모데가 자네에게 가르쳐준 공격 내용이?"

이번에는 메리 퀸이 나섰다.

"하마모데가 사령관님에게 가르쳐준 공격 내용은 그게 아니에요. 아시아태평양네트워크정보센터를 통한 국내 DNS의 단절이었어요."

1차장은 놀라는 표정으로 메리 퀸을 바라보았다. 민우가 얼른 말을 가로챘다.

"그래서 제가 말씀드렸지 않습니까. 내용을 알아도 소용없을 거라고."

"그건 또 무슨 말인가? 알아도 소용이 없었다니."

"하마모데의 공격 내용은 형식적인 거였습니다. 보시다시피 실제 공격 내용은 그게 아니었잖습니까?"

"그럼 그가 원한 건 무엇이었단 말인가?"

"하마모데가 원한 건 전쟁이 아니었습니다. 대화를 하자는 메시지였고, 저하고 바둑을 두자는 것이었습니다. 그걸 국가적인 차원에서 하기 위해 저를 우리나라 대표로 선정해달라고 했던 겁니다. 하지만 제가 감금되는 순간 하마모데는 일이 이렇게 흘러갈 걸 예상했던 겁니다. 그걸 우려해 저를 풀어주라고 협박했던 거고요."

"그런 줄도 모르고 나는 자네가 그자와 내통하고 있다고 생각했지. 그래서 자네를 간첩죄로 처벌하려 했어."

민우는 자신의 의견을 힘주어 말했다.

"이제까지의 정황으로 미루어볼 때 우리는 두 가지 결론을 내릴 수 있습니다."

"두 가지?"

"하나는 하마모데가 어떤 형태로든 일본 해군과 사이버부대를 장악했다는 겁니다. 일본 해군의 움직임과 사이버부대의 행동이 정확히 일치하니까요. 또 하나는 저들이 조어도 미사일 사건이나 독도 근해의 일본 구축함 격침 사건이 우리의 소행이란 걸 의심하면서도 아직 확증은 잡지 못했다는 겁니다."

"어떻게 그렇게 확신하나?"

"저들이 전파변조기를 해독했다면 하마모데는 서울이 아

닌 우리나라 전체를 공격했을 테니까요."

1차장은 혀를 내둘렀다.

"자넨 도대체 그런 재주를 어디서 배운 건가? 전쟁 심리학까지 꿰뚫고 있지 않은가?"

곁에 있던 메리 퀸이 웃으며 끼어들었다.

"아버지! 제가 사람 잘 봤죠?"

"허허, 이 녀석!"

1차장의 얼굴에 모처럼 웃음꽃이 피어났다. 민우는 서둘렀다.

"하마모데의 등장은 우리에게 희망이 될 수 있습니다."

"하마모데가? 그자는 우리를 공격한 사람이 아닌가?"

"그렇긴 하지만 예와 덕을 갖춘 사람 같거든요. 어쩌면 그는 우리와 일본의 화해를 원하고 있을지도 모릅니다. 그가 중재자로 나설 수도 있어요."

그러나 1차장은 여전히 부정적이었다.

"하지만 이 지경에 무슨 협상을 하겠나. 전쟁밖에……."

"그렇습니다만 아직 희망은 있습니다."

"어떤 희망?"

"일본 함정 침몰 사건이 우리의 소행이라는 게 입증될 때까지 저들은 공격하지 않을 겁니다."

"그럼?"

민우는 조어도 쪽으로 화제를 돌렸다.

"현재 조어도 상황은 어떻습니까?"

"거기도 긴박해. 3국 함선들이 전대를 형성해 최단거리에서 밀고 밀리는 형국이야."

"바로 그겁니다. 우리는 거기서 일본 함대의 대응전술을 예상해볼 수 있어요."

"어떤 예상을?"

"아직 결정적 증거가 확보되지 않았고 경제수역마저 명확하지 않으니 증거가 확보될 때까지 저들은 함선으로 상대를 밀어붙이는 전술을 쓸 겁니다."

"함정으로 우리 군함을 밀어붙인다 그 말인가?"

"예! 현재 조어도에서도 그렇게 하고 있지 않습니까."

1차장은 고개를 끄덕였다.

"그리고 하마모데의 공격에서 저는 큰 아이템을 얻었습니다."

"어떤?"

"우리의 새로운 공격무기에 관한 거죠. 펄스 방식을 이용한 펄스건을 만드는 겁니다. 시간이 너무 촉박하군요."

1차장은 펄스건에 대해 물었다.

"펄스건? 그건 또 뭔가?"

"전자폭탄의 원리를 이용한 일종의 전자대포입니다."

"전자폭탄을 대포로 쏜다 그 말인가?"

"예. 펄스 추출은 현재 우리나라 기술로도 충분합니다. 다만 플럭스압축장치(FCG)라고 불리는 압축저장장치를 개발하지 못했을 뿐이죠. 이 장치는 추축된 펄스를 최대한 압축해두었다가 폭발 시 영향 반경을 넓히고 파괴력을 강화시키는 역할을 합니다. 그러니까 쉽게 설명하자면, 우리는 현재 폭약은 있는데 그걸 안전하게 담아둘 탄피를 못 만든 셈이에요."

"거기까진 이해하겠네만 만들 수도 없는 폭탄을 어떻게 하겠다고?"

"하마모데가 변압기를 이용해 전자폭탄 공격을 한 원리를 그대로 이용하는 겁니다. 함선 내에는 강력한 발전기가 있습니다. 어떤 형태로든 펄스압축장치를 만들고, 발전기를 이용해 그걸 증폭시켜 일본 함대에 쏘는 겁니다."

"그렇게 되면……."

"전자폭탄이 되는 겁니다. 일본 함대의 모든 전기, 전자부품이 파괴됩니다. 미사일과 레이더는 기능을 완전히 상실하고, 함포는 사람이 직접 쏴야 하는 장난감이 되어버리죠."

1차장은 민우 가까이 얼굴을 내밀었다.

"가능할까?"

"가능하다는 걸 하마모데가 입증해주었잖습니까? 시간이 촉박한 게 문젭니다."

"그럼 어떻게 하면 되겠나?"

"차장님께서는 어떤 방법으로든 포신을 만들어주십시오. 저는 펄스 개발회사 사람을 만나보겠습니다. 어떤 일이 있어도 저들이 전파변조기를 판독해내기 전에 펄스건을 만들어야 합니다."

"알겠네! 포신은 어떻게 만들면 되겠나?"

민우는 종이와 펜을 가지고 와 1차장에게 간략한 설계도를 그려 보였다. 제법 긴 나팔관 형태였다. 민우는 삼각함수를 이용해 무언가를 계산하더니 3이란 숫자를 도출했다. 이어 종이에 3이라 적고 1차장에게 설명했다.

"이게 포신의 각도입니다. 너무 커도 너무 작아서도 안 됩니다. 정확히 경사각이 3도여야 해요."

"알겠네. 이건 S&T중공업에 긴급 의뢰하겠네."

"그렇게 해주십시오. 그럼 전 펄스 개발회사와 만나 협상을 하겠습니다."

"얼마든지 베팅하게. 책임은 내가 지지."

1차장은 국정원에 전화를 걸어 즉시 S&T중공업 회장과

만날 자리를 만들라고 지시했다. 곁에 있던 메리 퀸이 보일러 스위치를 누르며 말했다.

"아버지! 좀 씻고 나가셔야죠."

1차장은 거울을 보았다. 그제야 자신의 초췌한 얼굴을 확인하곤 쓴웃음을 지었다.

"사령관님도 씻고 나가세요."

메리 퀸의 말에 민우도 거울을 보았다. 민우 역시 쓴웃음을 지었다. 꾀죄죄한 얼굴에 제멋대로 헝클어진 머리카락, 수염마저 덥수룩하니 노숙인이 따로 없었다.

"하여튼 남자들이란."

메리 퀸이 혀를 찼다.

민우는 부사령관 이철주의 사무실을 찾았다. 이철주와 낯선 사내 한 명이 그를 기다리고 있었다. 민우와 이철주는 뜨거운 포옹으로 인사를 나누었다.

"어찌 된 겁니까? 사령관님!"

"죄송합니다. 자초지종은 나중에 설명해드리죠. 이분이 그분입니까?"

이철주와 함께 민우를 기다리던 30대 중반의 남자가 일어서며 악수를 청했다.

"반갑습니다. 펄스피아 대표이사 안상준입니다."

인사가 끝나자마자 민우는 단도직입적으로 물었다.

"지금 펄스피아의 기술력은 어느 정도입니까?"

"펄스 기술로만 따진다면 세계 최고 수준입니다. 다만 자금 문제로 마케팅을 제대로 못하고 있어……."

민우가 안 사장의 말을 잘랐다.

"사업 이야기는 다음에 듣겠습니다. 펄스의 영향 반경은 어느 정도나 됩니까?"

민우의 태도가 불쾌했던지 안 사장 얼굴이 굳어졌다.

"영향 반경이라니요?"

"이를테면 살상 반경 같은 거 말입니다."

"그건 설치 장비나 농축 케이스의 크기에 따라 조절할 수 있습니다만."

"그 거리가 얼마나 됩니까?"

"글쎄, 그건 어떻게 농축하느냐에 따라 다르다니까요."

"좀 구체적으로 말씀해주십시오."

안 사장은 갑자기 짜증을 내며 소파에서 벌떡 일어섰다. 그러고는 인상을 구기며 쏘아붙였다.

"이것 보세요. 이게 뭡니까? 자는 사람 깨워서 나오라 해놓고 지금 무슨 심문하는 겁니까?"

민우는 그제야 자신의 결례를 깨달았다. 마음이 급한 탓이었다. 이철주가 두 사람에게 음료수를 권하며 분위기를 누그러트렸다. 민우는 진심으로 사과의 말을 건넸다.

"국가 안위에 대단히 중대한 일이라 결례를 범했습니다. 안 사장님께서도 전자폭탄의 원리는 알고 계시죠?"

안 사장은 마지못해 소파에 다시 앉았다.

"잘 알지요. 우리가 개발 중인 펄스와도 관계있으니까요. 수시로 국방과학연구원이란 데서 전화가 오곤 합니다. 귀찮을 정도죠."

"저도 안 사장님 좀 귀찮게 해야겠습니다."

안 사장은 손부터 내저었다.

"전자폭탄 이야기라면 싫습니다. 전 우리 기술이 무기로 사용되는 거 절대 반대입니다."

"그럼 가능은 하다는 이야기네요?"

"농축기술이 조금 어려울 뿐 별거 아니에요. 하지만 돈도 많이 들고 개발할 생각도 없습니다."

안 사장은 완강했다. 그를 설득하기는 어려워 보였다. 민우는 잠시 고민했다. 사업가에게 절실한 건 자금일 터, 필요한 건 얼마든지 베팅하겠다던 1차장의 말이 떠올랐다.

"그럼 아까 하던 사업 이야기 좀 해볼까요. 현재 펄스피아의 재정 상태는 어떻습니까?"

안 사장은 인상을 찌푸리며 비아냥거렸다.

"빚이라도 대신 갚아주겠단 말입니까?"

기다렸다는 듯 민우가 대답했다.

"예!"

안 사장은 기가 차다는 표정으로 반문했다.

"도대체 내게 원하는 게 뭡니까? 뭘 원하는데 그런 사기까지 치는 겁니까?"

"사기가 아닙니다."

안 사장은 다시 짜증을 내며 일어섰다.

"더 이상 듣고 싶지 않아요. 전 이만 가보겠습니다."

민우는 안 사장을 붙들고는 황급히 1차장에게 전화를 걸었다. 안 사장에게 수화기를 넘기자 1차장은 그에게 국정원으로 와달라고 요청했다.

세 사람은 국정원 1차장실로 들어섰다. 그제야 안 사장은 민우의 말을 믿는 눈치였다. 그 사이에 벌써 2시간이라는 금쪽같은 시간이 흘러가고 있었다.

1차장은 일행에게 자리를 권하며 말했다.

"상황이 급합니다. 인사는 나중에 나누기로 하고 우선 안 사장님께서 개발 중인 펄스에 대해 간략히 설명해주세요."

"저희 펄스피아에서 연구 중인 펄스는 제4세대 메모리 나노 증폭용으로 개발하고 있습니다. 3세대 메모리인 반도체는 이미 한계에 이르렀습니다. 가장 대표적인 예로 휴대폰상에서의 무선인터넷을 들 수 있죠. 반도체로서는 IMT-2000을 완성할 수가 없어요."

1차장이 양해를 구했다.

"죄송하지만 쉽게 요약해줄 순 없을까요?"

"한마디로 저희가 개발 중인 펄스는 차후 휴대폰에 반도체 대신 나노 메모리가 부착됐을 때 휴대폰 속도를 향상시키는 메모리입니다. 현재 휴대폰 기지탑에서 전자파 대신 소량의 펄스를 쏘는 원리로 말입니다."

1차장이 다시 물었다.

"그럼 소량이 아니고 대량으로 발사하면 어떻게 됩니까?"

"그게 바로 전자폭탄입니다. 모든 전자제품이 불타버립니다."

"농축은 가능합니까?"

"농축에는 성공했습니다. 지금은 노트북에 나노 메모리가 부착됐을 때 휴대폰에서와 동일한 기능을 수행할 수 있도록 테스트 중입니다만, 정격 출력을 맞추지 못해 죄 없는 노트북만 엄청 태워먹었지요."

민우가 나섰다.

"제가 여쭤본 게 바로 그겁니다. 그 영향 반경이 어느 정도 입니까?"

"진작 그렇게 물어보셨어야죠. 저희가 만든 농축 저장장치는 마이신 크기 정도의 캡슐인데 그거 하나로 100미터 이내의 모든 노트북이 타버렸습니다. 그래서 실험도 산속에 들어가서 했습니다."

민우가 손가락을 튕기며 반색을 표했다.

"그럼 됐습니다."

1차장이 물었다.

"뭐가 됐다는 건가?"

"그 정도면 영향 반경을 충분히 확보할 수 있습니다. 계산상 2킬로미터까지는 확보할 수 있겠군요."

"뭐가 뭔지 모르겠지만 어쨌든 됐다니 반갑군."

민우가 안 사장에게 물었다.

"안 사장님! 농축 마이신은 현재 몇 개나 가지고 계십니까?"

"보유 중인 건 하나도 없습니다. 워낙 위험한 물건이라 만들어두지 않습니다."

만들어놓은 펄스 캡슐이 하나도 없다! 민우와 1차장의 표정이 동시에 일그러졌다.

민우가 안 사장에게 되물었다.

"그럼 개당 만드는 시간은 얼마나 걸립니까?"

"12시간 이상은 걸립니다."

"대량으로 만들 수는 없습니까?"

"만들 수야 있지만 시간이 더 걸리겠죠. 재료도 사와야 하고……."

이번에는 1차장이 나섰다.

"그럼 만들어주시오. 지금 당장."

안 사장은 황당하다는 표정을 보이며 반문했다.

"지금 당장이라고요?"

"그렇소! 인력과 장비는 얼마든지 지원해드리리다."

안 사장은 또다시 특유의 짜증 섞인 표정을 지으며 투덜댔다.

"사람만 많으면 뭐 합니까. 기술자가 필요하지."

"어쨌든 지금 당장 직원들을 비상소집해 작업을 시작해주세요."

안 사장은 어이가 없다는 듯 언성을 높였다.

"아무리 국정원이라지만 이건 너무하지 않나요? 지금은 모두가 잠든 시간이고 설령 직원들이 온다고 해도 재료는 어디서 구하라는 겁니까?"

1차장은 안 사장을 설득하기 시작했다.

"보상은 충분히 하겠습니다. 캡슐 한 개당 얼만가요?"

"1천만 원은 받아야겠습니다."

터무니없이 비싼 금액이었다. 펄스 캡슐을 만들 의사가 없다는 표현이었다. 그러나 1차장은 한술 더 떴다.

"좋소. 개당 1억 원씩 지급하겠소. 그리고 12시간에서 1시간 줄이는 데 개당 1천만 원씩의 인센티브를 지급하겠소."

놀란 안 사장이 반문했다.

"그, 그게 정말입니까?"

"국정원 1차장의 직책을 걸고 약속하겠소. 어이, 박 계장!"

1차장은 즉시 부하 직원을 불러 펄스 캡슐 제작에 필요한 모든 조치를 취할 것과 이후 안 사장과 동행하라는 지시를 내렸다.

1차장실을 나서며 민우는 이철주에게 물었다.

"부사령관님! 어제 일본의 사이버공격이 있었던 사실 아시죠?"

"예. 알고 있습니다."

"내일, 아니 새벽 2시가 넘었으니 오늘이네요. 오늘 우리 사이버 민병대도 일본에 최후의 일격을 가할 겁니다."

이철주는 심각한 표정으로 목소리를 낮추며 물었다.

"코덱 바이러스 공격 말씀입니까?"

"예! 신사협정은 깨졌습니다. 그리고 저들은 아마 또 다른 대규모 공격을 준비하고 있을 겁니다."

"그렇다면 지금 당장 반격해야지요."

민우는 고개를 저었다.

"하마모데의 이번 공격에는 납득할 만한 사유가 있었습니다. 하지만 재차 공격의 기미가 보이면 이번에는 우리가 먼저 저들을 무력화해야 합니다. 오늘은 종일 휴대폰을 켜두시고 컴퓨터 곁을 떠나지 마십시오. 꼭입니다."

"하지만 공격 버튼은 사령관님이 누르셔야죠."

"전 독도로 가야 합니다. 전화드릴 테니 부사령관님이 작동시켜주십시오."

1차장은 서둘러 포항으로 떠날 준비를 했다. 민우가 1차장에게 물었다.

"차장님! 포신은 어떻게 됐습니까?"

"촉박하지만 최선을 다해주기로 약속했네."

"다행입니다. 그럼 이제 해군사령부에 전화를 해두시는 건 어떨까요?"

"해군사령부에 전화를?"

"군대 조직이라 그곳 지휘관들 다스리기가 쉽지 않을 겁니다. 미리 해군참모총장님께 부탁을 해놓는 것이 어떨까 싶어서요."

서로 어울리지 않는 조직이니만큼 이쪽에서 먼저 조치를 취해 유리한 입지를 선점해두어야 했다. 명석하게 상황을 파악하는 민우를 보면서 1차장은 마음이 든든해져 자기도 모르게 미소를 지었다.

"그럼 해군참모총장이 아니라 임호준 해군작전사령부 부사령관에게 연락해야겠군."

임호준 부사령관은 지난번 일파대전 때 만난 적이 있었다.

"해군참모총장은 곧 전역할 사람이라서 젊은 장교들에게 영향력이 없거든. 인사권이 있는 임호준 부사령관의 지시라면 간이라도 빼줄 거야."

이야기가 수월하게 진행되지 않는지 20분이 지난 후에야 1차장은 수화기를 내려놓았다.

"역시 쉽지 않군. 내게 주는 마지막 퇴임선물이라나. 하참!"

"퇴임요?"

"그래! 이젠 나도 늙었어. 좀 쉴 때가 된 거야."

17.
학익진

동틀 무렵, 민우 일행은 국정원 헬기에 올랐다.

헬기가 이륙한 지 얼마 지나지 않아 일출이 시작됐다. 헬기에서 바라보는 일출은 형언할 수 없을 정도로 아름다웠다. 오늘은 결전의 날, 저기 붉은 태양은 전쟁터로 나가는 병사들의 가슴속으로 파고드는 장엄한 교향곡과도 같았다. 저 태양 아래서, 수많은 젊음이 쓰러져갈 것이다.

모두의 표정이 딱딱하게 굳어 있었다. 민우가 말했다.

"정말 다행입니다."

"뭐가 말인가?"

"날씨 말이죠. 폭풍주의보가 내리면 어쩌나 걱정했는데."

폭풍이 불면 3000톤급 이상의 함정이라야 작전이 가능했다. 결국 한국 함정의 3분의 2가 피항을 해야 하는 것이다. 그러나 날씨가 청명해 그럴 염려는 없었다. 하늘을 보며 크게 심호흡을 하는 1차장의 표정에도 안도의 빛이 역력했다.

헬기가 포항에 도착한 것은 예정된 오전 7시가 조금 넘어서였다. 베레모를 쓴 군인들이 거수경례를 하며 1차장 일행을 맞이했다. 일행은 다시 군용 헬기로 갈아탔다. 동해의 푸른 물결 위로 물보라를 남기며 항해하는 선박들의 모습이 마치 거장의 예술작품과도 같았다.

민우가 1차장에게 물었다.

"이번 작전명은 뭐라 할까요?"

"작전명? 그건 우리가 정할 수 있는 게 아니지."

"압니다만, 미리 지어둘 필요도 있을 것 같아서요."

"하긴 그렇군. 어떤 게 좋을까?"

메리 퀸이 먼저 제안했다.

"독도대첩 어때요?"

1차장은 고개를 갸웃했다.

"너무 직설적인 거 아냐?"

이번에는 민우가 제안했다.

"학익진은 어떻습니까?"

"학익진이라. 이순신 장군이 한산대첩에서 사용했던 그 전술 말이지?"

"예! 일본 해군을 무찌르는 의미도 있고, 더군다나 하마모데가 이순신 장군을 존경했다는 도고 제독의 손자라니 그 의미도 가르쳐줄 겸이요."

1차장은 진지하게 고개를 끄덕였다.

"의미가 있군. 그래, 이번 작전명은 학익진으로 하지."

희미하게 섬의 윤곽이 드러나기 시작했다. TV에서만 보던 독도를 직접 바라보는 민우의 가슴에는 형언하기 어려운 감동이 솟아올랐다. 인간의 영욕에 병든 이름을 거두고 가슴으로 독도를 보았다. 독도는 장엄 그 자체였다. 헬기 소리에 놀란 물새들이 창공으로 솟아오르자 장관은 최고조에 달했다.

민우는 문득 독도(獨島)라는 이름에 무정함을 느꼈다. 이토록 외진 바다에서 온갖 시련을 겪고 있는 섬에 왜 '홀로 외로운 섬'이란 이름을 붙인 걸까. 더 희망적인 이름을 지녀야 하는 것은 아닐까.

독도 너머에 한국 해군 함정들이 대열을 갖추고 있었다. 그 뒤로 일본 함대의 모습도 어렴풋이 보였다.

헬기는 사령선인 충무공 이순신함에 착륙을 시도했다. 선수에 975라는 숫자가 적힌 4500톤급의 이순신함은 한국에 6척뿐인 문무대왕급 함정으로 3개의 탑신이 철갑으로 둘러

싸여 있어 이지스함과 외형이 유사했다. 길이 149.5미터, 폭 17.4미터, 최고 속력 30노트. 선두에는 분당 20여 발의 발사가 가능한 125밀리미터 함포가 위용을 자랑하고 있었고 분당 4500발의 포화를 쏟아부을 수 있는 근접방어시스템 (CIWS) 30밀리미터 골키퍼가 후미에 자리잡고 있었다.

이순신함의 가장 큰 위력은 첨단전자장비로 무장한 공격력과 방어력에 있었다. 185킬로미터 전방에서 접근해오는 항공기나 미사일을 동시에 요격할 수 있는 함대공 SM-2 미사일이 장착되어 있었고, 함대함 미사일인 하푼, 2차 방어 유도탄인 RAM(Rolling Airframe Missile)이 함교 상단에 자리하고 있었다. 가장 주목할 것은 한국 자체 기술로 제작된 함대함 미사일 '해성'이었다. 해성 미사일은 크루즈 방식으로 해수면 1미터 높이에서 적의 레이더를 피해 비행하면서 자유자재로 방향을 조종할 수 있는 최첨단 순항미사일이었다. 일본 해군이 가장 두려워하는 것이 바로 이 미사일이다.

함교와 함포 사이에는 미사일 수직발사대인 32연발 MK-41이 위치하고 있었고, 중간 탑신에는 3연장 어뢰발사기 그리고 수중 선수에는 잠수함 탐지장치인 소나가 바닷속을 감시하고 있었다. 대잠수함 헬기 탑재가 가능한 후미가 비어 있는 것으로 보아 슈퍼링스 대잠 헬기는 작전 중임에 분명했다.

1차장은 이순신함에 대한 일화 하나를 민우에게 들려주었다.

"함정 진수식 날, 모 신문사 기자가 함선의 위력에 대해 질문한 적이 있지. 당시 이순신함 함장은 '이 배 하나면 북한 함정 다 덤벼도 30분 내에 승리할 수 있습니다'고 자신했었어."

이순신함은 그만큼 막강한 전투력을 구비한 최신예 구축함이었다. 한국 자체 기술로 만들었다는 게 믿기지 않을 만큼 당당한 위용을 뽐내는 이 함선이 바로 독도 전대를 지휘하는 사령선인 것이다.

민우가 1차장에게 물었다.

"이렇게 막강한 함정이 있는데 왜 일본 함대를 두려워하는 겁니까?"

1차장은 엷은 미소를 흘렸다.

"문제는 일본 이지스함 성능이 더 뛰어나다는 데 있어. 우선 슈퍼컴퓨터 성능이 우리 구축함보다 월등히 뛰어나. 탑재된 무기, 즉 만재 배수량도 우리보다 훨씬 크고."

민우는 한 가지 의문이 들었다. 한국에도 3척의 이지스함이 있다. 그런데 왜 이곳 사령선은 이지스함이 아닌 충무공 이순신함인가? 민우는 궁금증을 참지 못하고 1차장에게 질문했다.

"상징적인 의미가 있어 해군에서 선택했다는군."

1차장은 이순신함이 일본 이지스함보다 약하다는 자신의
말 때문인지 불안에 찬 민우의 표정을 읽었다.

"전쟁은 꼭 강한 무기로만 이기는 게 아니야."

"……."

"수뇌부의 전술능력과 병사들의 숙련도가 승패를 좌우하
기도 하지. 그런 면에서 대한민국 해군은 세계 최고의 전술능
력과 숙련도를 보유하고 있어."

대한민국 해군의 전술능력과 숙련도. 1차장의 설명대로
그건 이미 세상에 알려진 강점이었다. 2010년 환태평양훈련
(RIMPAC)에 참가한 세종대왕함은 실제 사격에서 가장 정확
한 명중률로 탑건 함정에 선정됐으며 똑같은 함포로 2위와의
차이가 두 배나 났을 만큼 높은 명중률을 보여 강대국 해군들
을 깜짝 놀라게 했다. 한편 같은 환태평양훈련에 참가한 장보
고잠수함은 모의 전투에서 미국의 존 스테니스 항공모함을
비롯한 30여 척의 함정을 격침해 미국의 항공모함 방어체계
를 개편시켰을 만큼 놀라운 전투력을 인정받았다.

수뇌부의 전술능력과 병사들의 숙련도. 1차장은 거기에 승
리 공식을 두고 있었다.

일행이 탑승한 헬기가 이순신함 후미에 안착하자 함장으로 보이는 대령 계급의 사내가 일행을 마중 나왔다. 갑판에서 작전 중인 한국 해군 50여 명이 일행에게 거수경례를 건넸다. 이순신함의 승선 인원은 250여 명, 관례대로 모든 인원이 의전에 참석하지 않은 것은 이곳 상황이 그만큼 급박하다는 것을 말해주는 것이었다.

1차장이 민우에게 귓속말로 속삭였다.

"임호준 준장에게 전화해둔 효과가 있군."

함장은 1차장 일행을 함장실로 안내했다. 함장실은 5평 정도로 예상보다 좁았다. 조그만 침대와 긴 테이블 그리고 한쪽에는 책꽂이와 컴퓨터가 놓여 있었다.

40대 후반쯤으로 보이는 함장의 가슴에 박성훈이란 이름이 선명했다. 함장은 작전지도를 펼치고 모형 함선을 움직여가며 현 상황을 1차장에게 설명했다.

"현재 이곳에 배치된 우리 함선은 총 30척이며 잠수함이 3척입니다. 일본 함대는 우리 함대 전방 5킬로미터 지점에 구축함과 순양함, 초계함, 프리깃함 등 18척의 함선과 3척의 잠수함을 배치해놓았습니다."

"그럼 수적인 면에서는 우리가 유리한 거군요."

"하지만 이지스함 묘코와 기리시마가 호위함들을 거느리

고 이곳으로 이동한다는 보고가 있어 금일 중으로 일본 함정 수는 36척으로 증가할 것으로 분석됩니다."

1차장이 염려스런 표정으로 물었다.

"그럼 우리 해군 함정은 언제 추가됩니까?"

"그럴 계획은 없어 보입니다. 한미연합사에서 승인하지 않는가 봅니다."

"그럼 어쩌자는 겁니까? 전쟁이 코앞으로 다가왔는데."

박성훈 함장은 대답 대신 먼 바다 쪽을 손짓하며 말했다.

"현재 저 동쪽 해상에 한일 간의 충돌을 막기 위해 미 핵항공모함 조지 워싱턴호가 와 있습니다. 그리고 조금 전 연락에 따르면 미국이 독도 및 조어도, 사할린 등 종합적인 동북아 사태 해결을 위해 UN에 평화유지군 파견을 제안했답니다."

미국의 동북아 UN 평화유지군 파견 계획 상정. 그것은 일말의 서광이었다. 하지만 독도의 전운을 걷어내기에는 시간이 촉박했다. 1차장은 근심 어린 표정으로 말했다.

"그 전에 전쟁이 터진다면 미 항공모함은 누구 편을 들지……."

박 함장은 일본의 동향에 대해 설명했다.

"도청한 일본 무전 내용을 분석해보면 동태가 심상치 않은 게 분명합니다. 얼마 전 일본 미사일로 함정이 침몰한 사건을 우리나라 소행으로 보는 듯했습니다."

1차장은 얼굴이 화끈거렸다. 하지만 박 함장은 미사일 사건이 1차장의 소행임을 아직 모르는 눈치였다. 1차장은 가슴을 쓸어내렸다. 박 함장은 계속해서 설명했다.

"저들이 물속에서 뭔가를 발견한 모양인데 그걸 분석하면 즉시 공격할 거란 언급이 자주 도청되고 있습니다."

1차장은 당황해서 아무 말도 하지 못했다.

함장이 목소리를 낮추며 1차장에게 넌지시 물었다.

"그런데 새로운 비밀병기가 있다면서요?"

1차장이 머뭇대자 민우가 대신 답했다.

"제가 설명을 드려도 되겠습니까?"

박 함장은 민우와 1차장을 번갈아보며 물었다.

"그런데 이 젊은 친구와 숙녀 분은 누굽니까?"

1차장은 두 사람을 소개했다. 민우가 과거 인터넷 대란을 주도한 사이버부대 사령관이라고 소개하자 박 함장은 크게 놀라는 눈치였다. 민우는 박 함장에게 펄스건에 대해 상세히 설명했다. 민우의 설명이 진행되는 동안 박 함장은 한껏 고무되었다.

"그렇게 대단한 무기를 만들다니 젊은 친구가 보통이 아니군. 그런데 한 가지 문제가 있네."

"어떤 문제입니까?"

"펄스건의 영향 직경이 2킬로미터라 했는데 우리와 일본 함대의 거리는 5킬로미터가 넘어."

이번에는 1차장이 나서서 말했다.

"저들 전술을 국정원에서 분석한 바에 따르면 우리 함대가 움직이면 저들 함대도 영해 경계를 고집하기 위해 전진해올 겁니다. 그러면 유효 거리가 충분히 확보될 겁니다."

"그렇게 되면 우리에게 불리한 대형이 형성됩니다. 더구나 이지스 함대까지 도착하면 수적으로도 밀리고요."

이번에는 민우가 나섰다.

"소수의 함정으로 수적 우세인 적을 격파한 작전. 이순신 장군의 학익진이 있잖습니까?"

"학익진이라."

해군 장교답게 학익진 전술을 잘 알고 있는 박 함장에게 부연 설명은 필요치 않았다.

"후퇴하는 척 배를 물리면서 포위 대형을 갖춘다. 그리고 펄스건을 쏜다. 순간 첨단의 적함들은 고철이 되어버린다. 상상만 해도 흥분되는군."

이번에는 1차장이 나섰다.

"그러자면 우리에게 몇 가지 행운이 따라야 합니다."

"어떤 행운 말입니까?"

"우선 펄스건이 도착할 때까지 저들이 인양해간 우리의 전파변조기를 해독하지 못해야 한다는 것, 즉 전투가 발발하지 않아야 한다는 것이고 또 하나는 우리 계획대로 저들이 함선으로 돌진해줘야 한다는 겁니다."

순간 박성훈 함장의 눈이 빛났다.

"저들이 물속에서 인양해간 게 전파변조기란 것을 1차장님은 어떻게 아시는 겁니까?"

순간 1차장의 얼굴이 하얗게 질렸다. 박성훈 함장조차 모르는 전파변조기의 실체를 말해버렸으니 치명적인 실수였다. 박 함장은 계속해서 1차장을 다그쳤다.

"제게 뭔가 감추고 계시군요."

"아, 아니요. 감추긴요."

1차장은 식은땀을 흘렸다. 지금의 사태가 자신 때문에 벌어졌다는 게 드러나면 그야말로 궁지에 몰릴 것이었다.

"차장님은 국정원 최상위 간부십니다. 그런 정보가 제일 먼저 접수되는 곳이 바로 국정원이지요."

때마침 메리 퀸이 1차장을 두둔하고 나섰다. 진실이야 어찌됐든 명쾌한 변론이었다. 박 함장은 여전히 석연치 않은 표정이었지만 일단은 메리 퀸의 말에 수긍하는 듯 중얼거렸다.

"그런 거였군. 그것이 일본 미사일을 발사시켰고 그 전파 변조기의 내용이 분석되면 공격 명령을 내리겠다는 거였어."

잠시 말꼬리를 끌던 박 함장이 화제를 원점으로 돌렸다.

"딴 건 몰라도 우리가 전진하면 저들 함선도 돌진해올 건 분명합니다."

"그걸 어떻게 장담하십니까?"

1차장이 물었다.

"현 위치에서 우리가 전진하면 저들은 영해 침범으로 간주하고 같이 전진해옵니다. 사실 며칠 동안 계속 밀고 밀리는 양상이 반복되고 있었습니다."

이번에는 민우가 박 함장에게 물었다.

"경제수역이 어디까지인데요?"

박 함장은 이 상황에 짜증이 났는지 거칠게 대꾸했다.

"독도 영유권을 서로 주장하고 있는데 경제수역이 어딨겠나."

이번에는 박 함장이 1차장에게 물었다.

"어쨌든 세계 최초로 펄스건이란 무기를 제 손으로 다루게 되다니 영광입니다. 제원이 어느 정도인지 설명 좀 해주십시오."

1차장이 난처한 표정으로 얼버무렸다.

"워낙 사안이 급박해서 제원 테스트를 못했습니다. 이번이 첫 발사가 될 겁니다."

어이없다는 듯 박 함장 얼굴이 심하게 일그러졌다.

"뭐라고요? 실험조차 안 했다고요?"

1차장은 위축된 기색이 역력했다. 하지만 그런 와중에도 박 함장을 설득하려 애썼다.

"사안이 워낙 급하다 보니 그렇게 됐습니다만……."

급기야 박 함장의 언성이 높아졌다.

"이것 보세요. 1차장님! 지금 무슨 소리를 하시는 겁니까? 그딴 걸 무슨 비밀무기라고 가지고 와서 실전에 사용하라는 겁니까? 이게 무슨 오락게임인 줄 아십니까?"

박 함장의 고함에 1차장도 더 이상은 참을 수 없다는 듯 얼굴을 붉히며 언성을 높였다.

"무슨 말을 그 따위로 하는 거요. 오락게임하려고 여기까지 온 줄 압니까?"

"그 따위라니? 이 사람이 정말……."

일순 분위기가 험악해졌다. 박 함장은 테이블에 놓인 해상 지도를 접으며 투덜댔다.

"이러니까 민간인들하고는 일을 못해먹겠다는 거야."

"뭐 민간인? 야 인마! 너 몇 살이나 처먹었는데 막말이야,

막말이?"

박 함장도 뒤지지 않았다. 지도를 내던지곤 1차장에게 달려들었다.

"인마? 당신 말 다했어?"

박 함장이 멱살을 잡자 1차장은 상의 안주머니로 손을 넣었다. 권총을 빼 들려는 것이다. 그때 장교 몇 명이 함장실로 달려왔다. 한 사내가 몸을 던져 두 사람 사이를 갈랐다. 계급으로 보아 부함장인 것 같았다.

"지금 이럴 때가 아닙니다. 진정들 하십시오."

민우도 박 함장을 붙들고 진정시켰다.

"함장님! 실험은 못해봤지만 성능은 이미 검증된 겁니다."

박 함장은 애써 흥분을 가라앉히며 말을 이었다.

"성능이 검증되었다고?"

"예! 여기 펄스 개발업체의 구체적인 실험치가 있습니다. 저희가 확신을 갖는 건 이 데이터 때문입니다."

박 함장은 민우가 내민 용지를 꼼꼼히 살펴보았다. 잠시 후 고개를 끄덕였다.

"진작 이렇게 이야기할 것이지."

"펄스건에 대한 직접적인 실험 데이터가 아니라서……."

그러나 박 함장은 의외로 긍정적이었다.

"전자폭탄의 원리는 나도 알고 있어. 거짓이 아니라면 이 숫자는 가히 위력적이군."

박 함장은 흥분을 가라앉힌 다음 1차장을 뺀 모두에게 밖으로 나가라고 명했다. 민우는 남아 있고 싶어 했지만 부함장이 민우의 팔을 잡아끌었다.

함장실에는 두 사람만 남았다. 분위기가 서먹했다. 말 대신 헛기침이 나왔다. 먼저 화해의 손길을 내민 건 박 함장이었다. 그는 차를 끓여 1차장에게 건넸고 1차장은 겸연쩍은 표정으로 찻잔을 받아들었다.

"드셔보십시오. 하동 지리산 작설찹니다."

"그 유명한 하동 작설찹니까?"

"첫 순을 따 말린 건데 흥분을 가라앉히는 데 최고더군요."

"이거 병 주고 약 주시는군요. 허허!"

1차장의 은근한 농담에 박 함장도 따라 웃었다. 박 함장이 먼저 입을 열었다.

"차장님 대단하십니다. 남의 집에 오셔서 그렇게 당당하시다니. 무례를 범해 죄송합니다."

박 함장의 사과에 1차장도 당치 않다는 듯 말했다.

"박 함장님도 만만치 않습디다. 내 임호준 준장에게 꼭 전하겠소."

"차장님과 다툰 사연을 전하면 진급에 지장이 있을 텐데요. 전하지 마십쇼."

"그래서야 되겠습니까. 이번 작전만 성공하면 내 무슨 수를 써서라도 박 함장님이 장군으로 승진할 수 있도록 힘써 드리겠습니다."

1차장의 호의에 박 함장이 다시 웃음으로 화답했다.

"우선은 일본 놈들부터 내쫓고 봅시다."

두 사람은 손을 맞잡았다.

함선들의 움직임이 분주해지기 시작했다. 펄스건을 설치하기 위해 기관실의 발전기 전력을 끌어오고 함포 주변에 펄스건 발사대를 설치했다. 이순신함 함교에서는 각 함선의 참모들이 모여 학익진 전술 작전을 짜고 있었다. 조타실에서도 바쁘게 일본의 무전 내용을 실시간으로 도청해 함장에게 보고했다.

1차장과 민우는 후미 갑판으로 나가 서쪽 하늘을 바라보았다. 펄스건이 도착하기를 눈이 빠지게 기다리는 것이다. 도청 위험 때문에 교신이 금지된 상태라 육안으로 확인할 수밖에 없었다.

이순신함 후미 갑판에서는 잠수함 탐지를 위해 헬기가 계속 이착륙을 반복했다. 헬기의 소음 탓에 일행은 아무런 대화도 할 수 없었고 간혹 프로펠러에서 바람이 몰아칠 때면 몸을 움츠려야만 했다.

11시가 넘었지만 펄스건을 실은 헬기는 나타나지 않았다. 메리 퀸이 초초해하는 두 사람에게 커피를 권했다. 민우는 커피를 한 모금 마시며 메리 퀸에게 물었다.

"혹시 텔레파시라는 거 믿나요?"

"예, 조금은."

민우는 일본 함정 쪽을 가리켜 보이며 말했다.

"저기 하마모데가 와 있는 것 같아요. 그가 제게 텔레파시를 보내고 있어요."

메리 퀸이 흥미롭다는 표정으로 물었다.

"뭐라고 하는데요?"

"이왕 이렇게 된 거 제대로 한번 붙어보자는데요. 일장기 준비해왔느냐고도 묻네요."

메리 퀸이 민우의 팔을 살짝 꼬집었다.

"사령관님! 내림굿부터 해야겠네요."

그때 부함장이 급하게 달려오며 소리쳤다.

"일본군 이지스 함대가 오고 있습니다."

1차장은 깜짝 놀라 손목시계를 보며 물었다.

"벌써요? 일본 측의 움직임은 어떻습니까?"

"함대를 전열한 후 전진하라는 무선이 도청됐습니다."

"선공이군. 도대체 펄스건은 언제 오는 거야?"

그때 망원 관찰을 하고 있던 하사관 한 명이 부함장을 향해 소리쳤다.

"울릉도 쪽에서 소형 선박들이 빠른 속도로 접근하고 있습니다."

부함장은 북쪽 바다로 시선을 옮겼다. 소형 선박 몇 척이 엄청난 속도로 달려오고 있는 게 목격됐다.

"뭔가 저건?"

무전병이 달려와 소식을 전했다.

"울릉항 사동항 해군기지에서 출발한 제118조기경보 전대 소속 미사일고속정(PKG)이랍니다."

10여 척의 소형 선박이 엄청난 물보라를 일으키며 달려오고 있었다.

지원 함정이란 말에 잔뜩 기대를 걸고 그 모습을 바라보던 1차장의 표정이 일그러졌다.

"저 조그만 함정으로 뭘 하겠다고……."

부함장은 고개를 저었다.

"미사일고속정입니다. 지금 같은 근접 전투에서는 최고 지원군입니다. 이제 함정 수의 균형이 맞춰지겠군."

미사일고속정! 이스라엘과 아랍연합국 간에 벌어진 1차 중동전쟁 시 미사일 2발을 장착한 이집트의 소형 선박이 이스라엘의 막강 구축함을 격침한 일이 있었다.

이 사건을 계기로 세계는 소형미사일고속정의 전투력을 인정하고 개발에 박차를 가하기 시작했다.

한국형 미사일고속정은 60톤급으로 소형 어선 정도의 크기였지만 4발의 해성 미사일과 2발의 어뢰를 탑재하고 있었다. 근접전에서 시속 50노트의 엄청난 속도로 적의 함포를 피해가며 근거리에서 함대함 미사일이나 어뢰를 쏴 구축함의 방어체계를 무용지물로 만드는 탁월한 능력이 있었다.

미사일고속정의 출현은 한편으로 일본 해군의 전진을 지연시키는 효과를 거두고 있었다.

그때 민우가 소리쳤다.

"아! 저기……"

서쪽 창공 위로 비행물체가 보였다. 부함장이 망원경으로 살펴보았다.

"헬깁니다. 이제 도착하는가 보군요."

"빨리 와라, 제발."

1차장은 발을 굴렀다. 그때 병사 하나가 허겁지겁 달려와 소리쳤다.

"부함장님! 일본 함대가 움직이기 시작했습니다. 함대 전체가 이리로 곧장 전진하고 있습니다."

1차장은 서둘러 함교로 달려갔다. 일본 함대가 거대한 성단처럼 서서히 다가오고 있었다. 1차장이 박 함장을 재촉했다.

"어서 학익진 대형을 갖추시오."

하지만 박 함장은 고개를 저었다.

"안 됩니다. 일단 함선이 움직이면 함선 속도 때문에 헬기가 착륙하기 어려울 겁니다."

"헬기를 기다리다간 학익진 대형을 갖추기도 전에 저들에게 당할 거 아닙니까?"

"어차피 펄스건 없이는 포위 자체가 무의미합니다. 학익진 대형은 1곳만 뚫려도 대형 전체가 무너지는 약점이 있습니다."

1차장은 박 함장의 손을 덥석 잡으며 사정했다.

"뒷일은 하늘에 맡깁시다."

박 함장은 각 함정에 학익진 대형을 갖추라는 명령을 내렸다. 이순신함도 서서히 움직이기 시작했다. 사이렌 소리가 울리며 비상등이 연신 깜빡거렸다. 일본 함대가 한국 측 경제수역을 침범했음을 알리는 경고 방송이 이어졌다. 이에 맞서 일본 함대의 경고 방송도 시작되었다.

일본 함대의 위용은 대단했다. 함선 수는 물론 규모상으로도 한국 함대를 압도하고 있었다.

헬기는 그제야 한국 해군 진영으로 들어왔다. 그러나 한국 함선들이 빠르게 항진하자 착륙하지 못하고 상공을 몇 바퀴 돌았다. 이윽고 사령선인 이순신함이 위치를 잡고 멈춰 섰다. 그 사이 헬기가 후미 갑판에 착륙했다. 헬기에서 가장 먼저 내린 사람은 뜻밖에도 외사과장이었다. 1차장은 놀란 얼굴로 외사과장을 맞이했다.

"자네가 여기 웬일인가?"

"늦어서 죄송합니다. 우선 물건부터 내리죠."

병사들이 펄스건 장비들을 내리기 시작했다. 그 사이 외사과장은 장비에 대해 설명했다.

"포신 10개에 펄스 캡슐 20개를 가지고 왔습니다."

1차장은 실망스러운 표정을 지으며 말했다.

"그것밖에 안 돼?"

"최선을 다한 겁니다."

민우가 두 사람의 대화에 끼어들었다.

"이젠 어쩔 수 없습니다. 문제는 이걸 어떻게 이동 중인 함선에 옮기느냐 하는 겁니다. 위험하고 시간도 없습니다."

외사과장은 주변을 둘러보다 말고 몸을 돌려 민우를 바라보았다.

"민우 자네……."

"예! 과장님."

그는 뭔가를 더 말하려 했으나 그냥 발길을 돌렸다.

"다녀와서 이야기함세."

외사과장은 다시 헬기로 달려갔다. 그는 헬기에 오르며 1차장에게 거수경례를 했다. 헬기가 이륙했고 함선에서는 서둘러 펄스건을 장착하기 시작했다. 헬기는 인근 함정으로 이동해 순차적으로 착륙을 시도했다. 그러나 빠르게 움직이는 함정에 착륙하는 것은 위험천만한 일이었다. 헬기는 곡예비행을 거듭했다.

"저 사람이 죽으려고 환장했나!"

1차장은 헬기를 보며 애를 태웠다. 그 사이 일본 함대는 바짝 접근해 있었다. 대형 유지를 마친 한국 함선 전대의 학익진 작전이 전개되기 시작했다. 일본 함대가 계속 전진하는 것으로 보아 그들은 아직 한국 해군의 작전을 눈치채지 못한 것으로 보였다.

헬기는 착륙이 가능한 함선부터 펄스건을 선착했다. 아슬아슬하게 7번째 함선에 착륙을 시도하던 중이었다. 예상대로 일본 함선들이 돌진해오자 이순신함을 비롯해 전방에 포진한 함선들이 후퇴하기 시작했고, 양쪽의 함선들은 외곽으로 도주하는 척하며 일본 함대의 후미로 전진해 포위 대형을 갖추기 시작했다. 그렇게 학익진의 윤곽이 드러날 때쯤 일본 함대의 움직임이 눈에 띄게 느려졌다. 그제야 포위당한 걸 눈치챈 듯했다. 박 함장은 쾌재를 불렀다.

"좋아! 걸려들었어."

그때였다. 박 함장이 주먹을 불끈 쥔 순간 한국 측 초계함에서 큰 폭발음이 들려왔다. 외사과장이 탄 헬기가 초계함 브릿지와 충돌하면서 추락한 것이다. 폭발음과 함께 불길이 치솟았고, 불길 속에서 사람들이 튀어나왔다.

"앗, 외사과장!"

1차장은 경악하며 소리쳤다. 충돌 사고가 발생한 초계함에 해군들이 달려들어 불을 끄기 시작했다.

"전 함대는 동요하지 말고 계속 작전을 수행하라!"

헬기가 폭발해 어수선한 와중에도 학익진 전투 대형은 완성되었고, 일본 함대는 우리 함대에 완전히 포위되었다. 이순신함이 일본 함대를 향해 경고 방송을 날렸다.

"일본 해군은 완전 포위됐다. 함대를 정지시키고 우리 지시에 따르라. 도발 징후가 보이면 모두 격침하겠다."

일본 함대는 원형으로 뭉쳐 전투 대형을 갖추었다. 바다에 커다란 두 개의 원이 그려졌다. 그때 부함장이 다급한 목소리로 박 함장을 불렀다.

"함장님! 일본 함대에서 레이더 교란 전파가 발사되고 있습니다. 또한 이지스함의 125밀리미터 함포 추격 레이더가 우리 함정을 때리고 있습니다."

"어리석은 놈들! 미사일을 쏠 수 없는 근접전에서 레이더 교란이 무슨 소용이 있다고. 실전 훈련이 부족했다는 증거다. 어뢰와 함포를 비롯한 모든 화기는 목표를 조준하라."

수뇌부의 전술능력과 병사들의 숙련도. 민우는 1차장이 이야기하던 승리 공식을 떠올렸다.

박 함장은 함교 선단에 섰다. 이순신함의 함교는 구형 함정에 비해 탑신이 낮았지만 최첨단 장비들을 갖추고 있어 전자전에 유리하게 설계되어 있었다. 박 함장은 전투 태세를 점검하고는 크게 외쳤다.

"125밀리미터 함포는 일본 사령선인 묘코호의 함교를 조준하라. 30밀리미터 CIWS포(골키퍼)와 21연장 RAM포는 함정 타격용 함포 체계로 전환하라."

골키퍼와 RAM포는 미사일 방어용 화력이었지만 박 함장은 초당 수십 발의 포탄을 퍼부을 수 있는 화포로 변형을 지시했다. 근접전이라 가능한 전술이었다.

양국 해군 병사들의 움직임이 분주해졌다. 하지만 어느 쪽에서도 섣불리 선제 공격을 하지는 못했다. 대치 상태는 한동안 계속되었고 그 사이 한국 함대에는 펄스건이 모두 설치되었다.

그때 통신병이 전해온 쪽지를 받아든 박 함장이 크게 한숨을 내쉬었다.

"헬기 탑승자 전원이 전사했다는 연락입니다."

예상은 했지만 막상 외사과장이 전사했다는 쪽지를 받자 1차장은 바닥에 주저앉아 오열했다. 무정한 사람이라고, 전쟁이 끝나면 퇴역해서 멀리 여행이나 다녀오자더니 먼저 가버렸다며 구슬피 울었다. 메리 퀸도 흐느끼기 시작했다.

박 함장은 퇴교를 명했다.

"이런 모습은 병사들의 사기를 떨어지게 합니다. 함교에서 나가주십시오."

메리 퀸은 1차장을 부축하고 함교를 나섰다.

18.
불타는 독도 해상

양국 함대는 커다란 원을 그린 대형에서 움직임 없이 상대를 견제했다. 한국 함대의 항복 요구 방송에 맞서 일본 함대도 항로를 열지 않으면 공격하겠다고 경고 방송을 했다. 양국의 경고 방송으로 바다는 매우 시끌벅적해졌다.

박 함장이 문득 의심스럽다는 듯이 말했다.

"이상하군. 저놈들 탈출하려는 기미가 전혀 없어."

민우는 설마 하는 마음으로 말했다.

"포위당해 위축된 거 아닐까요?"

"아니야. 함대 규모로 볼 때 저들이 위축당할 이유가 전혀 없어."

"그럼……"

"공격 준비를 끝내고 발포 명령을 기다리는 것 같군."

"예? 발포 명령이요?"

예견된 일이었지만 발포 명령이란 말에 민우의 심장이 심하게 요동쳤다. 그도 그럴 것이 저들의 일차 공격 목표는 바로 이곳, 이순신함이 아니겠는가!

박 함장은 그 사실을 확인했다.

"저들의 추격 레이더가 이미 우리 함교에 고정되어 있어."

그때였다. 부함장이 급하게 일어서며 소리쳤다.

"함장님! 일본 국방성이 함대에 공격 명령을 내렸답니다."

박 함장은 입술을 깨물었다. 병사들의 얼굴이 하얗게 질렸다.

"이놈들이 기어이."

이제는 선택의 여지가 없었다. 일본 함대가 함포 발사에 앞서 추격 레이더를 이순신함에 쏘았다. 순간 박 함장이 힘차게 소리쳤다.

"펄스건을 발사하라!"

이순신함에서 공격을 알리는 오성조명탄이 솟아올랐다. 이어 펄스건이 일제히 발사되었다. 그러나 포연도 소리도 없는 펄스건의 발사는 함교에서조차 감지할 수 없었다. 박 함장은 후속 명령을 내렸다.

"선공을 자제하되 적의 도발이 있을 시 즉각 발포하라!"

어찌된 일인지 공격 명령이 떨어졌는데도 일본 함대는 조용하기만 했다. 그것이 오히려 불안했다. 피를 말리는 불안감은 계속되었다. 박 함장은 펄스건 쪽을 바라보며 소리쳤다.

"제대로 발사된 거야?"

이순신함의 조명등이 깜빡거리며 레이더 화면에 심한 노즐이 일기 시작하더니 정전이 되었다. 다시 전원이 복구되자 여기저기서 뚜뚜 하는 컴퓨터 재부팅 신호음이 들려왔다.

무거운 침묵이 흐르고 여기저기서 마른침 삼키는 소리가 들렸다. 양국 함대는 외견상 아무런 타격이 없어 보였다. 박 함장은 혼자 중얼거리기 시작했다.

"뭐야? 도대체 뭐가 어떻게 된 거야?"

박 함장이 상황을 점검했다.

"적 함포 추격 레이더는 계속 작동되고 있나?"

"아, 아닙니다. 멈췄습니다."

상황병은 떨리는 목소리로 보고했다.

순간 민우가 소리쳤다.

"성공한 것 같습니다! 저걸 보세요."

일본 함선의 불빛들이 모두 꺼지고 함교 상단의 레이더 탑이 멈춰 섰다.

병사들이 일시에 환호성을 질렀다.

"모두 정위치해!"

박 함장은 병사들이 긴장을 늦추지 않도록 크게 소리쳤다.

"함포는 계속해서 일본 함대를 조준하고 어뢰와 대공미사일은 목표를 탐지하라."

일본 함대는 통신 두절은 물론이고 추격 레이더도 작동되지 않는 듯했다. 병사들이 선상으로 몰려나와 우왕좌왕하기 시작했다. 박 함장이 두 주먹을 불끈 쥐며 소리쳤다.

"됐어, 성공이야!"

한국 병사들이 일제히 만세를 부르며 함성을 질렀다.

바로 그때였다. 한국 함대의 포위망 뒤편에서 둔중한 폭음과 함께 커다란 물기둥이 연이어 솟아올랐다. 박 함장은 놀라 소리쳤다.

"뭐야! 저건?"

부함장이 긴급히 상황을 보고했다.

"잠수함입니다."

박 함장은 이마를 쳤다. 함대에만 신경 쓰다가 잠시 바닷속 잠수함을 깜빡했던 것이다. 여기저기서 물기둥이 솟아오르며 둔탁한 폭음이 이어졌다. 이순신함 바로 옆에서 물기둥이 솟아오르자 선체가 한쪽으로 쏠렸고 병사 몇이 중심을 잃고 쓰러졌다. 하얗게 질린 병사들과 달리 박 함장은 의연하고도 침착했다.

그는 다시 힘차게 명령을 내렸다.

"어뢰와 폭뢰를 발사하라!"

어뢰가 연거푸 발사되었다. 한국 측 초계기와 대잠헬기에서 드럼통 모양의 수많은 폭뢰가 투하됐다. 일본의 초계기와 헬기들은 이렇다 할 반격도 하지 못했다. 통신 두절로 공격 명령을 받지 못했음이 분명했다. 이순신함 후미에 설치된 30밀리미터 골키퍼의 대공 함포와 수직미사일 발사대의 SM-2 대공미사일이 줄곧 그들을 추적했다. 부함장이 함장에게 물었다.

"함장님! 적 초계기들을 격추할까요?"

잠시 하늘을 올려다본 박 함장이 머뭇거렸다.

"격추할까요?"

부함장이 재차 물었다. 박 함장은 고개를 저었다.

"기다려라. 지금 저들은 통제 불능 상태다. 저들이 먼저 폭뢰를 투하한다면 명령 없이 즉각 격추해도 좋다."

또다시 상황병의 다급한 소리가 들려왔다.

"함장님! 큰일입니다. 어뢰가 다가오고 있습니다."

"젠장! 디코이 작동시켜!"

연이은 긴박한 상황에서도 박 함장은 침착함을 잃지 않았다.

디코이(decoy)란 기만용 미끼로 부표처럼 물에 띄워 적의 어뢰를 피하는 장치이다. 요란한 기계음을 내서 적의 어뢰를 다른 곳으로 유도한다.

민우는 식은땀을 흘렸다. 게임 속에서 수없이 겪어본 상황이다. 하지만 직접 겪어보니 머릿속이 백지가 된 느낌이었다. 순간 민우는 박 함장이 너무나도 든든하고 존경스러웠다.

바닷속 전투는 치열하게 진행됐다. 수면 위로 연신 물기둥이 솟아올랐고 함선들이 심하게 요동쳤다.

부함장이 다시 급하게 보고했다.

"우리 전함 3척이 피격됐습니다."

어뢰에 피격당한 한국 함정에서 연기가 피어올랐다. 박 함장은 부함장에게 상황을 물었다.

"일본 잠수함에서 추가 발사된 어뢰가 더 있나?"

"어, 없습니다."

부함장은 겁에 질려 말을 더듬었다. 박 함장은 다시 명령을 내렸다. 그런데 그의 명령은 모두를 경악케 했다.

"모든 공격을 중지하라!"

모두가 넋 나간 얼굴로 박 함장을 쳐다보았다. 도무지 이해할 수 없는 명령이었다. 박 함장은 똑같은 명령을 반복했다.

"내 명령이 있을 때까지 전 함대는 모든 공격을 중지하라."

부함장이 기겁을 하며 소리쳤다.

"함장님! 어쩌시려고……."

박 함장은 한 치의 흔들림도 없이 바다를 주시했다. 피가 마르는 침묵이 흘렀다. 작전 장교 하나가 참다못해 박 함장을 불렀다.

"함장님! 일본 함대는 어떻게 할까요? 대형이 흐트러져 우리 함대 쪽으로 접근해오고 있습니다. 이러다 충돌하겠습니다."

박 함장이 차분한 어조로 답했다.

"펄스건 공격으로 동력을 잃은 거다. 조류에 쓸려오고 있을 뿐이야."

박 함장이 마이크를 집어 들고는 일본 함선을 향해 소리쳤다.

"일본 함대에 고한다. 너희는 지금 표류하고 있다. 충돌 우려가 있으니 닻을 내리고 포신을 올려라. 불복하는 함선은 도발 의지가 있는 걸로 간주하고 격침하겠다."

박 함장은 경고 방송을 반복했다.

잠시 후 일본 전함들은 닻을 내렸다. 이어 병사들이 수동으로 포신을 꺾는 모습이 목격됐다. 그때 상황병 하나가 박 함장에게 소리쳤다.

"함장님! 적 잠수함에서 구조 요청이 왔습니다."

박 함장의 입가에 엷은 미소가 번졌다.

"녀석들 어지간히 급했군."

박 함장이 힘찬 목소리로 부함장을 불렀다. 부함장이 허겁지겁 달려왔다.

"전투를 종료한다. 각 함선에 승리 메시지 타전하고 구명정을 준비시켜!"

부함장은 불안한 표정으로 물었다.

"너무 이른 것 아닙니까?"

"아니다. 주함대가 저 모양인데 잠수함인들 어쩌겠나? 우리의 승리다!"

박 함장이 승리를 선언했음에도 한국 함교는 조용하기만 했다. 앞서 환성을 지르다 잠수함으로부터 일격을 당한 경험이 있어서다. 그때 무전 보고를 받고 부함장이 고무된 표정으로 소리쳤다.

"함장님! 일본 사령선에서 공격 중지를 요청해왔습니다. 항복입니다!"

그제야 이순신함에 터질 듯한 환호성이 울려 퍼졌다.

"이게 꿈인가 생신가."

박 함장은 민우를 부둥켜안으며 소리쳤다. 그는 짜릿한 감격 끝에 눈시울마저 붉혔다. 1차장과 메리 퀸도 함교로 달려왔다. 박 함장은 1차장의 손을 잡으며 인사를 건넸다.

"우리가 승리했습니다. 모두 차장님 덕분입니다."

1차장은 박 함장의 손을 감싸 쥐며 기쁨과 슬픔이 범벅된 눈물을 계속 흘렸다. 인근 함정에서도 만세를 부르며 펄쩍펄쩍 뛰는 한국 해군들의 모습이 보였다. 승리의 흥분이 정점에 다다르자 박 함장은 다시 정색을 하며 명령했다.

"긴장을 풀지 마라! 전 함대는 일본 함대의 수동 공격과 전투기 출몰에 대비하라. 그리고 구조대원들은 아군과 적군을 구분하지 말고 사상자 구조에 최선을 다하라."

떠들썩하던 함교에 다시 긴장감이 서렸다.

잠시 후 2~3킬로미터쯤 떨어진 수면 위로 일본 잠수함들이 연기를 내뿜으며 떠올랐다. 한국 측 잠수함 2척도 일격을 당한 듯 연기를 피워내며 떠올랐다. 잠수함 갑판으로 몰려나온 일본 해군들이 백기를 흔들며 구조를 요청해왔다. 어뢰에 피격된 한국 전함 3척은 연기를 내뿜으며 독도 근해로 향했다. 망원경으로 그 모습을 바라보던 박 함장이 말했다.

"참, 우스운 일이군."

"무슨 말씀이신지?"

민우가 조심스럽게 물었다.

"저것 봐. 오히려 우리 피해가 더 크지 않나? 만약 일본의 이지스 함대가 건재했다면……. 상상하기도 싫군."

박 함장이 머리를 흔들었다. 민우가 다시 물었다.

"이럴 줄 알면서 그동안 우리는 왜 전력 증강을 안 한 겁니까?"

박 함장이 민우를 바라보았다.

"몰라서 그랬겠나? 경제력 때문이지."

"그래도 국가의 생존권부터 확보해야 하는 거 아닙니까?"

"상황에 따라 다급한 과제는 달라질 수 있어. 배고픔도 생존권 아니겠나?"

함교가 다시 소란스러워지기 시작했다. 또 다른 상황이 전개되고 있었다. 부함장이 상황을 보고했다.

"함장님! 일본 전투기들이 출격했답니다."

박 함장은 예상하고 있었다는 듯 천천히 고개를 끄덕였다.

"대공미사일 발사 준비하고 레이더는 목표물을 추적하라. 공군과도 긴밀히 연락 유지하고."

"우리 공군기들도 대응 출격했습니다. 그런데……."

부함장이 말꼬리를 흐리자 박 함장이 일순 긴장한 얼굴로 물었다.

"뭔가?"

"현재 미국 항공모함에서 출격한 F-18기들이 우리 함대 주변 창공을 뒤덮고 있습니다."

박 함장은 하늘을 올려다보며 말했다.

"녀석들, 드디어 개입을 하는구먼."

창공에는 이미 수많은 미군 전투기가 떠 있었다. 민우는 두려운 표정으로 박 함장에게 물었다.

"이제 어떻게 되는 겁니까? 일본 전투기들과 우리 해군이 전투를 벌이게 되나요?"

박 함장은 여전히 담담한 어조로 답했다.

"가능성을 배제하진 못하겠지. 하지만 그럴 가능성은 적어."

"왜죠?"

"일본 함대가 우리 수중에 있질 않나. 잠수함 승무원들도 구조 중이고. 선불리 공격할 수 있겠나?"

"그런데 왜 일본 전투기가 출격한 거죠?"

"전쟁 중에 전투기가 뜨는 건 당연하지. 난 일본 전투기와 우리 해군의 교전보다 양국 전투기끼리의 공중전이 더 염려되는군. 미군이 중개 역할을 해줄 수 있을지……."

그때 핫라인 전화벨이 요란하게 울렸다. 부함장이 달려가 전화기를 받아 들었다. 그리고 이내 난처한 목소리로 박 함장을 불렀다.

"누군가?"

"한미연합사령관 조엘 장군이십니다."

"뭐라는데?"

"자기들 승인 없이 전투를 벌였다고 노발대발하는군요."

"미친놈! 직접 와서 보라고 해. 지금 그따위 한가한 말이나 할 땐지."

"함장님을 바꾸랍니다."

"전투 중인 지휘관을 바꾸라는 게 어딨어? 나중에 연락하라고 해."

부함장은 박 함장의 말을 그대로 전하고는 곧바로 전화를 끊었다. 전화벨이 다시 울렸지만 아무도 전화를 받지 않았다. 모두들 난처해하는 눈빛이 역력했다. 말 그대로 핫라인이니 말이다. 병사들의 시선을 의식한 박 함장이 다시 명했다.

"전화선 끊어버려."

병사 하나가 전화 코드를 뽑으려고 달려갔다. 그 모습을 바라보던 박 함장이 명령을 번복했다.

"아니야. 내가 직접 받아보지."

박 함장이 직접 전화기를 집어 들었다.

"독도 전대 사령관 박성훈 대령입니다."

예상대로 고함 소리가 오갔다. 박 함장은 얼굴을 붉히며 소리를 질렀다.

"좋을 대로 하십시오. 하지만 하나만 물어봅시다. 만약 당신 나라에 이런 사태가 벌어졌다면 그때도 이런 말 할 수 있겠소?"

박 함장은 수화기를 내동댕이쳤다. 모두들 근심 어린 표정으로 박 함장을 바라보았다. 박 함장이 마음을 진정시킨 다음 병사들에게 소리쳤다.

"뭘 쳐다봐, 이놈들아! 지금 전쟁 중이야. 각자 원위치해!"

부함장이 박 함장에게 다가와 물었다.

"뭐라고 하던가요?"

박 함장이 나지막하게 말했다.

"축하하네. 이제부터 자네가 이 함선의 함장이야."

"뭐라고요?"

부함장은 놀란 눈으로 박 함장을 바라보았고 병사들은 일제히 동작을 멈추고 자리에서 일어섰다.

"보직해임이라는구만."

"아니, 그게 무슨 소립니까? 작전 수행 중에 보직해임이라니?"

1차장이 휘둥그레진 눈으로 언성을 높였다.

"한미연합사 명령이니 어쩌겠습니까?"

1차장이 분통을 터뜨렸다.

"이런 죽일 놈들. 여기가 누구 나란데 지들이 지랄이야!"

"일본 전투기는 미군이 알아서 할 테니 대응하지 말랍니다."

"주둥이만 살았군. 이놈들을 당장……."

1차장이 핫라인으로 달려가자 박 함장이 만류했다.

"놔두시죠. 동맹국 간의 전쟁이라 한미연합사가 할 수 있는 일들은 어차피 많지 않습니다. 전 우리 합참본부의 명령을 따를 생각입니다."

그때 미군 전투기들이 이순신함 위로 굉음을 울리며 지나갔다. 핫라인이 다시 울렸다. 이번에는 부함장이 수화기를 집어 들었다.

"부함장입니다. 예! 1함대 사령관님!"

부함장은 부동자세를 취했다. 한동안 말없이 경청하던 부함장이 입을 열었다.

"안 됩니다. 그럴 순 없습니다!"

대화 내용을 짐작한 박 함장이 부함장에게 전화를 달라는 손짓을 했다. 부함장은 수화기를 손으로 막으며 보고했다.

"제게 맡겨주십시오."

통화 도중 부함장의 언성이 높아졌다. 이윽고 부함장은 모자를 벗어 던지고 계급장을 거칠게 뜯어내며 말했다.

"사령관님! 여기 계급장 떼냈으니 필요하시면 가져가십시오. 이 함정은 나라를 위해 만든 것이니 우리가 잠시 빌리겠습니다. 우린 군인이기 이전에 이 나라 국민입니다. 그만한 권리쯤은 있다고 생각합니다. 이상입니다."

부함장은 수화기를 내린 후 한동안 말없이 서 있었다. 박 함장은 씁쓸한 표정으로 그를 바라보았다.

한동안 침묵하던 부함장이 갑자기 거수경례를 하며 박 함장에게 보고했다.

"함장님! 저도 보직해임이랍니다. 하선을 명하시면 따르겠습니다."

주위에 있던 병사와 장교들도 계급장을 뜯어내고 함께 경례를 했다. 박 함장은 그들 하나하나를 둘러보며 말했다.

"이 반역자 놈들! 하선하면 너흰 모두 보직해임이다. 하지만 그 전까지 너희는 자랑스런 대한민국의 해군일 것이다. 최후의 순간까지 군인의 본분을 잃지 말도록. 알겠나!"

"예! 알겠습니다."

부함장과 병사들의 우렁찬 대답이 함교에 메아리쳤다. 또다시 핫라인이 울렸다. 부함장이 당당하게 전화기를 들었다.

잠시 동안 대화를 나누던 부함장이 비장한 어조로 수화기에 다 대고 소리쳤다.

"다시 한 번 그딴 소리하면 미군기부터 격추하겠소."

수화기 밖으로 다급한 영어 소리가 튀어나왔지만 부함장은 그대로 전화를 끊어버렸다. 묵묵히 그 모습을 바라보던 박 함장이 씁쓸하게 웃으며 말했다.

"보직해임이 아니라 죄다 감방 동기군."

박 함장을 바라보던 부함장이 갑자기 주먹을 올리며 박성훈을 연호하기 시작했다.

"박성훈! 박성훈! 박성훈!"

모든 병사가 박성훈을 외쳐댔다. 그들의 눈빛에는 두려움이 없었다. 박 함장이 눈시울을 붉히며 말했다.

"고맙다. 이제 그만들 하고 모두 원위치하라. 그리고 현 상황을 보고하라."

함교가 다시 분주하게 움직였다. 레이더 사관이 상황을 보고했다.

"현재 일본 전투기들은 우리 함대 남동쪽 200킬로미터 상공을 비행 중입니다. 그러나 미군기의 감시하에 있습니다."

다른 장교가 연이어 상황을 보고해왔다.

"우리 전투기들도 미군기가 감시하고 있습니다."

박 함장은 안도하며 주위를 환기시켰다.

"대공 목표물을 놓치지 말고, 혹시 남아 있을 적 잠수함에 대한 경계를 강화하라."

짧은 전투였지만 상황은 처참하기 그지없었다. 피폭당한 한국 해군 순양함이 불길에 휩싸여 서서히 침몰되고 있었다. 가공할 만한 폭발음과 함께 병사들이 하늘로 튀어올랐다.

"저, 저……."

구조선에 구조를 재촉했지만 속수무책이었다. 바다에는 수많은 시신이 파도에 휩쓸리며 떠다녔다. 살아남은 병사들은 침몰 직전에 앞다투어 바다로 뛰어들었다.

박 함장은 눈시울을 붉히며 긴 한숨을 토했다. 그리고 파도에 흔들리는 수많은 시신을 향해 경례를 했다.

19.
역전되는 전세

바다는 시커먼 연기에 휩싸였다.

어둠이 내릴 무렵, 1차장의 휴대폰 벨이 울렸다. 국정원 간부의 다급한 목소리가 들려왔다.

"큰일 났습니다. 우리가 공격을 받았습니다."

1차장은 소스라치게 놀랐다.

"그게 무슨 소리야? 공격을 받다니?"

모두의 시선이 1차장에게로 집중됐다.

"전국 곳곳에서 알 수 없는 폭발이 일어나고 통신 마비 상태입니다. 인터넷도 불통입니다."

"도대체 어떻게 된 일이야?"

"현재로선 이유를 알 수 없습니다. 분명한 건 우연한 사고가 아니라 누군가가 의도적으로 일으킨 테러라는 겁니다."

테러라는 말을 듣는 순간 민우의 얼굴이 하얗게 질렸다. 사이버공격이다. 민우가 이곳 전투에 정신을 뺏긴 사이 하마모데의 사이버공격이 있었던 것이다.

"아!"

민우는 머리를 쥐어뜯으며 털썩 주저앉았다.

"왜 그러나?"

1차장이 민우에게 다가섰다.

"하마모데!"

하마모데란 이름을 듣자 1차장의 얼굴도 이내 굳어졌다.

"통신도 두절됐고 인터넷도 마비라면서 어떻게 휴대폰이 연결되는 거야. 뭔가 잘못된 거 아니야?"

1차장은 자신의 휴대폰을 두드리며 소리쳤다. 민우가 옆에서 작은 목소리로 설명했다.

"휴대폰은 유선통신이나 인터넷과는 별개의 무선통신시스템을 갖추고 있습니다. 그렇기 때문에 유선이나 인터넷이 마비돼도 휴대폰은 통화가 가능합니다."

1차장은 민우를 일으켜 세웠다.

"이러고 있으면 어떡하나. 어서 우리도 반격해야지."

"그래야겠습니다!"

민우는 1차장의 휴대폰을 건네받아 급히 이철주에게 전화를 했다. 하지만 통화 폭주로 연결할 수 없다는 메시지만 되풀이되었다.

"제발!"

민우는 발을 구르며 통화 버튼을 두드렸다. 10분 후쯤 겨우 휴대폰이 연결되었다.

"부사령관님! 유민우입니다. 지금 즉시 공격을 개시하십시오."

하지만 이철주에게선 답변이 없었다. 다시 재촉했다.

"부사령관님! 실전입니다. 즉시 공격을 개시하십시오."

대답 대신 긴 한숨 소리가 들려왔다.

"사령관님! DNS는 파괴되고 하드도 불타버렸는데 어떻게 공격을 한단 말입니까?"

민우는 즉답했다.

"그걸 대비해 모바일 WINC 체계로도 작동할 수 있게 해두었습니다. 단 작동 개시는 부사령관님 휴대폰으로만 가능합니다."

이철주는 탄성을 질렀다.

"역시 사령관님이십니다!"

아시아태평양네트워크정보센터 공격 경고가 있은 후, 민

우는 별도의 대책을 마련해두었다. 그것은 바로 휴대폰을 이용한 모바일 인터넷 시스템이었다. 하마모데의 공격으로 국내 DNS가 파괴되더라도 운영체계가 다른 무선인터넷시스템은 작동이 가능하다는 원리를 이용한 것이었다. 이철주는 민우의 지시대로 즉시 모바일 운영체계를 가동시켰다. WINC 7070에 접속하니 공격 아이콘이 나타났다. 이철주는 곧바로 클릭했다.

"사령관님! 암호명을 묻고 있습니다."

민우는 힘차게 소리쳤다.

"독도갈매기!"

"독도갈매기요? 멋집니다!"

"이제 일본을 초토화시키는 겁니다."

이철주는 암호명을 입력했다.

"어?"

순간 이철주의 외침에 민우는 긴장했다. 예감이 불길했다. 지금은 단 하나의 오차도 허용되지 않는 절체절명의 순간. 그런데 불길한 예감은 그대로 적중하고 말았다.

"도라도라도라."

"뭐라고요?"

"공격시스템이 다운되면서 '도라도라도라'란 글자가 떴습니다."

민우의 손아귀에서 휴대폰이 힘없이 떨어졌다. 바닥에 떨어진 휴대폰에서 민우를 애타게 부르는 이철주의 목소리가 새어나왔다.

"사령관님! 도대체 어떻게 된 겁니까? 지금 방송에서는 일본과 전쟁이 발발했다고 난립니다. 전기도 끊기고 전화도 불통이고 무서워 죽겠습니다."

"뭐가 잘못됐나?"

1차장이 떨리는 음성으로 물었다. 민우는 머리를 감싸쥐었다.

"틀렸습니다."

"틀리다니 그게 무슨 말인가?"

"하마모데에게 당했습니다. 그자는 저의 내부 시스템까지 침투해 모든 걸 간파하고 있었습니다."

민우는 두 손으로 얼굴을 가렸다. 밀려드는 패배감에 괴롭고 수치스러웠다. 1차장이 물었다.

"그럼 우리 내부에 첩자가 있었다는 건가?"

"내부 소행은 아닙니다. 제 개인 인트라넷은 바로 곁에 있는 사람일지라도 그 내용을 알 수가 없습니다."

"그럼 대체 뭐가 잘못된 거야?"

"제가 하마모데를 과소평가했나 봅니다. 실력이 상상 이상이었어요."

1차장은 떨리는 어조로 물었다.

"그럼 우리 군사용 슈퍼컴퓨터는 어떻게 되는 건가?"

민우의 눈이 휘둥그레졌다. 군사용 슈퍼컴퓨터! 그마저 공격당했다면 전쟁은 불가능하다.

1차장과 민우는 서둘러 박 함장을 찾았다.

팔짱을 긴 채 레이더를 주시하고 있는 박 함장의 느긋한 모습이 두 사람에게 다소나마 안도감을 안겼다.

1차장이 서둘러 물었다.

"무기 체제에 이상은 없습니까?"

"무슨 말씀입니까?"

1차장에게 자초지종을 들은 박 함장은 해군작전사령부로 전화해 슈퍼컴퓨터에 관해 물었다.

"지상에 노출된 슈퍼컴퓨터는 피해가 심각한 반면 지하에 설치된 슈퍼컴퓨터는 이상이 없답니다. 다행히 군의 슈퍼컴퓨터는 폭격에 대비해 대부분 지하에 설치돼 있습니다."

민우는 안도했다. 하마모데가 네트워크 방식이 아닌 독립형 바이러스로 공격해 그나마 다행이었다.

1차장이 탄식을 토했다.

"그럼 어떻게 되는 건가? 아직 저들의 군사력은 건재하고 우리 전산망은 초토화되었고……. 해군의 승리도 물거품이 되는 건가?"

1차장은 허망한 눈으로 하늘을 올려다보았다. 병사들이 웅성거리기 시작했다. 박 함장이 1차장에게 다가와 귓속말을 했다.

"불안한 모습을 보이지 마십시오. 병사들 사기가 떨어집니다."

박 함장은 일부러 목소리를 높여 말했다.

"보다시피 우리는 조금 전 해전에서 승리했고 3000명 이상의 포로를 잡아두고 있습니다. 뭐가 걱정입니까?"

박 함장은 병사들에게 구조 작업과 경계 근무를 철저히 하라고 재차 명령했다. 민우는 고개를 숙인 채 말이 없었고 1차장은 그 곁을 서성이고 있었다.

"차장님! 저 좀 보세요."

메리 퀸이 조용한 목소리로 1차장을 불렀다. 1차장은 메리 퀸의 손에 이끌려 갑판 한쪽으로 갔다.

"무슨 일이야?"

"민우 씨 저러고 있는 모습 가슴 아파 못 보겠어요."

1차장이 버럭 화를 냈다.

"겨우 그 이야기하려고 불러낸 거냐?"

1차장이 획 돌아서려는데 메리 퀸이 옷깃을 잡아챘다.

"아버지! 아직 기회가 있어요."

"뭐?"

메리 퀸은 주위를 살핀 뒤 다시 말을 이었다.

"세계 최고 수준의 사이버부대가 남아 있어요."

"그런 게 어딨어?"

"북한에요."

"뭐라고?"

1차장의 얼굴이 몹시 일그러졌다. 그는 어이없다는 얼굴로 메리 퀸을 흘겨보며 등을 돌렸다. 메리 퀸이 두 팔을 벌려 그를 막아섰다.

"화만 내지 마시고 제 이야기 좀 들어보세요."

1차장은 노여움을 넘어 짜증이 났다.

"얘가 정신이 있는 거야, 없는 거야? 나더러 북한과 내통이라도 하라는 말이냐?"

"그런 게 아니라니까요."

메리 퀸은 1차장의 손을 붙잡고 애원하듯 바라보았다. 1차장은 긴 한숨 끝에 메리 퀸을 바라보며 말했다.

"어디 한번 들어나 보자."

"지금 우리 편을 들어줄 나라가 어딜까요? 미국? 중국?"

"쓸데없는 질문 말고 어서 말해."

"남북 간 전쟁이라면 몰라도 한일 전쟁이라면 적도 우방이 될 수 있잖아요. 아마 미국도 중국을 견제하기 위해 오히려 일본 편을 들고 싶을걸요?"

"그래서?"

"하지만 북한이라면 달라요. 북한도 독도 수호 의지를 밝힌 바 있잖아요."

"그래서 이 애비더러 북한과 짝짜꿍이라도 하라는 거냐?"

메리 퀸은 안타까운 표정으로 발을 굴렀다.

"내통이 아니에요. 만약 북한이 일본과 싸운다고 생각해보세요. 북한이 도움을 요청한다면 그것도 내통인가요?"

1차장은 말없이 바다를 바라보았다. 메리 퀸은 1차장의 안색을 살폈다. 1차장은 조금 흔들리는 것 같았다.

"넌 저들을 잘 몰라서 그런 말을 한다만 이 애비는 30년도 넘게 저들에게 속아왔다. 저들을 끌어들이면 더 큰 화를 초래할 수 있어."

"더 큰 화라뇨?"

"자기들이 이 나라의 주인 행세를 할 게다."

"주인이 맞죠."

"뭐라고?"

1차장은 험악한 표정으로 메리 퀸을 쏘아보았다. 메리 퀸도 물러서지 않았다.

"어쨌든 우리는 한 민족이잖아요. 그리고 지금 우리는 이 땅을 지키기 위해 일본과 싸우고 있어요. 지금이야말로 한반도의 주인인 남북한이 이념을 넘어서 함께 싸워야 할 때가 아닌가요?"

1차장은 한숨을 쉬었다.

"국제 문제라는 게 그리 간단치가 않아. 동학혁명을 막기 위해 외세를 끌어들이다가 결국 이 나라를 일본에 바친 꼴이 됐잖니?"

메리 퀸이 손을 저었다.

"북한군을 우리 땅으로 끌어들이자는 게 아니에요."

"그럼?"

"북한의 사이버부대는 알려진 대로 세계 최고 수준이에요."

메리 퀸의 표현이 못마땅한 듯 1차장은 빈정댔다.

"세계 최고라고?"

"네! 아버지께서도 그렇게 말씀하셨잖아요. 북한은 가난해서 절약형 전쟁 준비를 한다고요. 우리가 이지스함을 만들면

저들은 그 100분의 1밖에 안되는 돈으로 미사일을 만든다고
요."

"그래서?"

"그런 북한이 현대전에서 가장 치중하는 분야가 뭐겠어
요? 바로 사이버부대예요. 얼마 전 〈뉴욕타임즈〉도 북한은
펜타곤과 태평양 함대에까지 치명타를 날릴 수 있는 사이버
부대를 보유하고 있다고 보도한 적이 있어요. 이만하면 세계
최고 수준 아닌가요?"

1차장은 고개를 끄덕였다. 북한은 최소한의 예산으로 최대
의 효과를 볼 수 있는 방안으로 미사일과 핵 그리고 사이버부
대를 선택했다. 북한의 사이버부대는 유형의 무기보다 더 파
괴력이 크다고 세계 외신들이 보도한 바 있었다. 중국의 사이
버부대도 북한의 지원을 받는다는 소문까지 나돌 정도였다.

1차장이 반문했다.

"그래서 어쩌자는 거냐?"

"우리가 만든 코덱 바이러스 프로그램을 북한의 사이버부
대와 연계해 일본에 반격을 가하자는 겁니다."

이대로 앉아 있을 수만은 없는 일 아닌가. 군사 지원이 아
닌 사이버부대의 지원이라면 크게 부담될 게 없었고 메리 퀸
의 말에도 일리가 있었다. 1차장은 오랫동안 생각에 잠겼다.

"결국 금기를 깨고 저들과 협상하라는 거구나."

"아니에요. 신념마저 버리고 협상할 필요는 없어요."

"무슨 말이냐?"

"남북공조는 아버지께서 결정하실 수 있는 일이 아니잖아요."

"그럼……."

"대통령께 건의해서 재가를 받아보세요."

한참을 고민하던 1차장이 결국 고개를 끄덕였다.

"그래! 한번 해보자꾸나."

"잘 생각하셨어요, 아버지!"

메리 퀸은 와락 1차장 품에 안겼다.

"이 녀석! 다 큰 애가……."

밤늦게까지 구조 작업이 진행되었지만, 인명 피해는 늘어만 갔다. 양국 전투기는 미국의 중재로 충돌 위기를 간신히 넘겼지만 해상에서는 아직도 부상병들의 절규가 끊이질 않았다.

일본 함정들은 아직도 전기가 들어오지 않아 한국 함선의 서치라이트와 조명탄에 의지해 구조 작업을 벌이고 있었다. 구급약품을 나누기 위해 간혹 일본 함대와 한국 함대 사람들이 오가기도 했다.

박 함장은 양국의 피해 상황을 보고받았다. 부함장은 프레젠테이션 화면을 레이저빔으로 짚어가며 상황 설명을 했다.

"아군 피해 규모는 구축함, 순양함 각 1척 침몰, 초계함 1척 반파 후 독도 연안에 좌초, 잠수함 2척 침몰, 1척은 행방불명입니다. 현재 밝혀진 사망자는 42명, 실종 52명, 부상자는 124명입니다. 일본 측 피해 상황은 상세한 정보가 없어 알 수 없으나 현재 인양된 일본군 시신이 12구, 부상자가 24명입니다. 육안으로 관측된 바로는 침몰한 함정은 없으며, 잠수함 1척이 침몰됐고, 1척은 반파 후 독도 인근에서 표류 중입니다. 우리 측에 구조된 일본군은 총 30명이고, 저들 주장에 따르면 20여 명이 실종된 상태입니다."

박 함장은 혀를 찼다.

"쯧쯧! 도대체 이긴 전쟁이야, 진 전쟁이야?"

독도에서 벌어진 군사 충돌로 한일 관계는 최악의 상황으로 치닫고 있었다. 미국의 개입에도 일본은 기어이 선전포고를 하며 대한해협 봉쇄를 선언했다. 한국 정부도 한미연합사의 만류에도 이에 맞대응했다. 전군에 전시 태세를 알리는 데프콘1인 'Cocked pistol'이 발령됐고 전국에 야간 통행금지령이 내려졌다.

입장이 난처해진 미국 정부는 현 사태를 통제불가사태

(Being Not Right Control)로 규정하고 UN안보리에 긴급 소집을 요청했다. 또한 주한미군과 주일미군에게 3불(三不) 명령을 하달했다. 그 내용은 전쟁 개입 불가, 무기 제공 불가, 정보 제공 불가였다.

당혹스러운 건 한국이었다. 데프콘3이 발령되면 한미연합사로 작전권이 이양되지만 미군이 제 역할을 포기함으로써 엄청난 혼선이 일고 있었다. 한미연합사의 지휘체계는 한반도 전쟁을 목적으로 구축되다 보니 제3국과 분쟁이 발생하자 뜻밖의 문제점을 노출한 것이다. 또한 미군의 무기 및 정보 의존도가 높은 한국군에게 무기 제공 불가와 정보 제공 불가는 전쟁을 포기하라는 협박과도 같았다.

또 한 가지 불리한 점은 이 상황에서도 대북 경계를 포기할 수 없어 병력과 장비의 이동이 용이하지 않다는 것이었다. 다행이라면 독도 인근에 내려진 한일 양국의 비행금지선이 미국에 의해 전 해역으로 확대 발령되었고, 한일 두 나라가 이를 수용한 것이다. 전투기의 본토 공격만은 두 나라 모두 두려워한 까닭이었다.

일본 또한 곤란하기는 마찬가지였다. 독도, 조어도, 사할린에서 동시에 전선을 펼쳐야 했기에 임무 수행이 버거웠다.

어느덧 독도에 새벽이 찾아왔다. 그때까지 구조 작업은 계속되고 있었다. 간밤에 해경 순시선이 사상자와 부상병을 육지 병원으로 후송한 뒤라서 부상병들의 절규 소리는 거의 사라졌지만, 양국 병사들은 강추위에도 밤새 갑판에서 서로를 감시하며 구조 작업을 벌이는 고초를 겪어야 했다.

날이 밝자 박 함장은 병사들을 선두 갑판에 집결시켰다. 전시 상황이므로 새벽 점호는 아닐 터였다. 1차장이 박 함장에게 이유를 물었다. 박 함장이 답했다.

"해군에서 추가 지원을 결정한 모양입니다."

1차장은 반가움을 표했지만, 박 함장은 급작스런 변화에 의문스러워하는 모습이었다.

"이곳으로 제독이 파견된답니다."

"제독이라면 해군 장성 말입니까?"

"예! 지금 왕건 함대가 접근 중인데 임호준 해군작전사령부 부사령관께서 탑승하고 계신답니다."

"임 준장이요?"

"한데 이상한 게 많습니다. 어젯밤 울릉도 인근에서 우리를 지원하던 독도함이 갑자기 부산으로 회항했답니다. 추가 지원은 안 된다고 난리더니 교전이 끝난 지금 추가 함대 지원이 이뤄진다는 점도 이상하고요."

이상한 건 그뿐만이 아니었다. 박 함장은 제복이 아닌 운동복 차림이었다. 1차장은 박 함장의 복장에 신경이 쓰였지만 굳이 이유를 묻진 않았다.

이윽고 왕건 함대가 이순신 함대와 대형을 이루더니 임호준 부사령관이 이순신함으로 도선을 시도했다. 우렁찬 경례소리가 아침 바다를 깨웠다. 박 함장과 부함장은 운동복 차림으로 임 준장을 맞았다. 그 모습에 임 준장이 인상을 찌푸렸다.

"복장이 이게 뭔가?"

임 준장이 지휘봉으로 박 함장의 복부를 찔러가며 질타했다.

"어제부로 보직해임되었습니다. 그래서……."

임 준장이 엄한 목소리로 박 함장을 꾸짖었다.

"시끄러워! 병사들 앞에서 부끄럽지도 않은가. 이제 한미연합사 명령 따위는 무시해도 되니까 어서 제복으로 갈아입어."

이번에는 1차장이 나섰다.

"그게 무슨 말씀입니까? 한미연합사 명령을 받지 않아도 된다니?"

"미국 놈들 손 뗐습니다."

그제야 일행은 추가 지원이 이뤄진 경위를 이해할 수 있었다. 다시 제복을 갖추고 함교로 들어선 박 함장은 임 준장으로부터 충격적인 소식을 전해들었다.

"여기로 오는 길에 참담한 보고를 받았다. 대한해협 인근에서 우리 함대와 일본 이지스 함대 간에 충돌이 발생했는데 우리 함대가 전멸당했다는 보고다."

함교가 술렁였다. 부함장이 나서서 병사들을 진정시켰다. 임 준장이 다시 경과를 설명했다.

"간밤에 조어도 쪽에서 작전 중이던 이지스 공고함대가 대한해협으로 이동하는 것을 포착하고 함정 5척을 출항시켰는데 모두 격침당했다. 저놈들이 우리 영해 내의 함선까지 공격한 이상 전면전은 피할 수 없다."

함교에 서릿발 같은 비장감이 내려앉았다. 박 함장이 임 준장에게 물었다.

"저들의 피해는 얼마나 됩니까?"

"없다."

임 준장의 대답은 간결했다. 박 함장이 낙담한 표정으로 다시 물었다.

"저들 피해가 없다고 하셨습니까?"

"그렇다! 저들 미사일의 사정거리가 우리보다 멀어 우리 함정들은 반격 한번 해보지 못하고 모두 격침되고 말았다."

한국 해군의 주력 함대함 미사일인 해성 SSM-700K의 사정거리는 180킬로미터인 데 반해 일본의 함대함 미사일 TYPE-17 SSM의 사정거리는 300킬로미터였다. 과거 사정거리 150킬로미터였던 일본 함대의 함대함 미사일은 급속히 변화하기 시작했다. TYPE-17 SSM 함대함 미사일은 물론 SM-2, 탄두미사일 요격이 가능한 SM-3, 소형 위성까지 요격 가능한 SM-6 미사일로 대체한 것이었다.

정치 문제와 예산 문제로 변화하지 못한 한국 함대의 참패였고 대한해협 봉쇄라는 치명타를 맞은 것이었다.

1차장이 분개하여 물었다.

"육지의 우리 미사일 부대는 뭘 하고 있었답니까?"

"대통령께 지대함 미사일 발사를 건의해봤지만 허사였습니다. 우리 본토가 저들 함대의 미사일 사정권 내에 있으니 미사일 대응은 하지 말라는 명령이었습니다."

박 함장은 분통을 터뜨렸다.

"그럼 그렇게 당하고도 반격 한번 못한 겁니까?"

임 준장도 분통을 터뜨렸다.

"상대는 이지스함이야. 재래식 함정으로 어떻게 반격한단 말인가?"

이번에는 1차장이 분통을 터뜨렸다.

"그럼 우리도 이지스함을 출동시키면 될 거 아닙니까?"

"그건 우리 해군에서 알아서 할 입니다."

임 준장의 짜증 섞인 반응에 1차장은 한발 물러섰다. 박 함장이 다시 물었다.

"이동 중인 일본 이지스 함대의 목적지는 어딥니까?"

"뻔한 거 아니겠나. 바로 여기겠지."

박 함장은 그래도 의문이 풀리지 않는 모습이었다.

"이상하군요. 여기 못지않게 조어도 상황도 급박할 텐데 이지스함 전부를 철수시키다니요. 그렇다면 독도가 조어도보다 더 중요하다는 의미일까요?"

임 준장은 고개를 저었다.

"그렇진 않을 거다. 조어도는 이미 국제 사회로부터 일본 영토로 인정받은 곳이라 차후에도 소유권을 주장할 수 있다. 하지만 독도는 다르지. 자기들 영토로 인정받지 못한 상황에서 밀려난다면 차후에 소유권을 주장할 수 없어."

영토 분쟁이 벌어지면 일단 전쟁이 끝날 때까지 지켜보기만 하다가 이긴 쪽의 손을 들어주는 게 그간의 국제 사회 관례였다. 그 대표적인 사례가 포클랜드다. 불안한 함교 분위기를 의식했는지 임 준장이 크게 소리쳤다.

"지금 이곳 상황은 어떤가?"

박 함장이 임 준장 곁으로 다가서며 상황 설명을 했다.

"보시다시피 이지스함 2척을 포함한 일본 함대들을 고철 덩어리로 만들었습니다."

믿기지 않는다는 듯 임 준장은 망원경을 들어 닻을 내린 일본 함선들의 동태를 살폈다. 그의 입에서 탄성이 흘러나왔다.

"정말 대단해. 이건 기적이야, 기적!"

"다 이 친구 덕분입니다."

박 함장은 임 준장에게 민우를 소개시켰다. 임 준장은 그제야 민우 쪽을 돌아다보고는 반갑게 다가가 악수를 청했다.

"여기서 다시 보는군. 유민우 군! 고맙네. 자넨 이 나라의 영웅이야!"

하지만 민우는 가볍게 목례만 했을 뿐 여전히 안색이 좋지 않았다. 임 준장이 무슨 안 좋은 일이 있느냐고 물었다. 곁에 있던 1차장이 하마모데의 사이버공격을 알렸다. 설명을 듣고 난 임 준장이 천천히 고개를 끄덕이며 말했다.

"그랬었군. 어제 그 난리도 일본 놈들 소행이었어."

임 준장은 민우의 어깨를 두드리며 격려했다.

"염려 말게. 이제 우리가 알아서 할 테니."

1차장이 물었다.

"그나저나 조어도의 이지스 함대가 이리로 오고 있다니 어떻게 대처하실 겁니까?"

임 준장의 얼굴에 다시 근심이 서렸다.

"어쩌긴요. 싸워야죠."

"승산이 있습니까?"

염려가 담긴 물음이었지만 임 준장은 발끈했다.

"대한민국 해군을 어떻게 보고 하시는 말씀입니까?"

"결례가 되었다면 사과드립니다. 하지만 저도 국정원 간부로서 양국 함정의 제원 정도는 알고 있습니다."

임 준장은 언짢은 표정으로 1차장을 쏘아봤다. 하지만 1차장의 지적은 엄연한 현실. 당초 한국 해군의 전력은 일본의 30퍼센트 정도로 분석되었다. 아무리 일본의 이지스 함대 몇 척을 무력화시켰다지만 객관적인 전력은 아직도 일본의 50퍼센트에 불과하다. 더구나 함정들의 질적인 수준까지 감안한다면 그 격차는 더욱 벌어질 것이다. 임호준 준장은 1차장의 면전에 대고 이렇게 쏘아붙였다.

"그래서 어쩌라는 겁니까? 승산이 없으니 항복하자고 해야 합니까?"

"그런 뜻이 아닙니다."

1차장은 당황했다.

"핵폭탄을 터뜨리죠."

오랜 침묵을 깨고 민우가 던진 말이었다. 모두의 시선이 민우에게 쏠렸다.

"핵폭탄?"

모두가 의아한 표정을 짓고 있는 가운데 임 준장이 민우에게 물었다.

"우리에게 핵폭탄이 어디 있어?"

임 준장은 좀 전과는 달리 부드러운 어조로 민우에게 물었다. 민우는 입술을 지그시 깨물며 말했다.

"해양지질학을 공부한 적이 있습니다. 그때 해저 지하자원에 대해서 좀 알게 되었죠."

"그런데 그게 어떻다는 말인가?"

"지금 독도 바다 밑엔 엄청난 무기가 묻혀 있습니다."

모두들 어리둥절한 표정으로 서로를 번갈아보며 고개를 저었다. 박 함장이 물었다.

"무슨 말인가?"

"하이드레이트(hydrate)!"

"하이드레이트? 그게 무기라고?"

"무기가 아닙니다. 지하자원입니다."

답답한 듯 임 준장이 따져 물었다.

"무슨 말인가? 조금 전에는 무기라 했다가 다시 지하자원이라니."

민우는 하이드레이트에 대해 설명했다. 하이드레이트란 얼음처럼 굳어 있는 고체 천연가스였다. 즉 불에 타는 LPG 암석인 것이다. 예전엔 사람들이 그 가치를 몰라 그저 석유가 매장되어 있다는 걸 알려주는 암석 정도로만 여겼다. 하지만 현재는 석유나 천연가스보다 열량 효율도 월등하고 매장량도 많아 화석연료를 대체할 에너지원으로 개발하는 자원이다.

민우의 설명에 따르면 하이드레이트가 독도 바다 아래에 20억 톤 이상 매장되어 있다는 것이다. 한국이 30년 이상 쓸 수 있는 매장량이었고, 돈으로 환산하면 150조 원 이상의 가치가 있었다.

"일본이 독도를 노리는 이유 중 하나가 바로 하이드레이트 때문입니다."

어마어마한 수치에 병사들의 입에서 탄성이 흘러나왔다.

"그건 보안 내용인데 자네가 어떻게 그걸 알고 있나?"

1차장이 놀라며 물었다.

"1997년 제 모교 교수님이 러시아의 무기화학연구소에서 독도 지하자원 탐사를 할 때 그들과 작업을 하다 들었다고 했습니다."

이번에는 임 준장이 물었다.

"러시아가 왜 독도 지하자원을 탐사했지?"

"그건 대외적 형식이었습니다. 실제 탐사 목적은 구소련 시절 그들이 이곳에 갖다 버린 핵폐기물에 대한 연구였습니다. 그 과정에서 하이드레이트를 발견한 겁니다."

임 준장이 물었다.

"그래서 하이드레이트를 이번 전쟁에서 어떻게 이용하겠다는 건가?"

"가미카제죠."

"가미카제?"

"예! 하이드레이트는 해저면에 대량으로 노출되어 있습니다. 그곳을 여러 곳 시추해 일시에 폭탄으로 터뜨린다면 어떻게 될까요?"

임 준장이 마른침을 삼키며 되물었다.

"어찌되나?"

"20억 톤의 하이드레이트가 동시에 폭발한다면 대략 히로시마 원자폭탄 30만 개 정도를 한꺼번에 터뜨리는 위력을 발휘할 겁니다."

"30만 개?"

임 준장은 쩍 벌어진 입을 다물지 못했다.

"그게 터지는 순간 대지진과 함께 엄청난 해일이 일어나겠죠. 독도는 해일에 파괴되어 감쪽같이 지상에서 사라질 것이고, 일본도 절반 이상이 물에 잠길 겁니다."

"그럼 우리나라는?"

"태백산맥이 지켜주는 포항 위 지방을 제외하곤 남부 지방은 거의 모두가 물에 잠기겠죠. LA나 하와이, 샌프란시스코도 안전지대는 아닐 겁니다."

임 준장은 다시 마른침을 삼키며 물었다.

"그런 엄청난 걸 터뜨리자는 말인가? 가미카제란 뜻이?"

"그렇습니다."

1차장이 언성을 높였다.

"그걸 말이라고 하나? 우리나라 남부 지방도 잠긴다며?"

"어쨌든 전쟁은 종결될 게 아닙니까?"

임 준장은 어이없다는 표정이었다.

"천진난만하고 무모한 발상이군."

민우가 임 준장에게 대놓고 물었다. 다소 건방진 어투로.

"제독님도 두려우신가요?"

"물론. 우리 국민과 국토의 안위가 걸린 문제니까."

"그럼 더욱더 터뜨리고 싶군요."

모두들 당황스러운 표정이었다. 얼굴이 붉게 상기된 임 준장이 물었다.

"우릴 조롱하는 건 아니겠지? 다른 생각이 있는 건 아닌가?"

"지금 제독님이 느끼시는 공포, 일본 사람들은 어떻게 받아들일까요?"

"우리보다 더 두려워하겠지."

"그겁니다. 심리전을 펼치자는 겁니다. 우리가 하이드레이트를 시추하는 것만으로도 엄청난 공포를 줄 수 있을 겁니다."

"공포감을 조성해서 더 이상 확전을 못하게 하자는 뜻인가?"

"아베 정권이 득세할 수 있었던 건 후쿠시마 대지진으로 유발된 일본 내부 불만을 북한을 비롯한 주변국에 대한 군사 강경 대응으로 극복할 수 있었기 때문입니다. 우리가 다시 대지진의 공포로 보복하는 겁니다."

1차장이 나섰다.

"만약 우리가 시추를 시작한다면 저들이 그냥 놔두겠나? 당장 폭격하지."

"우리에겐 3000명 이상의 일본 포로가 있습니다."

임 준장이 민우의 말을 받아 말했다.

"그러니까 그 포로들을 시추선에 태우고 작업하면 된다 이 말이군. 그럴듯해. 아주 재미있겠어."

1차장이 황당하다는 듯 두 사람의 말에 제동을 걸었다.

"임 준장님! 어찌 영화에서나 나올 법한 그런 이야기를……."

임 준장은 1차장의 말허리를 거칠게 잘랐다.

"왜 안 된다는 겁니까? 우리와 일본 함대의 수준 차이를 잘 알고 있다 하지 않았습니까? 그럼 대한해협에서처럼 그냥 당하고만 있자는 말입니까?"

1차장은 아무 말도 하지 못했다. 임 준장은 즉각 작전에 착수할 것임을 밝혔다.

"난 곧바로 대통령께 재가를 받겠다."

1차장도 동행하기로 했다.

헬기가 이륙 준비를 하는 동안 임 준장은 은밀히 박 함장과 부함장을 함장실로 불렀다. 몹시 신중한 걸로 보아 보안에 무척 신경을 쓰는 눈치였다. 임 준장이 비장하게 말했다.

"내가 여기로 온 건 합참의 비밀작전을 수행하기 위해서다."

비밀작전? 박 함장과 부함장은 마른침을 삼키며 임 준장의 다음 말을 기다렸다.

"이번 전쟁에서 우리가 우려한 건 대한해협의 봉쇄였다. 그런데 어젯밤 그 우려가 현실이 되어버렸다. 그래서 독도함을 부산으로 회항시킨 것이다."

박 함장이 조심스럽게 물었다.

"반격입니까?"

"그렇다. 대마도 상륙작전을 감행할 것이다."

박 함장과 부함장은 그 자리에 얼어붙었다. 대마도 상륙작전이라면 일본 본토 공격이 아니던가. 그렇다면 전쟁은 두 나라의 운명을 건 전면전으로 치닫는다는 의미다.

임 준장은 눈에 힘을 주며 단호히 말했다.

"독도함은 바로 이날을 대비해 만든 것이다."

박 함장이 물었다.

"독도함 단독 상륙작전입니까?"

"아니다. 세종대왕 전대가 실전에 나선다."

한국 자체 기술로 제작한 세종대왕함의 실전 투입. 박 함장과 부함장은 잔뜩 긴장한 가운데에서도 감격하지 않을 수 없었다. 임 준장은 후속 조치에 대해 설명했다.

"독도함에는 지대함 미사일이 탑재된다. 지대함 미사일은 사정거리가 훨씬 길다. 우리 해군의 열세를 지상에서 커버해줄 것이다."

부함장이 물었다.

"대마도를 점령한다면 일본해협을 통과하는 일본 함대는

우리 사정권에 들겠군요?"

"그렇다. 그렇게 되면 일본 함대의 독도 지원은 원천봉쇄 되는 것이다."

박 함장이 무겁게 입을 열었다.

"결국 지상군까지 동원된 전면전이 시작되는 거군요."

"하지만 모든 승패는 여기 독도에서 결판날 것이다."

20.
남북공조와 대반격

임호준 준장과 민우 일행이 올라탄 헬기는 경북의 어느 도시를 지나고 있었다. 상공에서 내려다본 도시에선 연기가 피어나고 있었지만 우려했던 만큼 큰 피해나 동요는 없는 듯했다. 임 준장은 손짓으로 연기 나는 곳을 가리키며 그곳이 어제 일본의 사이버공격으로 화재가 발생한 곳이라고 설명했다.

헬기가 착륙한 곳이 민우에겐 낯익었다. 민우가 메리 퀸을 처음 만난 비밀 요새였다. 선전포고가 내려지고 전시체제라 행정부 수반이 이곳으로 옮겨와 주둔하게 된 것이었다.

임 준장과 1차장이 대통령과 면담하는 동안 민우와 메리 퀸은 헬기에 머물렀다. 얼마 후 면담을 마친 임 준장이 헬기에 오르며 말했다.

"대통령의 재가를 받았어. 드릴선을 바로 투입하라시는 군."

뒤이어 1차장이 헬기에 오르자 임 준장은 조종사에게 강화도 해군기지로 가라고 지시했다. 1차장이 민우에게 대통령과 나눈 얘기를 전해주었다.

"대통령 비서실에서 핫라인으로 북측과 교신했어. 의외로 북측에서 아주 호의적으로 나오더군."

메리 퀸이 물었다.

"대통령께선 뭐라 하시던가요?"

"알다가도 모를 일이야. 대통령께서도 북한과의 연대를 환영하는 눈치야. 나더러 직접 가라고 하시더군. 하 참! 국정원 간부가 북한과 협상하다니!"

1차장은 탄식을 토했다.

헬기는 강화도에 도착했다. 강화도에는 북으로 가기 위한 어선이 준비되어 있었다.

"어서 가시오."

임 준장이 일행을 배웅했다. 민우는 배에 오르며 1차장에게 목적지를 물었다.

"어디로 가는 겁니까?"

"장산곶."

장산곶이라면 북한의 해군기지가 있는 곳이다.

어선은 북측의 별다른 제재 없이 장산곶에 도착했다. 일행은 군악대까지 동원한 북한군의 성대한 환대에 놀랐다. 북측 장성이 1차장 일행을 자신의 방으로 안내했다.

"연락 받았습니다. 좀더 일찍 오시지 않고요."

1차장은 먼저 감사의 뜻을 표했다. 밝은 표정으로 인사를 나누던 장성이 민우를 보더니 물었다.

"이분이 그 유명한 일파모 사이버부대 사령관님입니까?"

"그렇습니다. 그런데 북측 사이버부대 단장은?"

"마침 저기 오는군요."

창밖에서 요란한 헬기 소리가 들려왔다. 방 안으로 들어선 북측 사이버부대 단장은 놀랍게도 30대 초반쯤으로 보이는 젊은 여성이었다. 장성이 민우에게 그녀를 소개시켰다. 민우가 어설프게 악수를 청했는데 북측 단장이 와락 민우를 껴안는 게 아닌가.

"왜 이제야 오셨습니까?"

당황하는 민우와 달리 북측 장성은 박수를 쳤고, 1차장도 엉겁결에 박수를 쳤다. 두 남녀의 포옹을 의식해서인지 장성이 메리 퀸에게 양해를 구했다.

"오해 마시오. 공화국 최고 예우의 인사법입니다. 허허!"

북측 단장은 메리 퀸, 1차장과도 차례로 포옹의 인사를 나누었다. 그녀의 눈빛에는 진심 어린 감동이 담겨 있었다. 그녀는 자신을 리정애라고 소개했다. 모두들 자리에 앉자 장성이 먼저 말문을 열었다.

"시간이 급하니 어서 본론으로 들어갑시다. 우리가 도와야 할 일이 뭡니까?"

민우가 또박또박 설명했다.

"일본에 반격을 하기 위해 심어둔 바이러스가 있습니다. 하지만 저들에게서 공격을 받아 코드를 실행하기 어렵게 됐습니다. 그 공격 프로그램을 작동시킬 수 있도록 도와주십시오."

리정애가 화답했다.

"코덱 바이러스 말입니까?"

민우는 흠칫 놀랐다. 그걸 어떻게? 민우의 표정을 읽은 리정애가 방긋 웃어 보이며 말했다.

"저도 일파모 회원입니다."

순간 가슴 밑바닥에서 뜨거운 불이 올라왔다. 북한에도 일파모 회원이 있다니. 감격 그 자체였다. 민우의 감격이 가라앉기도 전에 리정애가 물었다.

"공격 코드는 사령관님만이 지정할 수 있는 것 아닙니까?

그런데 어떻게 공격을 받았다는 겁니까?"

민우도 이유를 알지 못했다. 다만 하마모데가 민우 자신도 모르는 어떤 능력이 있으리라 짐작할 뿐이다. 리정애가 노트북을 켜며 물었다.

"공격 코드 루트가 어떻게 됩니까?"

민우가 접근 루트를 알려주었다. 예상대로 공격 코드 프로그램은 깨끗하게 지워져 있었고 '도라도라도라'라는 글자만이 남아 있었다. 모든 자료가 사라진 것이다.

"이래 가지곤 해킹 루트 추적이 어렵겠군요."

리정애는 대답 없이 아이콘을 클릭했다. 아이콘은 민우가 난생처음 보는 것이었다. 에디트 창이 떠오르며 복잡한 기계 용어들이 노트북 화면을 채우며 흘러갔다. 어느 순간 리정애가 마우스를 클릭해 화면을 멈춰 세웠다. 이어 일련의 복잡한 과정을 거쳐 시스템을 작동시키기 시작했다. 한참 후, 기계 언어들이 사라진 모니터에 암호 코드 하나가 나타났다.

"스텔스 모드였군."

리정애가 중얼거렸다. 민우는 그녀의 말을 알아들을 수 없었다. 수감 기간에 새로 등장한 용어인 듯했다. 그 뜻을 묻자 리정애가 자세히 설명했다.

"스텔스 모드란 자신의 모습을 감추는 프로그램이에요. 다시 말해 남의 컴퓨터에 침입해도 상대가 감지 못하게 개발된 해킹 프로그램입니다."

속설로만 존재하는 프로그램이라 생각했는데 이렇게 실재하다니 그저 놀랍기만 했다. 그녀의 설명만으로도 민우는 상황을 파악할 수 있었다. 그렇다면 하마모데가 민우의 컴퓨터 안에 함께 머물고 있었던 것이다. 민우가 개발한 프로그램과 그것을 감춰두는 서버 그리고 극비로 설정해둔 공격 코드와 지명된 휴대폰 정보까지 속속들이 다 들여다보고 있었던 게 분명하다. 그것도 모른 채 온갖 재주를 부린 자신을 하마모데가 얼마나 비웃었을까. 얼굴이 화끈거리고 화가 머리끝까지 치솟았다.

"야비한 놈!"

하마모데를 덕장이라 생각했던 자신이 얼마나 순진하고 감상적이었는지 뼈저리게 후회되었다.

한편 1차장과 북 장성은 독도 전황에 대한 이야기를 나누고 있었다. 독도 무용담을 전해들은 장성은 손뼉을 치며 감탄했다.

"막강한 일본 해군 절반을 박살 내다니, 정말 대단하십니다."

1차장은 고맙다는 인사로 답했다. 장성은 연거푸 탄성을 쏟아냈다.

"어서 통일이 되어 우리가 힘을 합쳐야 일본 놈들이 얕보지 못할 텐데요."

협상은 30분 만에 끝났다. 우호적인 분위기 속에서 모든 게 순조롭게 진행된 회담이었다. 협약이 구체적으로 이루어지고 나서 민우가 1차장에게 물었다.

"1차장님! 저는 여기 남아도 되겠습니까?"

1차장과 메리 퀸이 깜짝 놀라며 민우를 바라보았다.

"제가 만든 프로그램을 복구하는 일이니 제가 필요할 겁니다."

1차장은 흔쾌히 허락했다.

"그건 안 됩니다."

민우의 청을 단호하게 거절한 건 북측 장성이었다.

"유민우 사령관이 여기 있는다면 우리 사이버부대에 보안상의 문제가 생길 수도 있습니다."

맞는 말이었다. 민우 정도의 실력이라면 북측 사이버부대의 전모를 한눈에 파악할 수 있을 것이었다. 이곳도 엄연한 적지임을 깨닫는 순간 싸늘한 느낌이 등줄기를 훑고 지나갔다.

북측 협상단은 민우 일행을 어선까지 올라 배웅했다. 마지막 인사를 나누며 민우는 리정애에게 물었다.

"공격 코드의 복구는 얼마나 걸리겠습니까?"

"다행히 일본 컴퓨터에 설치된 코덱 바이러스 프로그램을 찾아냈으니 최대한 시간을 단축해보겠습니다."

전시라 그럴 만한 경황이 없었던 것일까? 아니면 개인 컴퓨터들이라 어쩌지 못했던 것일까? 어쨌든 자신이 감염시킨 일본 내의 좀비 컴퓨터들에 코덱 바이러스 프로그램이 그대로 남아 있어 천만다행이었다. 리정애는 민우의 질문을 받아 되레 반문했다.

"얼마나 시간을 주시렵니까?"

"빠를수록 좋겠지요. 24시간이면 무리인가요?"

리정애는 여유만만하게 답했다.

"6시간이면 충분합니다."

"6시간요?"

민우는 다시 한번 놀라지 않을 수 없었다. 놀라움이 가시기도 전에 리정애가 덧붙였다.

"연락이 힘들 테니 정확히 6시간 후에 공격 버튼을 누른다고 생각하십시오."

의심쩍었다. 프로그램 내용상 24시간도 무리한 요구라 생각했는데, 6시간 안에 완성하겠다고 장담하다니……. 그러나 지금으로선 무작정 믿을 수밖에 없었다.

리정애는 민우에 대한 찬사를 아끼지 않았다.

"그 프로그램은 사실 우리 북측 사이버부대가 수년 동안 연구 개발하던 프로젝트와 동일한데, 국가 차원에서도 완성 못한 그걸 일개 민간인이 어떻게 해냈는지 그저 존경스럽기만 합니다."

리정애 단장은 또다시 포옹으로 배웅 인사를 했다. 입항 때처럼 군악대가 1차장 일행을 환송했다. 귀항 길에 오른 뱃머리에서 1차장이 말했다.

"참 모를 일이군."

"뭐가요?"

"여기 올 때까지만 해도 모질게 마음먹었지. 여차하면 자리를 박차고 일어서야지 했는데, 왜 이리 마음이 포근한지……."

1차장은 멀어지는 장산곶을 오래도록 바라보았다.

한동안 침묵하던 1차장이 무슨 생각이 떠올랐는지 몸을 일으켜 세우며 민우에게 말했다.

"그런데 말이야. 북측에서 오버하는 거 아냐?"

"뭐가요?"

"오늘 오후에 북한이 일본에 선전포고를 한다는구먼."

민우는 깜짝 놀라 물었다.

"북한이 일본에 선전포고를 한다고요?"

"이미 결정난 사안이라며 귀띔해주더군."

북한의 대일본 선전포고. 사실상 남북한 군사공조가 이루어진 것이다.

장산곶에서 돌아오자마자 1차장은 박성훈 함장에게 이지스 공고함대의 향방에 대해 물었다. 박 함장은 연신 고개를 갸우뚱거리며 말했다.

"참 이상한 일입니다. 무슨 일인지 이지스 함대가 포항 앞바다 1200마일 해상에서 멈춰 섰습니다."

"아니 왜요?"

"그걸 알 수 없다는 겁니다. 뭔가 꿍꿍이가 있는 것 같은데, 암튼 사정권 밖에서 서로 대치하고 있는 형세입니다."

여독을 풀기 위해 민우 일행은 잠시 눈을 붙였다. 모두들 전쟁에 대한 악몽에 시달리는지 비명에 가까운 잠꼬대를 하곤 했다. 두어 시간이 지났을까. 비상회의를 소집하는 안내방송에 일행은 눈을 떴다.

일행이 함교로 들어섰을 때 박 함장과 장교들은 해도를 펼쳐두고 심각하게 작전회의를 하고 있었다. 1차장이 부함장에게 일본 함대의 동향을 다시 묻자 부함장이 근심 어린 낯빛으로 답했다.

"조금 전 돌발 상황이 발생했습니다. 사할린 근처에 머물던 일본 북해함대가 남진하기 시작했답니다."

눈살을 찌푸리며 부함장이 말했다.

"저놈들이 왜 포항 앞바다에 멈췄는지 짐작이 가는군요."

"왭니까?"

"북해함대와 협공 작전을 펼치려는 겁니다. 이젠 정말 전면전을 피할 수 없겠습니다."

그러나 동석한 박 함장은 고개를 저었다.

"그것만으로는 타당성이 부족해. 분명 다른 이유가 있어."

1차장은 고립된 일본 함대 쪽을 바라보며 박 함장에게 물었다.

"일본 함대를 그대로 방치해두는 건 위험하지 않겠소?"

"위험하다니요?"

"전투능력은 상실했다지만 저들 함선엔 많은 무기가 탑재돼 있어요. 전투 발생 시 저들이 수동으로 공격해온다면 그야말로 사면초가가 되고 말 것 아닙니까?"

"그렇군요."

1차장의 예상은 개연성이 있었다. 1차장의 조언에 박 함장은 고맙다는 인사를 건네며 즉시 일본 함대의 무장해제 작업에 착수했다. 작전은 즉각 실행에 옮겨졌다. 한국 함정들은 만약의 사태를 대비해 고립된 함대에 포신을 겨누고 무장해제를 요구하는 경고 방송을 되풀이하며 접안을 시도했다.

일본 함대의 대응 조짐이 감지되면 격침해도 좋다는 박 함장의 명령도 떨어졌다. 다행히 저항의 조짐은 보이지 않았다. 한국 병사들의 접안 작전이 순조롭게 진행되는 모습을 확인한 박 함장은 상황실을 호출해 현 상황을 보고받았다.

"현재 사할린에서 출발한 북해함대는 동경 132도 52분 34초, 위도 41도 12분 22초를 지나 시속 22노트의 속력으로 남하하고 있습니다."

"22노트라. 빠른 속도군. 함선 수는?"

"8척입니다."

"사정거리 진입 시간은?"

"정확히 4시간 후입니다."

"이지스 함대의 움직임은 없나?"

"아직 없습니다."

박 함장은 한숨을 내쉬었다. 이제 4시간 후면 양국 함대가 서로 미사일 사정거리에 들게 되는 것이다. 아니, 일본의 미사일 사정거리가 더 기니까 어쩌면 전쟁은 예상보다 일찍 시작될 수도 있다. 박 함장의 시름은 깊어갔다.

박 함장은 해성 미사일의 수를 머릿속으로 헤아렸다. 해성 미사일이 장착된 함정은 KDX-2급인 이순신함과 왕건함 2척뿐이었다. 100퍼센트 명중하더라도 그 수가 충분치 않았다.

박 함장은 해군사령부에 상황을 보고한 후 대응 방안을 요청했다. 잠시 후, 해군사령부는 일본의 도발이 있기 전까지는 교전을 피하라는 지시를 내렸다.

한편 그 시각, UN에서는 안보리에서 결의된 동북아평화유지군 파견을 위한 긴급회의가 열렸다. 결의안만 통과되면 공해상에 머물고 있는 미 항공모함 조지 워싱턴호가 독도 근해로 진입해 분쟁 저지 작전을 수행할 태세였다.

일본 함대의 움직임이 시시각각 보고되었다. 바다 밑에 아직도 1척의 일본 잠수함이 머물고 있는 것도 탐지되었다.

한편 일본 함선 내로 진입한 한국 병사들은 함정의 주요 시설들을 장악하고 일본 해군들을 무장해제시켜 한곳으로 모아 감금했다. 그런데 별다른 저항이 없던 이지스 묘코함에서 난데없이 총성이 들려왔다.

묘코함은 주력 함대인 제3호위대의 사령선이다. 박 함장은 망원경을 들어 묘코함을 살펴보았다. 일본 장교 4명이 도주하며 권총을 발사하자 한국 해군도 응사하고 있었다. 선두 갑판 한가운데에는 누군가가 윗옷을 벗은 채 무릎을 꿇고 앉아 있었다. 저항하던 일본 장교 둘이 한국 해군의 총격에 쓰러졌고, 나머지 둘은 무릎 꿇은 사람 옆에 멈춰 섰다.

그때였다. 무릎 꿇고 있던 사내가 복부에서 피를 흘리며 그 자리에서 쓰러졌다. 그리고 2발의 총성과 함께 곁에 있던 일본 장교들도 거의 동시에 쓰러졌다. 묘코함에 승선했던 한국 측 장교로부터 무전 연락이 왔다.

"작전 종료됐습니다. 주요 시설 모두 장악했고 적군들은 모두 감금시켰습니다."

박 함장이 총성에 대해 물었다.

"묘코함의 함장이 할복자살했습니다."

"할복을?"

"예! 함장은 숨을 거뒀고, 할복을 만류하는 우리 병사들에게 일본 장교들이 총격을 가해와 잠시 교전이 있었습니다."

"그래서 어찌 됐나?"

"저항하던 장교 둘은 아군에게 사살됐고, 나머지 둘은 권총으로 자결했습니다."

묘코 함장의 자살 소식에 분위기가 무겁게 가라앉았다. 묘코함 함장 가와사키. 그는 독도를 놓고 가상해상군사작전을 벌인 장본인이기도 했고, 누구보다도 독도의 일본 소유권을 극렬하게 주장해온 극우파였다. 그런 그가 독도에서 참패를 당했으니 실추된 자존심과 명예를 회복하기 위해서라도 자살이라는 극단적인 방법을 택할 수밖에 없었을지 모른다.

상황실에서 다시 급박한 소식이 전해졌다.

"함장님! 남쪽의 이지스 공고함대가 움직이기 시작했습니다."

"항로 방향은?"

"이곳입니다."

"사정거리 진입 시간은 얼마나 남았나?"

"2시간 정도입니다."

박 함장은 뒷짐을 진 채 허공을 바라보았다. 그때 함교에 또다시 급보가 전해졌다.

"함장님! 방금 북한이 일본에 선전포고를 했다고 합니다."

박 함장은 믿기지 않는다는 듯 다시 물었다.

"내용 그대로를 말씀드리자면, 조선반도를 침략한 무리들을 응징하기 위해서랍니다."

"허! 이것 참, 재미있어지는군."

함교에는 숨이 가쁠 정도로 긴장감이 감돌고 있었다. 박 함장은 연신 시계를 바라보았다. 민우 역시 초조하게 시계를 쳐다보았다. 북측에서 사이버공격을 감행하기로 약속한 시간이 점점 다가오고 있었기 때문이다. 약속대로라면 이제 1시간이 남아 있었다.

민우는 안절부절못하던 끝에 두 손을 호주머니에 찔러넣었다. 손끝에 무엇인가가 만져졌다. 외사과장이 민우에게 선물로 준 모래시계였다. 모래시계를 꺼내 테이블에 올려놓았다. 그 모습을 바라보던 1차장이 물었다.

"그게 뭔가?"

"외사과장님이 주신 선물입니다. 과장님, 부디 마지막까지 우릴 지켜주시길……."

민우는 모래시계를 두 손으로 모아 쥐며 기도했다.

1차장과 메리 퀸의 시선이 모래시계로 모아졌다. 함교에 새로운 소식 하나가 떨어졌다.

"함장님! 시추선 드릴십 대양호가 도착했답니다."

일행이 갑판으로 나서자 멀리 탑신을 세우고 접근해오는 드릴십의 모습이 보였다. 드릴십 대양호는 바다 한가운데에 시추 시설을 제작해야 하는 방식이 아닌 배 자체에 시추 시설을 갖춘 것으로 한국이 자체 제작한 첨단선박이었다. 자체 동력으로 이동이 가능했고, 선체 가운데에 있는 4개의 시추공을 통해 선상에서 지하 10킬로미터까지 시추가 가능했다. 드릴십 대양호가 이순신함에 접근하자 병사들은 박수와 환호로 환영했고 시추선 인부들은 작업모를 벗어 흔들며 화답했다. 작전참모가 박 함장에게 물었다.

"함장님! 일본 포로들을 시추선에 탑승시킬까요?"

박 함장은 고개를 저었다.

"놔둬. 오히려 작업에 방해만 될 텐데 뭘."

그 대신 박 함장은 다른 지시를 내렸다.

"시추가 시작되면 동원할 수 있는 모든 매체를 활용해 동영상을 찍어 SNS로 뿌리도록. 일본 국민의 간담이 서늘해지도록 말이지."

다시 함교로 돌아온 박 함장은 상황실에 연락을 취했다.

"해군사령부에 시추선이 도착했다는 사실을 알려라. 최대한 도청이 잘되는 무전기를 이용하라. 일본이 확실히 도청할 수 있도록 반복 교신하도록."

현장에 도착한 드릴십은 즉시 선체 고정을 위한 작업에 착수했다.

모래시계가 거의 바닥을 드러내고 있었다. 메리 퀸은 벽면시계를 바라보며 긴장된 목소리로 말했다.

"5분 남았습니다."

민우는 말없이 고개를 끄덕였다. 1차장이 민우에게 물었다.

"그런데 우린 사이버공격이 성공했는지 어떻게 확인하지? 일본 방송을 틀어볼까?"

"그렇게 하십시오. 공격이 성공한다면 모든 일본 방송이 중단될 겁니다."

민우 일행은 TV가 설치된 휴게실로 내려가 NHK에 채널을 맞췄다. NHK에서는 대한해협 근처에서 격침된 한국 함선의 모습을 '승리'란 타이틀과 함께 재방송하고 있었다.

"녀석들, 독도에서 깨진 건 입도 뻥긋 않는군."

1차장은 조롱하는 말투로 내뱉었다. 메리 퀸이 긴장된 목소리로 소리쳤다.

"1분 남았어요."

민우의 손은 땀에 젖어 있었다. 긴장감이 극에 달해 경기를 일으킬 정도였다. 그때까지도 민우는 코덱 바이러스 공격 코드 프로그램을 6시간 만에 복구하겠다던 리정애의 말을 반신반의하는 상태였다. 하지만 지금으로서는 그녀밖에 믿을 게 없었다. 메리 퀸이 카운트다운을 시작했다.

"5초, 4초, 3초, 2초, 1초, 제로!"

모두들 뚫어지게 TV 화면을 바라보았다. 그러나 NHK의 화면은 너무나 또렷했다. 30여 초가 지나도 화면에 변화가 없자 1차장은 자리에서 벌떡 일어나 빈정댔다.

"그럼 그렇지. 걔네들이 무슨 기술이 있겠어?"

하지만 민우는 계속해서 TV 화면을 주시했다. 메리 퀸이 물었다.

"실패한 건가요?"

"아직 모릅니다. 리부팅 시간이 필요하거든요."

3분 정도의 숨 막히는 시간이 흘렀다. 갑자기 TV 모니터에 심한 노즐이 일기 시작했다. 빈정대던 1차장이 TV 앞으로 달려나갔다. 그때 노즐과 함께 시끄러운 잡음이 들려왔다. 1차장과 메리 퀸의 시선이 민우에게 쏠렸다. 잠시 후 TV의 모든 잔상이 지워지고 모니터는 먹통이 되어버렸다.

"성공이야, 성공!"

민우는 자리를 박차고 일어서며 두 손을 높이 치켜들었다.

"CNN, CNN!"

메리 퀸은 CNN을 외치며 TV로 달려가 채널을 돌렸다. 다른 방송들은 모두 정상적으로 출력되고 있었다. CNN에서도 북한의 대일 선전포고를 알리고 있었다. 그런데 잠시 후 앵커가 PD 등과 무슨 교신을 나누더니 긴급 속보가 있다고 했다. 생방송이라 앵커 자신도 무슨 내용인지 몰라 당황하는 듯했지만 이내 침착하게 PD가 가져다준 메모를 읽기 시작했다.

"일본에 대참사가 발생한 것으로 보입니다. 모든 방송이 중단되었으며 신칸센이 선로를 이탈해 많은 사상자가 발생했습……."

메리 퀸이 신속하게 동시통역을 했다.

"원인은 알 수 없으나 모든 전기가 끊어지고 전산망도 다 운됐습니다. 원자력 발전소도 멈춰 섰고, 관제탑도 통신 마비 상태라 항공기들이 회항하고 있습니다. 시민들은 극도의 불안감을 보이고 있습니다. 모든 방송 시설이 마비된 상태라 현지 방송을 진행할 수 없는 상황이라고 합니다. CNN 자체 장비를 이용해 취재하는 대로 현장을 다시 연결하겠습니다."

1차장은 환호성을 질렀다.

"대성공이야, 대성공!"

흥분한 1차장은 함장실로 달려갔다. 그러고는 박 함장을 끌고 왔다.

"무슨 일인데 이럽니까? 지금 초비상이라 자리를 뜨면 안 됩니다."

"압니다. 하지만 저 방송 좀 보세요."

잠시 후 CNN이 자체 방송 장비를 이용해 일본 현지의 모습을 방영하기 시작했다. 메리 퀸이 계속 통역을 했다.

"경제대국 일본이 일시에 멈췄습니다. 모든 전원이 멈췄고 방송조차 하지 못하는 상황입니다. 어디서 무슨 사고들이 발생했는지 그리고 얼마만큼의 인명 피해가 있는지 지금으로서는 짐작조차 할 수 없습니다. 그러나 분명한 건 엄청난 사건들이 일본 전역에서 동시에 발생하고 있다는 겁니다. 잠시 현지 인터뷰를 해보겠습니다."

기자는 시민 한 명을 붙잡고 인터뷰를 요청했다. 메리 퀸은 일본어를 잘 모른다며 1차장에게 통역을 부탁했다.

"무슨 일인지 모르겠습니다. 집에 있는데 여기저기서 전자 제품들이 펑펑 터졌고 연기가 났습니다. 너무 무서워 아이들을 데리고 거리로 나왔습니다."

박 함장이 놀란 눈을 TV에 고정시킨 채 물었다.

"일본에 무슨 일이 생긴 겁니까?"

1차장이 의기양양하게 말했다.

"우리의 사이버공격으로 일본이 박살 났습니다. 이번 전쟁에 치명적인 타격을 줄 겁니다."

박 함장은 민우에게 시선을 옮겼다.

"이것도 자네 작품인가?"

민우는 의외로 힘없이 고개를 끄덕였다. 박 함장은 감격에 겨워 금방이라도 눈물을 흘릴 것 같은 얼굴로 민우의 양어깨를 힘주어 잡았다.

"자네 동상이라도 세워야겠구먼. 그런데 자네 표정이 왜 그리 어두운가?"

민우가 무겁게 입을 열었다.

"사상자가 너무 많이 생겨서⋯⋯."

박 함장은 민우의 어깨를 두드리며 다독였다.

"지금은 전쟁 중이야. 너무 감상에 젖지 않는 게 좋겠네. 한데 일본군 슈퍼컴퓨터도 지하에 있으면 보호가 되는 건가?"

"아닙니다. 하마모데의 공격은 독립형 바이러스였지만 우리 공격은 네트워크 바이러스입니다. 일본군 슈퍼컴퓨터는 박살이 났을 겁니다."

박 함장이 고개를 끄덕였다.

"일본 해군엔 치명적이겠군. 사실 우리 해군은 대공통합통제시스템(NIFC-CA)이나 통합미사일방어시스템(IAMD)을 갖추고 있지 않아. 하지만 일본 해군은 미국의 전폭적인 지원을 받아 미군 전력을 포함한 육해공 통합화력시스템을 갖추고 있지. 한마디로 슈퍼컴퓨터 없인 전쟁을 치를 수 없다는 거야."

박 함장이 다시 함교로 향했다. CNN에서는 탈선한 신칸센에서 사상자들이 실려 나오는 모습과 엘리베이터에 갇힌 사람들을 구조하고 있는 장면, 화재가 발생한 공장들의 모습들을 연이어서 방영하고 있었다. 얼마 후 다시 스튜디오를 연결해 군사전문가와 앵커가 상황을 분석하는 자리를 마련했다. 앵커가 군사전문가에게 물었다.

"도대체 무슨 일이 일어난 겁니까?"

"글쎄요? 전자폭탄이 터졌을 때와 비슷한 상황인데 전자폭탄은 아닌 것 같습니다. 왜냐하면 전자폭탄은 일본 전역을 파괴할 만큼 영향 반경이 넓지 않고 또 현지 보고에 따르면 파괴되지 않은 전자기기도 있다고 해서요. 전자폭탄은 전자기기들을 선별적으로 파괴하지 못합니다."

"그럼 무슨 이유일까요? 우리가 알지 못하는 어떤 불가사의한 에너지 메커니즘이라도 작동한 걸까요?"

군사전문가가 계속해서 말했다.

"제가 보기엔 사이버공격일 가능성이 큽니다. 아직까지 성공한 사례는 없지만, 사이버무기 개발은 각국에서 비밀리에 시도되고 있는 게 사실이니까요."

1차장은 자리에서 일어서며 말했다.

"사이버공격은 성공한 것 같으니 함교로 나가보자."

승리에 도취된 민우 일행과는 달리 함교에는 폭풍전야 같은 정적과 긴장이 감돌고 있었다. 해도 레이더망에 일본 함대의 움직임이 붉은 점으로 깜빡이며 잡혔다. 바다에서는 대잠용 헬기가 계속해서 일본 잠수함을 추적하고 있었다.

부함장이 박 함장에게 물었다.

"바닷속에 있는 일본 잠수함을 격침할까요? 전투가 발발하면 큰 장애가 될 겁니다."

박 함장은 답답함을 호소했다.

"마음 같아서야 당장 공격하고 싶지만 사령부에서 먼저 공격하지 말라는데 난들 어쩌겠나?"

레이더를 살피던 작전참모가 박 함장에게 상황을 보고했다.

"사정거리 진입 10분 전입니다."

박 함장은 팔짱을 낀 채 말없이 레이더 상황판을 주시했다. 그의 입술이 바싹 타들어 갔다.

"3분 전입니다."

병사들도 일제히 상황판을 뚫어지게 쳐다보았다. 마지막까지 선공에 대한 미련을 버리지 못했는지 부함장이 상황병에게 재차 확인했다.

"지금 쏴야 하는데. 사령부에서 다른 지시는 없었나?"

"예! 없었습니다."

"1분 전!"

여기저기서 마른침 삼키는 소리가 들렸다. 드디어 레이더 상황판의 푸른 선에 일본 함정들이 접어들었다. 부함장이 소리쳤다.

"드디어 들어왔습니다."

파도 소리마저도 멈춘 듯 숨 막히는 긴장감이 흘렀다. 박 함장이 상황을 점검했다.

"일본 함대의 공격 조짐은?"

"예! 추격 레이더가 작동되고 미사일 발사 조짐이 있습니다."

이윽고 박 함장이 명령을 내렸다.

"전 함대는 교란용 알루미늄 산발탄을 발사하고 레이더 교란파를 쏴라. 그리고 적 미사일이 발사되면 우리도 즉각 미사일을 발사한다!"

대함유도탄기만체계(DAGAIE)에서 일본 레이더망을 교란시키기 위한 알루미늄 산발탄이 일제히 발사됐다. 그때 부함장이 박 함장을 크게 소리쳐 불렀다.

"함장님!"

"뭔가?"

"이상합니다. 이번에는 사할린 쪽 함선들이 멈춰 섰습니다."

"멈춰 서? 왜?"

"모르겠습니다."

"거기도 미사일 공격을 준비하는 거 아냐?"

"그건 아닌 것 같습니다."

그때 레이더 상황병이 급하게 소리쳤다.

"정체불명의 대규모 선단이 북쪽 일본 함대 방향으로 접근하고 있습니다."

박 함장이 레이더 쪽으로 다가서며 물었다.

"그건 또 무슨 소리야?"

레이더 모니터에 새로 생긴 푸른 점들이 깜빡이고 있었다. 사할린 쪽 함대에 접근하고 있는 정체불명의 선박들은 30여 척 이상의 대규모 선단이었다. 박 함장이 선단의 정체를 물어왔다.

"뭐야, 저 선박들은?"

"글쎄요? 잘 모르겠습니다."

"해군사령부에 연락해봐. 새로 들어온 정보가 있는지."

해군사령부와 교신을 나눈 부함장이 달려왔다. 그의 표정이 매우 밝았다.

"희소식입니다. 북한 함대랍니다."

"뭐, 북한 함대?"

"일본 북해함대가 움직이자 나진과 청진에서 북한 함정들이 대규모 전대를 구성해 출항했다고 합니다."

"북한 함정이 왜? 북한 영해도 아닌 공해상인데."

"이미 대일 전선포고를 해둔 터라 결전을 준비하는 거 아닐까요?"

박 함장은 느긋하게 미소를 지었다.

"그럴 수도 있겠군. 재미있게 됐어."

1차장이 물었다.

"낙후된 북한 함정들이 당해낼 수 있을까요?"

부함장이 그와 관련된 정보를 보고했다.

"북한 중앙방송에서 발표하길, 북한 함정들이 공격당할 경우 일본 본토로 미사일을 발사하겠다고 했답니다."

"참, 그렇지. 북한에는 일본 전역을 강타할 수 있는 중장거리 미사일이 대량으로 있는데 일본에는 미사일이 없지. 이래저래 일본만 난처하게 됐는걸."

북쪽의 양국 선박 움직임은 감지되지 않았다. 아마도 계속 대치 중인 모양이다. 남쪽에서 항해하던 이지스 함대도 북쪽 함대가 전진을 멈추는 돌발 상황이 발생하자 전단을 한국 함대 미사일 사정권 밖으로 후퇴시켰다.

바다에 다시 어둠이 내렸다. 한국 함정들은 만약의 사태를 대비해 등화관제를 실시하고 있었다. 소강 상태가 지속되자 민우와 메리 퀸은 바람도 쐴 겸 갑판으로 나왔다. 하늘에 별들이 총총히 빛나고 있었다. 금가루를 뿌려놓은 듯했다. 도시에서 자란 민우는 이렇게 많은 별을 본 적이 없다. 메리 퀸이 말했다.

"세상은 어수선한데 밤하늘은 참 고요하네요."

어제보다 포근하긴 했지만 바다 바람은 아직도 매서웠다. 민우는 다정한 목소리로 메리 퀸에게 물었다.

"싱가포르에 갈 수 있을까요?"

"글쎄요……."

메리 퀸은 말꼬리를 흐리다가 민우의 이름을 불렀다. 사령관이란 호칭 대신 민우의 이름을 부른 건 처음이었다.

"민우 씨! 지금 벌어지는 일들이 두렵지 않나요?"

"솔직히 너무 두렵습니다."

"저도 마찬가지예요. 그런데 이상하게 자신감 같은 게 막 샘솟아요."

"자신감이요?"

"네, 뭐랄까? 죽음의 공포 앞에서 오히려 살고 싶다는 욕망이 강렬해졌다고나 할까?"

"그것참, 반가운 소리군요."

메리 퀸은 따뜻하고 애정 어린 눈길로 민우를 바라보았다. 그리고 속삭이듯 말했다.

"이게 모두 민우 씨 덕분이에요."

민우는 소년처럼 수줍은 표정을 짓곤 고개를 숙였다. 메리 퀸이 민우의 손을 잡으며 물었다.

"전쟁이 끝나도 저와 함께 있어 줄 거죠?"

민우는 메리 퀸과 뜨거운 눈빛을 나누었다. 메리 퀸의 촉촉한 눈빛이 민우를 잡아당기는 듯했다. 자석에 끌리듯 저도 모르게 메리 퀸에게 다가갔다. 그러자 메리 퀸이 두 손으로 민우의 얼굴을 감싸며 입술을 포갰다.

"하영 씨!"

"민우 씨! 사랑해요."

남북의 두 전선은 마치 시간이 멈춰 선 듯 아무런 움직임이 없었다. 그렇게 새벽 2시가 넘었고, 함교에 머물던 민우와 메리 퀸은 앉은 채로 깜빡 잠이 들었다. 얼마 후 웅성거리는 소리에 민우가 잠에서 깨어났다. 박 함장이 상황을 설명했다.

"남쪽에 머물던 이지스 공고함대가 움직이기 시작했어."

"우리 쪽입니까?"

"아니야. 다시 남하하고 있어."

박 함장은 답답한 듯 혀를 찼다.

"이거야 원, 붙자는 거야, 말자는 거야?"

박 함장은 핫라인 수화기를 집어 들었다. 순간 그의 동공이 터질 듯이 커졌다.

같은 시간 임호준 준장도 적외선 망원경을 들여다보고 있었다. 초록빛 어둠 속에서 섬 하나가 모습을 드러내고 있었다. 아시아 최대의 강습상륙함 독도함을 선두로 이지스 세종 대왕함을 비롯한 30여 척의 함선이 먹이를 노리는 호랑이처럼 때를 기다리고 있었다.

임 준장은 함선 하나하나를 사뭇 감회에 젖은 눈빛으로 살펴보았다. 감히 상상조차 할 수 없었던 전대 규모였다. 자신을 이번 작전 책임자로 지목한 해군참모총장의 말이 아직도 귓가에 생생했다.

'명심해라! 그대에게 조국의 운명이 달려 있다.'

함교 레이더 쪽에 모여 있던 장교 몇이 수군대더니 이내 상황을 보고했다.

"제독님! 일본 해군이 출현했습니다."

기다렸다는 듯 임 준장의 목소리는 낮고 차분했다.

"규모는?"

"구축함, 순양함 등 7척입니다. 사세보항의 지방함대 같습니다."

임 준장은 고개를 끄덕이곤 크게 심호흡을 했다. 이제 결단을 내려야 할 시간이 된 것이다. 그는 두 주먹을 불끈 쥐고 공격 명령을 내렸다.

"모두 격침해버려!"

이지스 세종대왕함의 함장 정필호 대령이 명령을 재확인

했다.

"선공입니까?"

"그렇다."

해성 미사일이 불을 뿜었다. 이어서 강감찬함을 비롯한 많은 구축함에서 하푼미사일이 발사되었다. 슈퍼컴퓨터에 둘러앉은 기술장교들은 순항미사일인 해성의 궤도를 조정하기에 여념이 없었다. 레이더 장교의 다급한 목소리가 들려왔다.

"적함에서도 미사일이 발사됐습니다."

세종대왕함의 최첨단 SPY-ID 레이더 시스템에 수십 발의 미사일이 포착됐다. 세종대왕함의 가장 큰 위력은 바로 이 SPY-ID 레이더와 슈퍼컴퓨터의 성능에 있다. SPY-ID 레이더는 1000킬로미터 이내의 모든 표적을 탐지, 분석하여 슈퍼컴퓨터가 방어와 공격을 동시다발적으로 수행하게 할 수 있다. 여기에 이지스함의 가장 큰 위력이 대공 방어 능력이니만큼 상대 미사일과 공군기들을 동시에 추적해 격추할 수도 있다.('이지스'는 아테네 여신의 방패를 가리키는 말로 완벽한 방어 능력을 상징하는 표현이다.)

"스탠더드 요격 미사일 발사!"

임 준장의 명령과 동시에 함교 앞에 위치한 국산 KVLS 수직발사대에서 수십 발의 스탠더드 미사일이 불을 뿜으며 하늘로 치솟았다. 밤하늘을 가르는 붉은 미사일들의 모습은 장엄함을 넘어 아름답기까지 했다.

미사일들이 한바탕 불꽃 향연을 벌인 직후, 전대엔 공포스러울 만큼 고요한 정적이 맴돌았다. 무시무시한 굉음 이후여서 더더욱 고요했다. 그렇게 숨 막히는 시간이 얼마나 흘렀을까. 환희에 찬 정필호 함장의 목소리가 정적을 갈랐다.

"적 함대 모두 피폭되었습니다."

대한민국 자체 기술로 개발한 해성 미사일의 위력을 여실히 증명한 쾌승이었다. 미사일 요격 능력이 떨어지는 일본 지방함대로선 역부족일 수밖에 없었다. 그것이 전투력의 차이였고, 그러한 차이는 바로 이지스함의 존재 여부에서 비롯되었다.

"적의 미사일을 계속 추적하라."

일본 함대의 피폭 소식에 함교 분위기가 들떠 있을 때, 임준장은 오히려 병사들을 자중시키며 주의를 환기시켰다. 슈퍼컴퓨터를 담당하는 기술장교가 상황을 보고해왔다.

"일본 함정에서 발사된 미사일은 모두 30발이며 함정 피폭으로 인해 더 이상의 추가 발사는 없는 것으로 확인됩니다."

"미사일 공중 요격은 어떻게 진행되고 있나?"

기술장교는 다시 정보를 분석했다.

"25발은 공중 요격됐지만, 5발이 계속 접근 중입니다."

임호준 준장이 지체 없이 후속 명령을 내렸다.

"2차 RAM 요격 개시!"

선두 갑판 후미에 위치한 RAM 발사대에서 2차 요격포가 다시 불을 뿜었다. 이내 상황 보고가 뒤따랐다.

"3발 요격 성공입니다. 그런데 피폭 피해가 덜한 일본 구축함에서 추가 미사일이 발사됐습니다."

"골키퍼 작동 개시하고 해성 미사일 추가 발사!"

골키퍼는 후미 갑판에 설치된 3차 대공 요격 무기였다. 세종대왕함과 강감찬함에서 발사된 수천 발의 포화가 밤바다를 향해 쏟아졌다. 기술장교의 보고가 전해졌다.

"나머지 2발 모두 요격됐습니다. 추가 발사된 적 미사일은 7발입니다."

제원상 그것이 일본 지방함대가 보유한 함대함 하푼미사일의 전부인 걸로 분석되었다. 다시 KVLS 수직발사대에서 스탠더드 요격미사일이 발사되었고, 피폭 피해가 덜한 일본 함정을 완전히 제압하기 위해 해성 미사일이 추가 발사되었다. 해성 미사일은 승리의 마침표였다.

"정말 이지스함의 위력은 대단하군."

임호준 준장은 이지스 세종대왕함의 뛰어난 전투력에 연

신 감탄했다. 그러나 감탄하기에는 조금 일렀나 보다.

"미사일 2발이 계속 접근 중입니다."

1차 요격에 실패한 미사일을 격추하기 위해 또다시 RAM
과 골키퍼가 불을 뿜었다.

"헉!"

기술장교의 탄식과 함께 어둠을 산산조각 내는 커다란 폭
음이 들려왔다. 3차 요격까지 피한 일본의 하푼미사일 1발이
기어이 순양함 진주호에 명중된 것이었다. 진주호에서 불꽃
이 피어올랐다. 통신병들은 순양함의 피해 정도를 파악하느
라 분주했다.

"선두 부위를 요격당해 2번 칸에 물이 차고 있답니다. 침수
는 차단 가능한 상태이며 자체 운항도 가능하답니다."

"다행이군. 그럼 회항시켜."

임 준장은 독도함에 있는 해병여단의 정영호 대령을 호출
했다.

"상륙 준비됐나?"

"예! 이상 없습니다."

지척의 섬이 해안선을 드러내자 독도함이 해병대원을 태
운 공기부양정들을 토해냈다. 드디어 대마도 상륙작전이 시
작된 것이었다. 임호준 준장은 하늘을 올려다보며 고개를 갸

웃거렸다. 정필호 함장이 그 이유를 물었다.

"일본 공군기 말이야. 왜 아직 출격을 안 하고 있는 거지?"

정필호 대령이 접수된 정보를 보고했다.

"사이버공격으로 일본이 대혼란에 빠졌다고 합니다. 조기 경보체제를 비롯한 군사 시설도 치명적인 손상을 입었는데 아마 그 때문에 공군기들이 출격하지 못하고 있는 것 같습니다."

정 대령의 보고에 임 준장은 크게 안도하는 모습이었다.

"그것도 유민우 그 친구 작품인가?"

"그렇답니다."

"참으로 대단한 녀석이야! 이지스함보다 더 막강한 전투력을 지닌 놈이라고."

임 준장은 일본의 동태를 점검했다. 정필호 대령이 상황을 보고했다.

"이상할 정도로 일본의 저항 움직임이 없습니다. 해경선 몇 척이 접근했지만 꼼짝 못하는 상태입니다."

해군작전사령부에서 제공한 정보에 따르면 4만 명 정도가 거주하고 있는 대마도엔 일본 수륙기동단(ARDG-해병대) 병력 350명이 주둔하고 있다고 했지만, 그들의 움직임은 전혀 감지되지 않고 있었다.

"저항해 봤자 함포 세례밖에 더 받겠나. 한데 독도로 향하던 이지스 공고함대는?"

"우왕좌왕하고 있습니다. 현재 우리와의 거리는 500킬로미터 정도로 피아 미사일 사정권 밖입니다."

임 준장은 해병대원들이 상륙하기 시작한 해안을 바라보며 말했다.

"이것이 일본의 아킬레스건이야!"

해군사령부로부터 상황을 통보받은 박성훈 함장의 입가에 잔잔한 웃음이 비쳤다.

"그래서 남쪽의 이지스 함대가 후퇴한 거였군."

협공을 받을 처지에 놓인 건 이제 일본 함대였다. 북쪽의 사할린 함대는 남북공조에, 남쪽의 이지스 함대는 독도 함대와 대마도 상륙 함대의 협공 위험에 놓였다. 일본 해군을 제압하는 데는 어느 정도 성공했다. 문제는 일본 본토인 대마도를 점령한 후의 전면전이다. 그것은 분명 또 다른 양상이 될 것이었다.

상황 변화에 놀란 민우와 1차장이 어찌 된 영문인지 물어왔다. 박 함장의 목소리가 매우 밝았다.

"대마도 상륙작전을 감행했답니다. 이미 섬의 대부분을 점령하고 지대함 미사일을 설치하는 중이랍니다."

"뭐, 뭐라고요?"

대마도 상륙작전 정보를 몰랐던 민우와 1차장은 무척 놀랐다. 박 함장이 묘한 웃음을 보이자 1차장이 그 연유를 물었다.

"독도함 말입니다."

"독도함이 왜요?"

"제조 목적이 좀 이상하다 했죠. 독도를 지키기 위해서 상륙함을 제조한다? 200톤 이상의 선박은 접안도 안 되는 독도를 지키기 위해 그런 대형 상륙함을 제조한다는 게 뭔가 이상하다 했었죠."

"그럼 애당초 목적이……."

"이제야 그 궁금증이 풀립니다."

"하지만 그렇다고 일본 본토를……."

"전쟁이야 어차피 이겨야 하는 것, 서로 선전포고까지 한마당에 안 될 것도 없지 않습니까. 더군다나 대마도는 서로의 해협을 봉쇄할 수 있는 요충지입니다. 이제 일본 해군이 고립을 면치 못할 겁니다."

"그래서 남쪽 이지스 함대가 대마도 쪽으로 선수를 돌린 거였군요."

"그런 것 같습니다. 이번에는 이지스함끼리 해전을 벌일지도 모르겠네요."

그때 부함장이 급하게 상황을 보고해왔다.

"대치 중이던 북쪽 일본 함정들이 움직이기 시작했습니다."

"그래? 방향이 어디야?"

"그건 좀더 지켜봐야 알겠습니다."

북쪽에 위치한 일본 함정들이 어느 방향으로 움직이느냐에 따라 전쟁의 양상은 달라질 터였다. 만약 그들이 일본 영해 쪽으로 우회한다면 아직 독도 함대와의 전투 의지가 남아 있다는 뜻이고, 사할린으로 선회한다면 남쪽 이지스 함대와의 공조를 포기한다는 의미이기 때문이었다. 북해함대의 변화에도 한국 함교에는 예전 같은 긴장감이 없었다. 이지스함이 없는 북해함대 정도는 충분히 제압할 수 있었던 것이다. 하지만 일본 북해함대는 해군의 예상을 뒤엎고 북한 영해 쪽으로 전진해갔다. 추측만 무성하게 나돌았다.

한편 독도 함대의 참패에 이어 대마도마저 점령당한 일본 정부는 크게 당황하고 있었다. 일본 관방성과 내무성은 긴급 안보회의를 소집했다. 이번에는 육해공군의 자위대 막료장(참모총장)이 모두 참석한 확대 군사회의였다.

"한국의 상륙부대가 대마도에 상륙할 때까지 우리 조기경보기들은 도대체 뭘 하고 있었던 겁니까?"

"정보를 분석하는 슈퍼컴퓨터가 박살 났는데 조기경보기가 무슨 소용이 있습니까?"

"그럼 공군기들은요?"

"공군기도 마찬가집니다. 위성 GPS 통제시스템 슈퍼컴퓨터가 박살 난 마당에 출격해 봤자 미사일 사냥감밖에 더 되겠습니까? 더군다나 대마도는 한국과 근거리여서 대공 사정권 내에 들어간다는 걸 모르고 하시는 말씀입니까?"

"하 참! 어쩌다가 우리 일본이 이렇게까지……."

"이게 다 사이버전쟁에서 졌기 때문 아닙니까? 슈퍼컴퓨터가 모조리 박살 났으니 예전처럼 정찰기를 띄워 전쟁을 할 수도 없고 참 나!"

사이토 관방상은 모두에게 정숙할 것을 요청했다.

"이 마당에 서로를 탓하는 그런 행동은 혼란만을 부추길 뿐입니다. 상황이 급박합니다. 반격 계획에 대한 협의부터 진행합시다."

해조(해군) 막료장이 공군을 지목했다.

"이 시점에서 가장 신속한 대응 전략을 펼칠 수 있는 건 공군기 출격뿐입니다. 대마도로 날아가 무차별 폭격을 감행합시다."

공조(공군) 막료장은 난색을 표했다.

"한국의 사이버공격으로 우리 공군기들은 전투에 필요한 정보들을 공급받을 수 없는 상태입니다. 더군다나 일본 전투기에는 공대지 미사일이 없어 지상 폭격이 불가능합니다."

2차 세계대전 패전국 일본. 일본 자위대의 무장 수준에는 커다란 제약이 남아 있었다. 방어적 차원의 무장은 가능했지만 공격적 차원의 무장은 허용되지 않는 것이었다. 이 중 핵심은 미사일이었다. 일본은 본토 방어를 위한 단거리 미사일 보유만 가능했을 뿐 공격용 중장거리 미사일은 보유할 수 없었다. 육지에는 지대지 미사일, 함정에는 육지 공격을 위한 함대지 미사일, 공군기에는 공대지 미사일을 보유할 수 없었다. 한마디로 일본은 지금 대마도를 폭격할 방법이 없었다. 일본은 이러한 한계를 미군에 의존해왔지만 미군이 전쟁 개입을 포기한 현 상황에서는 속수무책일 수밖에 없었다.

이번에는 육조(육군) 막료장이 해군을 내세웠다.

"일본 자위대의 주축은 해군 아닙니까? 당연히 해군이 나서야지요."

해조 막료장 역시 난색을 표했다.

"바다에서라면 모르지만 육지라면 상황이 달라집니다. 한국군은 사정거리 1500킬로미터의 장거리 순항미사일까지 보유하고 있습니다. 대마도에 접근하기도 전에 저들의 미사일 세례를 받고 말 겁니다."

사이토 관방상은 잔뜩 흥분해 테이블을 내리쳤다.

"자위대 꼴이 이게 뭡니까? 서로 티격태격하면서 안 된다
는 말만 늘어놓고 있으니 이거야 원……."

이번에는 치안을 담당하는 내무상 기무라가 또 하나의 절
망적인 말을 내뱉었다.

"자위대도 문제지만 국민이 크게 동요하고 있어 큰일입니
다."

전쟁 외의 사안은 귀찮았는지 관방상은 짜증스러운 기색이
역력했다. 하지만 기무라는 개의치 않고 말을 이었다.

"현재 스마트폰이나 유튜브를 통해 다케시마에서 하이드
레이트 시추 중인 한국 드릴십의 작업 영상이 퍼지고 있습니
다."

"그게 어때서요?"

"한국에서 그걸 폭파할 거란 소문이 돌고 있어요."

"하이드레이트를 폭파한다고요?"

"예! 그곳을 폭파하는 날, 일본에는 대지진이 일어나고 전
역이 물에 잠길 거라는 소문이 파다합니다. 공항이나 부두에
는 일본을 떠나려는 인파로 발 디딜 틈조차 없다고 합니다."

사이토 관방상은 연신 혀를 찼다.

"제기랄! 그거 뻔한 심리전인 거 몰라서 그런답니까?"

연속되는 사이토의 짜증에 기무라 내무상도 더 이상은 참을 수 없다는 듯 신경질적으로 대꾸했다.

"그럼 당신이 직접 나서서 국민을 설득해보든지요."

관방상이 주먹으로 탁자를 내리치며 고함을 질러댔다.

"내무성에서 할 일인데 왜 우리 관방성이 나서야 합니까?"

내무상은 얼굴을 붉히며 자리에서 벌떡 일어나 소리를 질렀다.

"작금의 사태가 누구 때문인데 우리 내무성을 탓하는 거요? 이게 다 전쟁에서 패한 당신들 때문 아닙니까?"

관방상도 지지 않았다.

"말은 바로 합시다. 애당초 이 전쟁이 왜 터진 겁니까. 한일 관계가 악화되자 다케시마 전쟁을 주장한 게 바로 당신들 내무성 아니었소?"

"그건 맞지만 월등한 전력을 가지고도 이렇게 참패를 당한 관방성이 도대체 무슨 염치로 큰소리를 치는 거요. 솔직한 말로 지금 국민들 사이에선 차라리 한국에 항복하는 편이 낫겠다는 사람도 있습니다."

"뭐요? 항복요?"

항복이란 말에 사이토 관방상은 들고 있던 서류를 기무라에게 집어 던지며 경기를 일으켰고 이에 화가 난 관방상은 자리를 박차고 회의장 밖으로 사라져버렸다.

일본은 자중지란에 빠져들었다. 관방상의 지적대로 심리전을 펴기 위해 시도된 하이드레이트 시추 작전은 SNS를 통해 급속히 일본인들에게 확산되면서 기대 이상의 효과를 보이고 있었다. 대마도를 점령당하고 사이버공격으로 일본 전역이 초토화된 마당에 하이드레이트 폭파라는 엄청난 공포까지 떠안게 된 일본 국민의 입에선 심심치 않게 휴전이나 항복이란 말이 흘러나왔다.

대지진과 해일 덕을 본 일본 정권이 오히려 대지진과 해일이란 공포 앞에 무너지고 있는 것이다. 그 의의는 컸다. 일본 국민의 결사항전이란 의지를 꺾어 전쟁의 장기화를 막아주었기 때문이다.

관방상이 사라진 회의장에는 한동안 싸늘한 정적이 감돌았다. 숨을 헐떡대던 관방상이 마뜩잖은 표정으로 다시 회의를 주재했다.

"지금 우리 자위대가 어떤 수모를 당하고 있는지 잘들 보셨으리라 믿소. 우리가 명예회복을 할 방법은 단 하나, 전쟁에서 이기는 길뿐이오."

관방상은 미리 준비한 일본 정부의 반격 작전을 일방적으로 읽어나가기 시작했다.

"헬기항공모함 휴우가함 2척과 상륙함 5척은 사세보항에서 병력을 싣고 대마도 상륙작전을 감행한다."

이어진 관방상의 지시는 대략 이러했다. 우선 해군의 전력보강을 위해 시험 가동 중인 제7이지스함 마야를 실전 배치해 동해에 머물고 있는 이지스 공고함대와 연합하게 한다. 또한 일본 함대의 사령선 격인 구축함 오호츠함을 대마도 탈환작전에 투입한다. 작전사령관은 나카야마 사령관이 맡는다. 이들 연합 함대가 대마도로 향하는 일본 상륙함을 호위하며, 상륙작전 감행 시 공군기를 대거 투입한다.

이순신함의 핫라인이 울렸다. 박 함장이 직접 수화기를 집어 들었다. 뜻밖에도 해군참모총장이었다. 박 함장은 부동자세로 예를 갖추며 명령을 받았다.

"독도 전대는 함대를 양분하라!"

"무슨 말씀이신지?"

"이순신 함대는 계속 독도를 방어하고 왕건 함대를 남쪽으로 이동시킨다."

박 함장은 그것이 남쪽 이지스 공고함대 협공 작전임을 직감했다. 하지만 신중을 기하기 위해 조심스럽게 대답했다.

"북쪽에서 접근 중인 북해함대의 움직임이 유동적입니다.

남쪽 이지스 공고함대 정도는 우리 세종대왕함으로 충분히 제압할 수 있습니다만……."

해군참모총장은 대마도 인근의 긴박함을 설명했다.

"대마도 상륙작전으로 일본이 대대적인 반격 준비를 하고 있다. 대규모 상륙부대가 대마도 탈환을 위해 사세보항에 집결 중이고, 시험 가동 중인 제7이지스함 마야 함대가 실전 배치돼 남쪽의 공고함대와 합류하고 있다."

급기야 전면전이 시작된 것이었다. 잠시 평온했던 함교에 또다시 얼음 같은 냉기가 서렸다.

박성훈 함장은 해군참모총장의 지시대로 독도 함대를 양분했다. 왕건함을 중심으로 20여 척의 함대가 독도를 출발해 남쪽으로 향했다. 박 함장과 1차장은 멀어지는 왕건 함대를 착잡한 마음으로 바라보았다. 1차장이 박 함장에게 물었다.

"앞으로 전면전이 어떻게 흘러갈 것 같습니까?"

박 함장이 길게 한숨을 내쉬었다.

"국력 차가 크니 장기전으로 간다면 우리가 불리하겠죠."

"그런 줄 알면서 대마도 상륙작전을 감행한 건 너무 무모한 시도가 아니었을까요?"

박 함장이 고개를 저었다.

"오히려 그래서 대마도를 점령한 겁니다."

"무슨 말씀인지?"

"대마도야말로 일본으로부터 우리나라를 지킬 수 있는 최고의 요새라는 뜻입니다."

실상이 그러했다. 한일 전쟁 발발 시 한반도와 45킬로미터 이내 위치한 대마도에 일본이 본거지를 마련한다면 한국으로서는 고립될 수밖에 없을 것이다. 그곳에서 일본 해군이 대한해협을 봉쇄한다면 한국 해군은 동서로 양분될 것이고 기존의 공항 시설을 이용한다면 단거리 미사일만으로도 한국을 얼마든지 공격할 수 있을 것이다. 반대로 한국이 대마도를 점령한다면 상황은 역전된다. 대마도가 한국 본토의 수호기지가 되고, 동시에 일본해협을 봉쇄시키는 교두보 역할을 하게 되는 것이다.

박 함장이 1차장을 안심시켰다.

"근래 우리나라도 자체 무기를 개발해서 군사력이 꽤 향상됐습니다. 특히 미사일의 경우 일본보다 크게 앞서고 있어요. 천룡, 해성 등의 미사일은 승패를 좌우할 만큼 위협적입니다. 더군다나 북한의 미사일과 핵무기까지 감안한다면 일본은 더욱 어렵습니다."

"육군은 어떻습니까? 전면전이라면 결국 지상전이 될 텐데."

"우리가 절대 유리합니다. 아시다시피 일본은 자위대 말고는 군대가 없습니다. 기껏해야 예비군 수준에 불과한 동원 체제가 있을 뿐입니다. 그 정도 병력으로는 잘 훈련된 우리 육군을 이길 수 없습니다. 다만 일본 본토의 방어 장비가 훌륭하니 일본 본토 상륙작전은 불가능할 겁니다."

"하지만 지금 일본 상륙함이 출전 준비 중이라면서요?"

"그것도 크게 우려할 부분은 아닙니다. 패전국인 일본은 자국 헌법상 병력 상륙함을 제대로 구비하고 있지 않습니다."

"그게 무슨 말입니까? 분명히 상륙함을 보유하고 있지 않습니까?"

"상륙함은 지원용과 강습용이 있는데, 그 차이는 상륙작전을 감행할 공기부양정 탑재 여부에 있습니다. 일본의 경우 대부분 헬기 탑재용 지원 상륙함이어서 우리의 독도함 같은 강습상륙함은 없는 게 실정입니다."

"그럼……."

"만약 상륙함이 출항한다고 해도 대마도에 배치 중인 지대함 미사일에 피폭되고 말 겁니다. 그래서 사정거리 1500킬로미터 이상인 순항미사일 천룡이 대단하다는 겁니다."

박 함장의 자신감에 1차장은 크게 안심이 되었다.

"그럼 일본 해군밖에 염려할 게 없다는 거군요?"

"그렇습니다. 일본에는 아직도 6척의 이지스 함대와 사령선인 오호츠 함대가 건재하고, 20여 척의 잠수함이 남아 있습니다. 그게 우리에겐 벅찬 부분입니다."

왕건 함대가 남하를 시작하자 일본의 이지스 공고함대는 자국 영해로 함대를 퇴진시켰다. 전력이 떨어지는 왕건 함대와의 전투를 두려워하는 건 아니었지만, 대마도에 파견된 이지스 세종대왕 함대와의 협공을 염려하는 듯했다. 공고함대는 사정권 밖으로 벗어나기 위해 자국 영해로 돌아간 후, 그곳에서 제7이지스함 마야와 일본 해군의 사령선 오호츠 함대와 합류하려 했다. 2차 대전 이래 처음으로 일본 최고의 전대가 구성되는 것이다. 세종대왕함의 SPY-ID 레이더가 줄곧 일본 함대를 뒤쫓았고, 지상에선 순항미사일 천룡이 대기하고 있었다.

한편 한일 두 나라 못지않게 분주한 나라가 있었다. 바로 미국이다. 두 우방국 간에 전면전이 터지자 다급해진 미국은 UN안보리에서 동북아평화유지군 파견 문제를 가결시키기 위해 총력을 기울이고 있었다. 사안이 사안이니만큼 미국 대통령이 직접 나섰다.

북한 영해 쪽으로 향하는 일본 북해함대에도 전운이 감돌았다. 새벽 3시경, 일본 함대는 북한 영해 가까이 전진했다.

북한에서도 추가 함대가 파견되고 미그기들이 출격했지만, 두 나라 함대의 위치가 공해상이라 전투는 아직 벌어지지 않았다.

박 함장이 의문스럽다는 듯 말했다.

"이상하군. 저놈들이 정말 전투 의지가 있다면 함대를 뒤로 물려야 옳은데."

"왜죠?"

1차장이 그 이유를 물었다.

"첨단 함정일수록 장거리 전투가 유리합니다. 그런데 왜 군이 함포 사정권으로 들어가는지……."

그때 반가운 소식이 날아들었다.

"함장님! 조금 전 UN에서 동북아평화유지군 파견이 만장일치로 가결됐다고 합니다."

모두가 안도의 한숨을 쉬었다. UN의 동북아평화유지군 파견, 그것은 현재 분쟁 중인 한일 해협과 조어도에 미국을 중심으로 한 UN 평화유지군이 파견되어 분쟁을 막는다는 의미였다. 서서히 종전의 기미가 보였다.

"그거였군. 일본 함대의 의미가."

박 함장은 그제야 고개를 끄덕였다.

"저들은 UN에서 동북아평화유지군 파견안이 가결됐다는

사실을 미리 알고 있었던 거야."

"그런데 왜 북한 영해로 전진하는 겁니까?"

민우가 물었다.

"이 기회에 북한의 대응전술을 파악해보려는 속셈이었겠지. 북한의 깜짝쇼에 답례도 할 겸 말이야."

"그러다 정말 전투가 벌어지면 어쩌려고……."

"실제 전투를 벌이려 했다면 함대를 전진시키지 않고 뒤로 물렸을 거야. 함포나 어뢰 사정권 밖에서 전투가 벌어졌다면 북한 함정 다 덤벼도 버텨내기 힘들었을 테지."

"이지스함이 없는 함대도 그 정도로 위력이 대단한가요?"

"그보다는 북한 함정들이 너무 낙후된 탓이지."

그때 상황실에서 일본의 무전 내용이 포착됐다는 연락이 왔다.

"함장님! '북한에서 정말 미사일을 일본 본토로 발사하려는 움직임이 있다. 이쯤에서 작전을 종료한다.' 이런 무전 내용이 포착됐습니다."

"역시! 앞으로 당분간 일본은 북한을 함부로 대하지 못하겠군."

박 함장의 예상대로 북쪽 일본 함대는 선두를 사할린으로 돌렸다.

여명 속에 비가 내리기 시작했다. 빗줄기를 가르고 이순신 함의 핫라인이 울렸다. 박 함장이 수화기를 들었다. 해군참모 총장이었다.

"미국과 일본에서 공격을 자제해달라는 요청이 왔다. 전투는 끝났다. 우리의 승리다!"

드디어 함교에 승리의 함성 소리가 울려 퍼졌다.

21.
승자와 패자

새벽이 되자 맑기만 했던 하늘이 잔뜩 흐려졌다. 모든 병사가 비상경계 근무 중이라 선상에서의 아침 점호는 생략됐다. 박 함장은 느긋한 표정으로 함교에 올라 망원경으로 고립된 일본 함선들을 살펴보고 있었다.

그때 부함장이 달려왔다.

"함장님! 일본 잠수함에서 연락이 왔습니다."

"그래? 뭐라는데?"

"협상을 요청해왔습니다."

박 함장의 얼굴에 환한 웃음이 번졌다.

"후훗! 녀석들, 어지간히 급했군. 해군사령부에 보고하고 구체적인 내용을 타진해."

일본 함대의 협상 제안에 해군사령부도 반색을 표했다. 구체적인 내용을 협의하던 중 난상토론이 벌어졌다. 협상 장소 때문이었다. 해군사령부는 독도와 대마도를 두고 행복한 고민에 빠졌다. 일본의 대마도냐, 한국의 독도냐를 두고 의견이 분분했다.

대마도는 한국이 점령한 일본 영토로서 의미가 있었고, 독도는 영원한 수호 의지를 드러낼 수 있는 곳이었다. 두 장소 모두 나름대로의 의미가 있었다. 하지만 협상지는 결국 사건의 발원지인 독도로 결정되었다.

일본 잠수함이 수면 위로 떠올랐다. 그러고는 고립된 일본 함대에서 협상단을 태운 뒤 이순신함으로 다가왔다. 박 함장은 일부러 자리를 피해 함장실에 머물렀다. 협상에 임했던 부함장이 돌아왔다. 박 함장이 협상 내용을 물었다.

"협상 장소를 독도로 정한 우리 의견에 따르겠답니다."

"그럼 우리의 독도 영유권을 인정하겠다는 건가?"

"그런 문제는 협상 자리에서 이야기하잡니다."

"녀석들, 아직 자존심은 남았군."

"그런데 협상 조건 중 유민우 군을 꼭 동행해달라는 내용이 있었습니다."

박 함장은 뜻밖의 요구에 고개를 갸우뚱했다.

"유민우가 여기 있는 걸 어떻게 알지?"

두 나라 함대는 협의된 내용을 각자의 정부에 전했다. 양국의 협상단장은 외무장관이 맡기로 했고, 한국에서는 박성훈 함장을 비롯한 10명을 협상단으로 꾸렸다. 민우는 일본 측의 요청을 받아들여 특사 자격으로 메리 퀸과 함께 가기로 했다.

협상은 독도 동도 정상에 위치한 경비초소에서 열렸다. 먼저 도착한 일본 협상단은 꽤 긴장한 모습이었다. 하지만 한국 협상단은 악수까지 청하는 여유를 보였다.

일본 협상단 가운데 유독 눈에 띄는 한 사람이 있었다. 유일하게 사복 차림을 한 그에게 민우는 약속이나 한 듯 곧바로 다가갔다. 그도 민우를 알아보곤 먼저 손을 내밀었다.

"유민우 군?"

"하마모데 씨!"

"이렇게 직접 보다니 영광이군."

하마모데는 한국어를 유창하게 구사했다.

"협상은 저들에게 맡기고 우리는 차나 한 잔 나누지. 참! 이분이 메리 퀸이신가?"

놀랍게도 하마모데는 메리 퀸을 알고 있었다.

"예. 메리 퀸 맞습니다."

하마모데는 연장자임에도 90도에 가까운 각도로 메리 퀸

438

에게 인사를 했다. 세 사람은 양국 함대가 내려다보이는 창가에 자리를 잡았다. 초병들이 커피를 끓여주었다. 커피향이 바다 내음과 섞여 더욱 진하게 코끝을 자극했다. 하마모데는 감기 때문인지, 쓰디쓴 커피 때문인지 연신 재채기를 했다.

"함선 보일러가 작동되지 않아서 감기에 걸렸나 봐. 에취!"

"죄송하게 됐습니다."

"그나저나 어쩔 텐가? 저렇게 비싼 배들을 못 쓰게 만들어놨으니 수리비가 꽤 들 텐데."

"우리나라는 고철 값이 무척 비쌉니다. 필요하다면 고철 중개업자를 알선해드리겠습니다."

"좋은 제안이군. 어차피 수리비가 꽤 들 테니 반값에 넘기도록 하지. 그런데 한국 정부에 그만한 돈이 있는지 모르겠군."

"그렇다고 남의 걸 내 것이라고 우기는 나라는 아닙니다."

두 사람의 신경전이 삐딱한 조크로 이어졌다. 협상 중인 옆방에서도 가끔 큰소리가 들려왔다. 찻잔을 비운 하마모데가 천천히 잔을 내리며 말했다. 좀 전의 비아냥거림은 간데없고 부드러운 말투였다.

"이제 돌을 거둘 때가 된 것 같군. 복기 좀 해줄 수 있겠나?"

"원하신다면요."

"기회가 많았을 텐데 왜 초반에 대마를 잡지 않았나? 단명국이 될 수도 있었을 텐데."

"그걸 기다리고 있지 않았습니까? 만약 제가 초반에 승부수를 던졌다면 지금은 서로의 입장이 바뀌어 있었겠죠. 전 최후의 순간에 패를 걸려고 했습니다."

하마모데가 씁쓸하게 웃었다.

"그랬었군. 그래서 여기저기서 싸움을 벌였군. 난 그것도 모르고 자네가 당황한 줄 알았지. 결국 내 인내심이 부족해서 대마를 죽였군."

하마모데는 자리에서 일어나 민우에게 정중하게 허리를 숙였다.

"여러 전쟁을 동시에 치르다 보니 어쩔 수 없이 꼼수를 두었네. 스텔스 모드를 사용한 건 야비했어. 사과하지."

"하지만 대단한 프로그램이었습니다."

"부끄럽군. 하지만 자네의 응수는 정말 빛났어. 비록 졌지만 난 이 명대국을 두고두고 복기해볼 생각이네."

"전 다시는 바둑을 두지 않을 겁니다. 제 취미가 아니라서요."

"허허, 이야기가 그렇게 되나. 그럼 다음 승부는 술로 가려볼까?"

"술이라면 자신 있습니다."

"언제 부산으로 한번 감세. 자갈치 시장의 꼼장어 구이가 일품이라며."

"소주 맛도 최고죠."

"군침이 도는군. 하지만⋯⋯."

하마모데는 한동안 뜸을 들였다. 그의 표정으로 보아 뭔가 난처한 말을 하려는 것 같았다.

"내가 한국으로 가려는데 또 독도 문제가 발생하면 그땐 어찌 되는 건가?"

"방문이 어렵겠지요."

"과거에도 그랬고 미래에도 그렇겠지. 언제까지 그렇게 살아야 할지⋯⋯."

민우는 분명한 어조로 말했다.

"일본이 독도 영유권 주장을 포기하는 날까지겠지요."

"그게 가능할 거라 보나?"

"그럼 이 전쟁에는 마침표가 없을 겁니다."

"이번에도 결사항전을 주장하는 사람이 많았는데 내가 고집을 부려 이번 협상을 유도했어. 하지만 서로가 자신의 주장만 거듭한다면 제2, 제3의 유민우와 하마모데가 또다시 전쟁을 벌여야겠지. 그걸 원하나?"

"……."

하마모데는 헛기침을 하곤 다시 독도로 화제를 돌렸다.

"정말 아름다운 섬이야. 이곳에서 한국과 일본 학생들이 BTS 공연을 관람하고 〈포켓몬스터〉 영화를 보면서 우애를 다진다면 얼마나 좋겠는가?"

그러나 민우의 대답은 단호했다.

"좋은 발상이군요. 소유권 주장을 포기하신다면 우리 정부에 건의해보겠습니다."

하마모데의 표정이 심각하게 변했다.

"유럽은 EU라는 공동체를 만들어 화폐를 통합하고 국경까지 개방했네. 아시아도, 아프리카도 지역공동체 결성으로 글로벌 경제에 맞서고 있는데, 한국과 일본은 조그만 섬 하나 때문에 언제까지 헐뜯고 싸울 텐가."

민우는 함대들이 정박해 있는 해상을 가리키며 말했다.

"그럼 폭탄이라도 들이부어 섬을 날려버려야 속이 시원하시겠습니까?"

하마모데는 손을 저었다.

"그래서야 쓰겠나? 내 개인적 생각이네만 함께 이 섬을 개발해 한일 화합의 장으로 발전시키자는 거지."

민우는 빈정댔다.

"함께요?"

"신한일어업협정 때문에 독도는 이미 중간수역에 놓여버렸어. 그리고 자네 나라엔 공동경비구역이라는 게 있지 않나?"

JSA. 그곳은 남북한이 영토를 공유한 공동경비구역이고, 대화와 협상의 유일한 창구였다. 하마모데의 제안은 독도를 JSA와 같은 공동경비구역으로 설정하고 그곳을 한국과 일본의 화합을 위한 창구로 개발하자는 주장이었다.

그때까지 두 사람의 말을 가만히 듣기만 하던 메리 퀸이 조용히 물었다.

"그럼 그곳에서 범죄가 발생한다면 어느 나라 법을 적용해야 하죠?"

"그건 오늘 협상에서 논의되지 않을까 싶소만……."

잠시 생각에 잠기던 하마모데가 결심한 듯 민우에게 다가왔다.

"자! 이제 난 돌을 던지겠네. 그러니 약속을 지켜야겠군."

"독도에 태극기를 걸겠다던 약속 말입니까?"

하마모데는 대답 대신 가방을 열었다. 조그만 나무상자가 들어 있었다. 메리 퀸이 나무상자를 건네받아 조심스럽게 뚜껑을 열었다. 그 안에는 색이 바랜 낡은 태극기가 들어 있었다. 메리 퀸이 태극기를 펼쳐 들었다. 거기엔 '대한독립(大韓獨立)'이란 휘호와 손마디가 잘린 수장이 찍혀 있었다.

"누구 글씨인진 굳이 말 안 해도 알겠지. 우리 집에서 간직하던 걸세. 이제 주인에게 돌려줘야 할 때가 된 것 같군."

"저도 드릴 게 있습니다."

민우는 품속에서 뭔가를 꺼냈다. 시디 케이스였다.

"이번에 저희가 공격했던 코덱 바이러스 프로그램입니다. 백신과 치료 프로그램도 함께 담아두었습니다."

하마모데는 시디를 받아들고 물끄러미 바라보았다. 그의 표정에 만감이 교차하는 듯했다.

"이 조그만 시디 하나가 초강대국 일본을 초토화시켰군."

"그대로 두면 미래에는 더 무서운 일이 벌어지겠죠."

"그러겠지. 어쩌면 컴퓨터가 인류의 무덤이 될지도 모르겠어. 가끔은 프로그래머인 나 자신에 대해 회의가 느껴지기도 해."

하마모데는 품속에서 봉투 하나를 꺼냈다.

"내가 연장자인데 선물 하나 정도는 더 줘야 체면이 서지 않겠나. 받게."

민우는 봉투 속의 물건을 꺼냈다. 금도금이 된 황금빛 카드였다.

"황금마스터 P카드네. 얼마를 쓰든 일본 정부가 계산할 거네. 어딜 가나 특급 대접을 받을 거야. 2인용이니 두 사람이 함께 여행이라도 다녀오면 되겠군."

협상은 난항을 거듭했다. 2시간이 넘도록 협상했는데도 양국은 의견 차를 좁히지 못하고 정회를 선언했다. 그러나 정회 중에도 양국 협상단은 포기하지 않고 물밑 접촉을 했다.

온갖 진통 끝에 마침내 기초 합의문이 작성되었다.

그 내용은 다음과 같다.

1. 한일 두 나라는 즉시 선전포고를 철회한다.

2. 한일 두 나라는 UN의 평화유지군 파견에 동의하며 분쟁 해역에서 UN 평화유지군 활동에 협조한다.

3. 한국은 대마도에서 철수하고 독도 인근 해상에 고립된 일본 함대의 퇴로를 열어주며 일본은 억류 중인 한국 해군 병사들을 귀환시킨다.

4. 독도에 무단 상륙한 일본인들은 한국 법률에 따라 처벌하며 동일 사건 재발 시 동일한 절차에 따라 처벌한다.

5. 일본은 한국의 위안부 문제와 징용, 징병 문제 해결을 위해 특별기구를 마련한다.

6. 한일 두 나라는 금번 전쟁으로 발생한 피해 복구를 위해

서로 협력하고 전쟁 재발 방지 협력도 강화해나간다.

합의문에 독도의 한국 영유권을 인정한다는 문구는 끝내 보이지 않았다. 하지만 독도에서 한국의 국내법을 적용하게 됐다는 것은 독도 영유권을 인정받은 것이나 다름없다고 박 함장은 말했다.

협상은 양국 정부의 인준 절차를 거친 후, 2차 협상에서 최종 서명하는 것으로 끝을 맺었다.

하마모데는 독도를 떠나는 배에 오르기 전까지 줄곧 민우와 함께했다. 민우는 하마모데와 악수를 나누며 물었다.

"혹시 다음에 만나면 어떻게 불러야 합니까?"

하마모데는 반색을 했다.

"다음에 만나면 그냥 형이라고 불러주게."

"다음까지 미룰 필요 있습니까? 형님! 우선 형님께서 끊어 놓은 우리나라 DNS 라인부터 다시 붙여주십시오. 저 게임 못하면 우울증 걸리거든요."

"허허, 알겠네, 아우! 지금 당장 다시 연결하라고 지시하겠네."

인준 절차는 매우 빠르게 진행되었다. 국제 관례에 비추어 볼 때 유례가 없는 신속함이었다. 그것은 한시바삐 종전을 선언해 경제적 타격에서 벗어나려는 두 나라의 의도가 일치한 때문이었다.

하마모데는 이번 전쟁을 평가했다.

"어리석은 전쟁이었어."

"형님도 그렇게 생각하십니까?"

"현재 일본에서 정권 퇴진 시위가 벌어지고 있다는군. 일본 국민이 그렇게 평화헌법 수호를 천명해도 우파 정권은 기어이 전쟁을 할 수 있는 국가로 개헌을 추진하더니만……"

"서로 피해가 엄청나겠지요."

"그렇겠지! 죄 없는 젊은 병사들과 시민들이 죽어갈 거고, 양국 경제도 마이너스 성장이 불가피하겠지. 결국 전쟁이 남기는 건 뭘까? 아마 일본 국민은 이 기회에 평화헌법이 왜 중요한지 뼈저리게 깨달았을 거야."

다음 날 오후 2시. 독도에서 2차 협상 인준을 마친 헬기 한 대가 이순신함에 착륙했다. 헬기에서 해군참모총장이 내렸다. 박 함장과 장병들은 갑판에 사열해 해군참모총장을 맞았다. 박 함장이 먼저 거수경례를 했다. 그런데 웬일인지 해군참모총장의 표정이 딱딱하게 굳어 있었다. 버럭 소리까지 쳤다.

"박성훈! 너 옷 벗어."

참모총장의 호통에 모두가 긴장했다. 전쟁에서 이긴 지휘관에게 이게 무슨 예우란 말인가? 혹시 보직해임이라던 명령이 실행되는 건가? 병사들이 곱지 않은 시선으로 참모총장을 바라보았다.

"그 옷 벗고 제독 예복으로 갈아입으란 말이야!"

뻣뻣하게 굳어 있던 병사들이 그제야 참모총장의 깜짝쇼를 눈치 채곤 폭소를 터뜨리며 박수를 치기 시작했다. 박성훈 함장이 장군으로 진급되는 순간이었다.

"부함장! 자네는 2계급 특진감이네만, 그럼 하루아침에 장군이 되는 거 아닌가? 그럴 순 없으니 1계급 특진에 잠시 이순신함의 함장을 맡아 일해봐."

참모총장은 두 사람을 덥석 껴안았다.

"너희 두 놈, 앞으로 나한테 죽었어. 죽을 때까지 이 원수 다 갚아줄 거다!"

참모총장의 두 눈에서 눈물이 흘러내렸다. 세 사람은 부둥켜안고 뜨거운 눈물로 승리의 기쁨을 나누었다. 병사들의 박수 소리가 끝없이 이어졌다. 박수 소리는 파도 소리를 압도했다.

한국 해군은 일본 함정들이 철수할 수 있도록 물길을 열어주었다. 일본 예인선들이 멍텅구리배로 전락한 일본 함선들을 끌고 가고 일본 해군들은 갑판 난간에 일렬로 늘어서 배가 멀어지는 순간까지 경례를 하며 예를 갖췄다. 한국 해군들도 경례로 답했다. 일본 함대의 모습이 사라져갈 때, 미 항공모함 조지 워싱턴호 전대의 모습이 보였다. 이제 그들이 평화유지군으로서 독도 근해의 분쟁 예방을 담당할 것이다.

일본 해군이 철수한 후 얼마 지나지 않아 전사자를 추모하는 트럼펫 소리가 애잔하게 바다를 적셨다. 헬기사고로 숨진 외사과장과 전사한 장병들에 대한 선상 추모식이 거행되었다. 1차장의 애절한 추모사에 장병들이 눈시울을 붉혔고, 연이어 예포가 울려 퍼졌다. 메리 퀸과 민우는 하얀 국화 다발을 바다에 던지며 흐느꼈다.

선상 추모식이 끝나고 자리를 정리할 즈음, 인근 함정의 함장이 민우를 찾았다. 그는 외사과장이 탄 헬기가 추락했던 함정의 함장이었다.

"외사과장님의 유품 속에 이런 게 있더군. 아마 자네에게 주려고 했던 것 같네."

그을음이 가시지 않은 작은 행정봉투였다. 봉투를 열어본 민우는 가슴이 저렸다. 석방서였다. 헬기에 다시 오르기 전 외사과장이 다녀와서 하겠다던 이야기가 이것이었구나 생각하니 주체할 수 없는 슬픔과 그리움이 밀려왔다. 1차장이 민우의 등을 토닥이며 눈물을 글썽였다.

"그 사람, 나한테 그렇게 구박받으면서도 자네를 감싸더니만······."

1차장이 주머니에서 무언가를 꺼내 민우의 손에 쥐여주었다. 민우와 메리 퀸의 여권이었다.

"우리 하영이 잘 부탁하네. 난 얼마 전 독일 하이델베르크 대학에서 석좌교수로 초빙받았어. 〈황태자의 첫사랑〉으로 유명한 그 대학 말이야. 거기서 플라토닉한 사랑이 남아 있는지 좀 찾아봐야겠어. 나이가 들면 실없이 외로워지거든. 허허허!"

민우는 문득 부사령관 이철주가 떠올랐다. 너무 늦은 시간이라 잠시 망설였지만 인터넷망 복구 여부도 확인할 겸 이철주에게 전화를 했다.

"부사령관님! 주무실 시간인데 죄송합니다."

"잠을 자다니요. 우리 국민 중 지금 잠자는 사람은 아무도 없을 겁니다."

"그곳 상황은 어떤가요?"

"사람들이 만세를 부르며 거리로 쏟아져 나오고 있어요."

"우리 사이버 민병대 회원들 반응은 어떻습니까?"

"대단합니다. 일파모 사이트에 승리했다는 글을 올렸더니 완전히 축제 분위깁니다. 5만 명까지 줄었던 회원이 현재 300만 명에 육박하고 있어요. 서버가 자꾸 다운돼 고민입니다."

"그렇습니까? 비용은 나중에 지원할 테니 서버를 충분히 늘리세요."

"그렇잖아도 저희 직원들이 IDC 센터로 파견되어 작업하고 있습니다."

"그리고 부탁할 게 하나 더 있습니다."

"말씀만 하십시오."

이철주는 신이 나 있었다.

"코덱 바이러스 백신을 회원들에게 나누어주십시오."

"우리나라 컴퓨터에 백신을 설치해두시게요?"

"아닙니다. 이제 일본 국민을 달래줘야 할 차례입니다."

"그럼 백신을 일본으로……."

"예! 그렇습니다."

"저들의 인터넷망이 완전히 파괴됐는데 어떻게 백신을 온라인으로 전달합니까?"

"전부 파괴된 건 아닙니다. 이런 경우를 대비해 IPv6 DNS는 파괴하지 않았습니다."

IPv6(아이피 버전 식스)란 6자리의 DNS 주소 체계를 말한다. 기존은 4자리였는데 사용자가 많아지면서 IP 주소가 부족해지자 2003년 한국과 일본에서 승인했다.

"정말 대단합니다."

"부사령관님은 IPv6 체계로 움직이는 일본 사이트들을 찾아 그걸 우리 사이버 민병대 사이트에 공지해주십시오. 일본 전체에 금세 알려질 겁니다."

"알겠습니다. 사령관님!"

"그럼⋯⋯."

"잠시만요, 사령관님!"

전화를 끊으려던 민우를 이철주가 급하게 불러 세웠다.

"민우냐?"

수화기에서 낯익은 목소리가 흘러나왔다. 민우의 눈이 금세 충혈되었다.

"아, 아버지!"

눈물이 민우의 볼을 타고 흘러내렸다. 얼마 만에 불러보는 것인가. 너 같은 자식 둔 적 없다며 등을 돌리신 아버지. 오랜 시간 교도소에 수감돼 있는 동안에도 얼굴은커녕 목소리 한 번 들려주신 적 없는 아버지였다. 그런 아버지의 목소리가 수화기를 타고 흘러들어 왔다. 한동안 침묵이 흘렀다.

"내가 너한테 컴퓨터를 가르친 건 전쟁을 하라는 게 아니었다."

아버지의 말에 민우는 마음이 아팠다.

"용서하세요, 아버지!"

목멘 민우의 목소리는 운해처럼 어둡고 낮게 깔렸다.

"한데 넌 그 기술로 나라를 구했더구나. 네가 내 아들이라 는 사실이 너무나 자랑스럽다."

"자식 노릇도 못한 못난 아들입니다."

"아니다, 내가 옹졸했다."

"아버지!"

"싸워라, 유민우 사령관! 이 세상에 네가 할 일이 많다. 정 의를 지켜나가라."

"감사합니다. 아버지!"

그때 갑자기 전화기 너머에서 요란한 소리가 들려왔다.

"저 소리 들리지? 사람들이 서로 어깨동무를 하고 만세를 부르며 지나가는 소리다. 나도 만세를 부르러 나가야겠구나. 사랑한다. 아들아!"

민우는 콧잔등이 시큰해졌다. 메리 퀸이 등 뒤에서 민우를 가만히 안으며 얼굴을 묻어왔다.

괭이갈매기들은 아무 일 없다는 듯 평화롭게 독도 상공을 날아다니고 있었다. 민우는 고개를 들어 갈매기들의 눈부신 날갯짓을 오래오래 바라보았다.

대한독도민국

개정판 1쇄 발행	2019년 9월 30일
지은이	유성일
펴낸곳	(주)행성비
펴낸이	임태주
책임편집	여미숙
디자인	이유진
출판등록번호	제313-2010-208호
주소	서울시 마포구 토정로 222 한국출판콘텐츠센터 318호
대표전화	02-326-5913
팩스	02-326-5917
이메일	hangseongb@naver.com
홈페이지	www.planetb.co.kr

ISBN 979-11-6471-008-9 03810

※ 값은 뒤표지에 있습니다. 잘못 만들어진 책은 구입하신 서점에서 교환해 드립니다.

※ 이 도서의 국립중앙도서관 출판예정도서목록(CIP)은 서지정보유통지원시스템 홈페이지(http://seoji.nl.go.kr)와 국가자료공동목록시스템(http://www.nl.go.kr/kolisnet)에서 이용하실 수 있습니다. (CIP제어번호: CIP2019035919)

행성B는 독자 여러분의 참신한 기획 아이디어와 독창적인 원고를 기다리고 있습니다.
hangseongb@naver.com으로 보내 주시면 소중하게 검토하겠습니다.

독도는 우리 땅이다.